墨宝非宝·著

很很想想你

Really Really Miss You

江苏凤凰文艺出版社
JIANGSU PHOENIX LITERATURE AND
ART PUBLISHING

图书在版编目（CIP）数据

很想很想你 / 墨宝非宝著 . — 南京：江苏凤凰文
艺出版社 , 2022.10（2023.11 重印）
ISBN 978-7-5594-6569-6

Ⅰ . ①很… Ⅱ . ①墨… Ⅲ . ①言情小说 – 中国 – 当代
Ⅳ . ① I247.5

中国版本图书馆 CIP 数据核字 (2022) 第 002800 号

很想很想你

墨宝非宝 著

责任编辑	周　璇
特约编辑	文　茵　万红红
封面设计	recns
出版发行	江苏凤凰文艺出版社
	南京市中央路 165 号，邮编：210009
网　　址	http://www.jswenyi.com
印　　刷	河北鹏润印刷有限公司
开　　本	700mm×980mm　1/16
印　　张	17
字　　数	294 千字
版　　次	2022 年 10 月第 1 版
印　　次	2023 年 11 月第 3 次印刷
书　　号	ISBN 978-7-5594-6569-6
定　　价	49.80 元

江苏凤凰文艺版图书凡印刷、装订错误，可向出版社调换，联系电话 025-83280257

目 录

Contents

饭票
有效期：永久

Contents
目　录

他的声音又压低了，告诉她："所以，从今以后都只有你和我，我只会做饭给我老婆吃。"

　　这分明就是最明显的声诱，就像故事回到最初，是她用声音诱惑了他，而他也用他的声音让她眼中再没有别人……

Missing You
05:20

Missing You

"很想……很想你。"

胡椒猪肚鸡

楗子

Really Really Miss You

很想……很想你。

"我和你说，我现在在公交车上，"顾声戴着耳机，在一个叫 YY 的语音聊天室和室友说话，"等我到宿舍说，行不行？"

这个 YY 聊天室很人性化，每个人都能申请自己的专属房间，而且还能加密码。

那些网络歌手经常用来开歌会，和粉丝交流什么的，最近几年特别红。

顾声也是个不出名的网络歌手，自然也有自己的房间。

只不过，基本只用来和庚小幸聊天。

现在是清晨六点，第一趟早班车，天还没有亮起来。

这位某网站某小版主大人，就千里追击，一定要让她这个小透明为网站的周年庆，翻唱一首生日歌。

她懒得打字，就直接把她拉进了自己的私人聊天房间。

室友是个急性子，一定要和她说完才肯罢休，她就有一搭没一搭地听着，靠在最后一排右侧的位置，看空荡荡的车厢。

两个人说完公事，就说私事。

有关私事，两个单身无聊的女子的话题从八卦，到淘宝，最后成功落到了吃上。

"我昨天去吃了一顿火锅，超级好吃。"顾声忽然想起昨晚的饕餮大餐。

"什么火锅？"庚小幸问她，"海底捞？留一手？小肥羊？"

"猪肚煲鸡，"顾声眯起眼睛，仍旧回味，"应该是胡椒猪肚煲鸡，红白锅，白锅就是这个鲜汤，红锅就是台湾式的血和老豆腐，你知道油辣的红汤煮出来的血和豆腐，味道多正吗？"

顾声喜欢吃，说起美食就声音超温柔，比起她翻唱那些古风歌不知道要温柔多少倍。

车内只有两三个人，都是没吃早饭，饥肠辘辘的。

猛地听到个温柔的女孩子，在细细说着火热的汤锅，真是一种折磨。尤其这个女孩子的声音还有些淡淡的慵懒、小小的沙哑，更是诱人。

"声声，你是在报复社会吗，还是在报复我……"仍旧躺在床上，饥饿感厚重的庚小幸已经声音颤抖。

"我还是第一次知道，猪肚和鸡炖在一起有多鲜，熬成奶白的汤，汤里有浓郁的药材味和胡椒香气……庚同学，我一定要带你去吃一次。"

庚小幸吃瘪的样子真心好玩。

顾声拿着自己的饭团，一口口咬着，想象她在床上挣扎要不要起床，要不要冲到食堂去做第一个吃早饭的人，就觉得这世界真心美好。

刚才被她强行拉入语音聊天房间、讨论什么周年庆的怨气，顿时烟消云散。

"顾声，我恨你……"庚小幸的声音，已经有些哭腔。

她笑了声，咬着饭团，含混不清地告诉她："真的很好吃哦。"

庚小幸没有出声。

她想着差不多就算了，免得回到学校还要被追杀，正要说先退出聊天房间时，忽然有个很清晰的声音，隐隐带着笑意说："这是道广东客家的名菜，有时间的话，在家煮也很方便。"

是个男人的声音。

而且是那种一听命中，绝对秒杀所有女孩子的男人声音。

最重要的是，顾声认得这个声音……

锖青磁。

是完美配音组的头牌，锖青磁。

顾声目瞪口呆。

不敢置信地看了眼房间的在线名单。

只有"声声慢""庚小幸"和"锖青磁"。

她果然没有猜错，是锖青磁，真的是锖青磁。

那个商业配音领域的最华丽声音，成名多年却依旧让人猜不出年龄的人。他的粉丝最津津乐道的就是每年有多少网游宣传片、古装电视剧的主角指明要他参与配音，还有多少商业品牌的广告早定下他为御用声音。

鉴于这是顾声自己的私人聊天房间，她实在猜不到这位一出现就肯定会让所有声控热血沸腾的锴青磁大人为何在天刚亮起的时间，进入这个房间，而且显然听了一会儿，要不然怎么会知道自己在说猪肚煲鸡？

可是偏偏就是这么巧，车开入隧道，她网络卡到无法发声。

竟然连招呼都不能打。

最恨人的是，庚小幸竟然也不出声音，让他一个人自言自语。

"做起来不是很难，就是需要一些时间，而且清洗猪肚会有些麻烦。"锴青磁声音听起来像是刚睡醒，什么叫声音有画面感，有戏感？这就是了。

顾声能感觉到他一定是不经意地听到这些，然后顺势说起来。

也不管这个频道是不是有人在听。

"配料尽量齐备，会很有养生的效果。我记得要有红枣、党参、玉竹、枸杞、八角、香叶、桂皮，剩下的就是常备的调料，盐和鸡精，当然料酒和姜也不能少。"

锴青磁又说了两句，大意不过是鸡要放到猪肚里，用牙签封好，小火慢煲……

声音因为信号而断断续续，她听得凝神。

顾声听过他早些年的纯娱乐作品，和自己一样偏好古风。

他的古风腔极尽风流，而现在，显然是用自己的本声在说话。

明明是清晨，零下几摄氏度，车窗玻璃上因为车内外的冷热差异，蒙上了一层薄雾，可听着他如此慢悠悠地介绍着食谱，她却好像是在围炉而坐的温暖夜晚，莫名有种不用思考任何事情的安稳感。

这就是声音的魅力，只有声控的人才能真的体会。

车开出隧道时，锴青磁这个名字忽然就消失了。

应该是长久没有得到互动，退出了房间。

但那个莫名退出房间的庚小幸却紧接着来了电话："刚才阿姨查宿舍卫生，我忘了和你说了啊，继续说，那个什么猪肚煲鸡。"

顾声还不太相信，刚才 YY 里的那个声音是真的："所以你一直没听到锴青磁在说话？"

"锖青磁？什么东西？"

顾声忍不住默默唾弃："配音领域的名人，锖青磁，完美社团的头牌。"

"发音真够怪的，"庚小幸说道，"你们这些网络配音啊、网络翻唱的名字都起得千奇百怪的，记也记不住……不过你说的那个完美配音组，好像我们站长请了他们。说是我们站庆的时候，也要开专属于我们自己的 YY 房间，为了庆祝特意请来这个配音组……你把他名字发给我，我去看看有没有他。"

"应该不会有吧……他现在主要做商业配音了，玩票很少了。"

这位大人可是典型的神隐已久了……刚才，刚才绝对是撞邪了。

"你不是说这位大人是头牌吗？"庚小幸嘿嘿笑，"我就不信，请不到他。"

她完全不相信，真的能请到他，却还是带着一丝侥幸把他的名字发过去：

锖青磁，第一个字念"qiāng"。

这是一种颜色的名字，记住了，不要丢人。

鲜虾胶酿荷兰豆

第一章

Really Really Miss You

很想……很想你。

当"锖青磁""绝美杀意"和"风雅颂"三个名字被拿来宣传时，顾声已经完全对庚小幸这种百折不挠，拿下完美三大王牌，尤其是"锖青磁"这位大人的毅力彻底膜拜了。

后来顾声听到真正原因，终于明白，这个妮子绝对是踩了狗屎运。

完美的周年庆和庚小幸网站的周年庆，竟然好巧不巧地在同日。

完美周年庆历来会大肆庆祝。

一众 CV①都会悉数登场，不管老人新人，总会有节目。据说是锖青磁听说有几个翻唱领域的人，最后提议要做那种念白加歌曲的剧情歌，还有配套的视频、广播剧。顾声听到这个消息，心脏似乎停跳了好几秒，如果能有锖青磁念白，真不知道要为这首剧情歌加多少分。

作为一个翻唱小透明，这可是一个巨大的诱惑。

她浮想联翩时，庚小幸非常不识相地补充说，剧情歌念白不是他，而是完美配音组的老大绝美杀意，顾声这才略平缓。

不过！绝美杀意也是非常诱人的声音。

若不论个人喜好，他和锖青磁完全可以平分天下，可惜绝美杀意太平易近人了，导致锖青磁的低调成为最吸引人的重点。

由于她最近家里琐碎事情多，暂不住校。

所以晚上八点的第一次策划会，她足足迟到了半个小时。幸好，她的部分并不需要她来操心，有导演，有策划，有填词，有宣传……基本能有的都有了，她

———————————

① CV：网络配音。

前期纯属就是个打酱油的。

进房间时，正听到三大王牌之一的风雅颂在说话。

声音带着自然笑音："我呢，时间是最宽裕的，绝美和镨青磁就难说了。"

"我？"绝美搭腔，"彩排的时间不多，直接录下来，交给后期制作倒是没问题。"

"你不是还有剧情歌的旁白吗？"

"旁白？"绝美奇怪，"这首歌是谁唱？"

"这个……"庚小幸的声音竟意外地软妹子，"我们有几个人选，还没有定。"

顾声边收拾书桌，边听庚小幸说话。

她略微对庚小幸的声音产生了疑惑，这孩子怎么了？平时那股子霸气侧漏的气概呢？

她没开自己的麦，就这么一直旁听着众人的讨论。

好像始终没有镨青磁的声音，唔，大人应该很忙，暂时离开了。

"有人来了？"

忽然，有个声音慢悠悠地低声说了句。

像是在吃着什么东西，有些含混不清。可偏偏就是这种含混不清，更让人觉得无比销魂。

幸好今日是谈工作，除了十几个人，没有任何粉丝。

否则……房间里的聊天屏幕上，早就有排山倒海的表白了。

这种每秒有上百条留言飞过的现象，俗称"刷屏"。刷屏这东西，那不是一般小透明能享受的待遇。要知道，镨青磁已经连续三年没有参加完美周年庆，时隔这么久，这次的周年庆的 YY 房间在线人数破四万完全没有悬念，绝对能创下历史最高峰。

风雅颂很快接话："哎哟，原来我们的头牌在啊，这一个小时又四十七分钟过去了，怎么就忽然出声了？"

镨青磁"嗯"了一声："我一直在。不过现在不是和你说话，下麦。"

风雅颂倒是很听话，立刻悄无声息。

连这位大人都噤声了，自然也没有人敢再开口。

"声声慢？"镨青磁若有所思，念她的名字。

顾声后知后觉愣了几秒，马上去按通话键："我在。"

"声声？叫你呢？"庚小幸颤颤巍巍地提醒。

"我在啊？"她奇怪。

"声声？不在？"

"在啊……"她十分不解。

"估计她吃东西去了，那个吃货……"庚小幸讪讪笑。

……

顾声真是窘到想死，迅速检查后，竟然发现自己光记得去按键盘，忘了开麦克风了。她很快打开，清了清喉咙："不好意思……忘开麦了，我在。"

"教你做的猪肚煲鸡，试过了吗？"锖青磁问。

完全不觉得，如此说有什么突兀。

"嗯……还没有……"顾声有些匪夷所思，但还是非常老实地回答，"还没有机会。"

锖青磁淡淡地"噢"了一声。

然后，竟然就冷场了。

顾声想了想，觉得锖青磁大人肯定有些不太爽快，毕竟上次人家那么认真地告诉自己烹饪方法，自己也爱答不理的，很不礼貌。

她慎重想了三秒，又说："谢谢锖青磁大人指导……"她略停顿，又补充，"我改天一定按照你指导的去做一次试试。"

顾声说得一本正经。

可是依旧是冷场到不行，她甚至都快以为自己彻底断网了。

"咳咳……他现在不在，"绝美杀意非常好心地，带着一丝丝疑惑而又暧昧的语气问，"不过好奇怪，你们以前就认识？没听他提过？"

所有人都知道，绝美杀意和锖青磁是现实朋友。

而既然绝美杀意都这么说了，就更显得刚才冷场频频的对话，非常不寻常。

具体哪里不寻常，当然各人心中各有个迅速延展的故事，比如一个透明得不能再透明的翻唱，是如何抱住了某神隐许久的完美头牌的大腿，甚至……

"我们继续，继续，"庚小幸终于绷不住，替好友出了头，"绝美大人，刚才说到了剧情歌的旁白……"

"啊旁白，对，旁白，"绝美用非常低沉的声音，压低了问，"你觉得，我还可以吗？嗯？庚小幸。"

"可……以，非常可以……"

顾声听出了庚小幸的变音。

作为和她同床接床尾已经四年，并且会继续同寝研究生三年的生死至交，顾声非常敏感地闻到了，这个女人已经因为声音而动心了。

没想到，这位不大关注配音领域的人，竟然彻头彻尾地成了一个声控。

而且是那种一迷就万劫不复，直奔着动心而去的声控。

她听了会儿，去厨房端来妈妈刚才煮好的泡面宵夜，再看电脑，竟然看到锖青磁私戳自己：那天忘记说，猪肚煲鸡也叫凤凰投胎。

顾声忙放下筷子，快速敲打键盘：谢谢，谢谢。

她发出去，很快又发了个笑脸。

锖青磁：不客气。我看到你名字，想到昨天吃到了一道好菜。

顾声看着自己的泡面，有种预感，自己将面临一次食之无味的宵夜。

她很快回复：是什么？

锖青磁：鲜虾胶酿荷兰豆。

顾声：听上去就很好吃……

锖青磁：我试着做了一次，不难。

顾声：真的？

她心头滴血，半夜十一点多，头牌大人你是想做什么……

很久的沉默。

房间里众人仍旧在热火朝天，开始了正事之后的八卦。那些参与讨论的人，瞬间都变身回粉丝，开始围着绝美杀意和风雅颂，不断追问这种问题。比如完美接下来的活动，比如绝美杀意的生日会，比如风雅颂刚发的剧……

顾声刚拿起筷子，就看到锖青磁发来了几段话：

主要是虾胶做起来，有些麻烦。

几百克的鲜虾，用刀横纵剁成胶状的虾蓉，调入葱姜泡的白开水，料酒、盐、味精、白胡椒粉，搅匀后加入鸡蛋清搅拌，最后加少许香油，冷藏 1 到 2 个小时。

荷兰豆切开口，用虾胶填满、蒸熟。

最后浇泰式甜辣酱，虾胶口感非常好，有荷兰豆的清甜，味道很不错。

说得真认真啊……

频道里依旧热闹着，顾声看着自己的碗几秒后，很快打出了"谢谢大人"，还附赠了一堆笑脸后，捧着碗就往厨房跑："妈，你们晚饭剩没剩什么肉啊虾啊，随便什么都行，实在不行给我加个鸡蛋——"

鱼香千层茄

第二章

Really Really Miss You

很想……很想你。

元旦节休假。

整整三天，顾声都被家人征用，白天帮家里看着小超市，晚上还要在关店后理货。就是如此，庚小幸也不放过她，要求她每晚十点半准时开始，直到深夜一点结束。

开始两天，因为绝美和锖青磁都有私事，并没有出现。

最后一天假期，也是第一次排练。

为了将这次宣传做大，同时也为了喂饱完美的粉丝，绝美杀意决定在完美配音组的官方频道进行第一次排练。

当然，语音房间的现场和茶话会没什么区别。

顾声到家时，已经被刷屏得水漫金山了。不断有人在公共聊天屏幕发出各种尖叫、花痴的符号，绝美杀意和风雅颂刚刚发了一部剧，正在说话逗趣。

她匆匆扫了眼在线名单，锖青磁没有在。

这位头牌还真是行踪不定。

因为完美三大王牌的出现，最后竟然决定三人都参与剧情歌的念白，而也因为完美和锖青磁这个头牌的名声，歌曲的词作者竟然两天就交了稿。

她看了看三人，还有几个完美新人的念白，非常满意地发现那个填词也和自己一样，最爱锖青磁的声音，将最有意境最勾人的念白都贡献给了他。

"这念白很温柔幽怨啊，"风雅颂幽幽叹口气，"为什么，只要我碰上了组长大人你，就一定幽怨？"

顾声扫了眼风雅颂的念白，忍不住笑。

"角声寒，夜阑珊，怕人寻问，咽泪装欢……"风雅颂慢慢地念着，忽然就改了词，轻声添了句，"绝美，我能不能问你一个问题？"

"嗯？"绝美杀意说，"问吧。"

风雅颂刻意停顿了几秒。

就在这几秒间，已经有几百个"爱过！""真的爱过！""不用问了！你们是官配啊！""在一起啊！！！""果断在一起！不解释！"……不断从聊天屏幕上飘过。顾声看得笑死了，这两个人一个走不羁风格，一个是常扮委屈，当真是天造地设的完美第一官配。

这些CV被配对来配对去的，倒是常事。

只可惜锖青磁身为头牌，却没有任何官配和民间绯闻，这完全因为他刚进完美时的一段简短自我介绍：我是锖青磁，嗯，我是直的。

非常一本正经的自我介绍。

再加上头牌大人的彪悍粉丝群，没人再敢给他配任何的官配。

风雅颂看刷屏得太厉害，终于绷不住，制止。

"欸？你们别误会啊……"风雅颂忍俊不禁，"我想问，我们头牌大人去哪里了？"

"锖青磁？"绝美笑了声，"他要知道你叫他头牌，你一定会被扔到池子里做标本。"

风雅颂"扑哧"一笑。

两人的热场算是结束。

这里的工作完成后，成了完美自己的活动专场，但是所有网站工作人员都没有退场，包括庚小幸也非常兴奋地留下来，听他们现场彩排。

顾声本来想退出，却又好奇锖青磁究竟去了哪里，到现在还不出现。

她留下来却并不出声，旁听着那些CV的互相调侃。

"他现在在我旁边了，"绝美杀意上麦后，忽然转了话题，强调那个他就是锖青磁，"你们的锖青磁大人电脑忽然报废了，现在我们俩共用一个麦。"

顾声忍不住留神听。

很快，锖青磁的声音就说："我在，你们继续。"

头牌都出现了，房间的粉丝哪里肯罢休，不停留言刷屏让锖青磁说点儿什么，安慰他们等待数个小时的委屈。

绝美笑："我看，你今天不说什么，我都交代不过去了。"

锖青磁声色无奈："今天很累。"

很快所有疯狂的粉丝，立刻变成了温柔的小绵羊，不断留言"大人快去休息吧！""听听，我们大人的嗓音都变了，我心都碎了呜呜""绝美大人……你就不要奴役我们头牌了，他多可怜啊，好不容易赶回来，还要被你压迫……"

绝美"噗"的一声就乐了："可真够冤的，还什么都没让你做呢，就被人说'奴役'了。"

"让我想想，"锖青磁似乎也觉得自己不妥，沉吟片刻说，"我今天试了一道菜，觉得不错。"

就在绝美忍不住骂了句的时候，顾声也下意识低头，看了眼时间。

嗯，凌晨十二点，头牌大人你果然有深夜拉仇恨的本领。

两个人因为共用一个麦，听上去声音都有些远。

很容易就能想象得出，两个男人应该是相对坐着说话。锖青磁说了句"让我去拿杯水来"，暂时留给了几位男女 CV 吐槽的时间。

绝美嘿嘿一笑："私下透露，他只有心情不好的时候才喜欢做菜。"

"心情不好？"风雅颂那边有扯开饼干袋的声音，"所以来报复社会吗？"

完美配音组的某位副组长豆豆豆饼，也非常哀怨地搭腔："我要去宿舍阿姨那里买个杯面回来，你们等我。不过记得，这个一定要录下来，明天我要上官网了，这小子百年不出声，出声就半夜讲美食，真心坑爹。"

在一众吐槽声音中，只有顾声觉得，自己似乎有点儿习惯了。

毕竟这已经是他第三次这么做，难道……他以前都没这么做过？

"这么晚了，就说一些素菜，"锖青磁似乎喝完了水，上麦说，"鱼香千层茄。"

顾声托着下巴，甚至能想象出鱼香的味道。

他真是有些累了的样子，嗓音有些偏离了华丽声线，淡淡的、沙沙的。

"很简单，主要是热油炸茄子，还有鱼香料这两部分，"他继续说着，被不断刷屏说饿的粉丝逗的，难得笑了声，"我只有现在有空，不听吗？不听我就停下来了。"

粉丝们不能上麦，继续爱如潮水一般地刷屏。

"不要啊大人""锖青磁大人，人家等了三个小时才等到你啊，不要走啊""大人，您就是说满汉全席，我也扛得住……""喂，怎么都是头牌的粉啊！风雅颂大人，世上万千种，我独爱你这一份！"

顾声被逗得笑死了。

"好了，别卖关子了，快说，说完陪我去吃宵夜。"绝美催促。

"两个茄子，切成一沓薄片，放入烧热的油锅里小火炸熟，比薯片略微软一些的时候捞出来，"锖青磁不紧不慢地说着，"当然，如果你喜欢薯片的脆感，也可以炸得久一些。"

"我喜欢脆一些的。"绝美搭腔。

"然后，在油锅里用蒜蓉和辣椒粒爆香，把千层茄片倒入。接下来就简单了，记住这些调料：生抽、胡椒粉、白糖、鸡精、豆瓣酱、醋、料酒，大火翻炒。最后放花生米和葱花，快速翻炒，立刻就出锅。"

"嗯……花生炒多了会软……"绝美很痛苦地配合。

锖青磁倒是回答得认真："估计会。"

顾声很明显地觉得胃有些难过……那种对美食的渴望瞬间袭来，吞噬着理智。她在思考自己是否要去厨房，或者直接去楼下看看路边有什么炒面炒河粉之类的食物。就在自己和自己左右开战的时候，锖青磁忽然对她发来私聊框：在？

顾声忙不迭回复：在的！笑脸。

锖青磁：这菜是素食，适合女孩子。

顾声：好！握拳！我改天一定去试！

锖青磁：好了，走了，下次见。

下次见……下次见？

顾声忽然觉得，自己一定需要在房间里常备各种猪肉脯、牛肉干，甚至是午餐肉罐头之类的东西，才敢再会这位声音华丽诱人又精通各类食谱的锖青磁大人……

咖喱牛肉粉丝汤

第三章

Really Really Miss You

很想……很想你。

最后一天元旦假期。

爸妈去了外婆家，到十点的时候，顾声才到超市里帮表哥关门，告诉他自己晚上还有活动。表哥是对俗称二次元的网络圈子毫无所知，最多只玩玩《剑网3》的男人，实在难以理解她每日把自己关在屋子里咿咿呀呀，或者开门进去，就只对着稀奇古怪的软件，不停调音的生活。

顾声懒得解释，准备去清算今日的营业额。

她刚把收银机打开，就听得"叮咚"一声，竟然又有客人了。是个穿黑羽绒服牛仔裤的年轻男人，一声不响地走进来，绕过了表哥刚才搬过去用来拦客人的箱子，他戴着黑色的手套，边摘下塞到口袋里，边从冰柜里拿了瓶矿泉水。

顾声从家里抱来的狗狗，乐颠乐颠跑过去，张望了下这个陌生人。

她愣着看了表哥一眼，平时用来堵门口的箱子，肯定要放七八个，刚才表哥就顾着和她说话，只搬了两个，也难怪人家会以为还在营业。表哥也无奈，对那个比他还要高半个头的男人说："关门了啊，麻烦快点拿了东西来结账。"说完，就伸出手，"啪"的一声把顾声身前的收银机又关上了。

年轻男人倒是配合，很快走过来，把手里的东西放到桌上。

一瓶矿泉水，一包饼干，还有一瓶酸奶。酸奶是有大果粒的。

"十三块六。"表哥迅速报出价格，接过钞票，找给他零钱。

顾声走到柜台一侧，抱起自己的狗，好奇看了眼这个喝大果粒酸奶的男人。好干净的一个男人，眼睛出乎意料地漂亮，眼尾有些上扬，很大，单眼皮。

顾声下意识想起自己看的那些有关面相的书，有这样眼相的男孩子通常会很专注，一旦投入就不会轻易地放弃，尤其对工作和感情都很执着……她看他的时候，他正接过零钱放到自己的钱包里，似乎想到什么，微微蹙眉，眼角更提了一些……

她发现自己观察得太仔细了，低头摸了摸狗。

门又叮咚一声滑开，客人离开了。

超市每天人来人往，又因为和区医院隔着一条马路更是生意好。这样的男孩子，她在看店的时候，不知道每天要见多少个。可是唯独这个，顾声这个绝对的声控，忽然很好奇他开口说话会是什么样子。

当然也就只是想想。

她回到家里，发现庚小幸竟然QQ在线。

顾声很快敲了一行字，发过去：（笑脸）大半夜不睡，等哪位帅哥大人哩？

庚小幸：（笑脸）没，没，我在听绝美大人排练……

顾声：欸？我怎么觉得"绝美"两个字，你打出来，就莫名镶着粉红花边了？

庚小幸：……我是大人的狂热粉……而已……

顾声：喔，在哪个房间？

庚小幸迅速报出了一串数字，给了她密码。

顾声让她帮忙打个招呼，进了房间，竟然找了一圈没看见庚小幸的名字。

她奇怪问庚小幸：你人呢？没看到？

庚小幸：嘘……我在和绝美QQ语音，他开了电脑的混音，这样我就能通过他的电脑，听他训练新人了……

这么阴险的勾当，庚小幸竟然都懂了。

顾声觉得自己一定错过了很多精彩的事情。

房间里的人不算多。

顾声听了会儿，明白是完美内部的活动。大概是训练一批新人现场排练配音，完美杀意竟然有好心情亲自来调教新人的戏感。

有些新人面瘫得可以，无论怎么念，都没有任何感觉。

名单里，没有镨青磁。

她想起上次镨青磁告别的时候，屏幕上的那行字，略微有些奇怪的感觉。狗狗跑到她脚边，蹭着哼唧着，顾声乐不可支，抱起它，低声问："巧克力，你今晚好像有点儿闹肚子，是不是你外婆偷偷给你吃草莓了，嗯？"

她嘀嘀咕咕的，巧克力蹭来蹭去地不老实。

耳麦里，有他们中场休息的对话。

"风雅颂刚入圈时，特点就是面瘫，"绝美长嘘口气，"你来给新人介绍介绍自己过往被狠狠训练的历史吧。"

风雅颂笑了声："没戏感嘛，估计都没谈过姑娘吧？"他说话的时候，有稍许回声，如此聪慧的一个人，立刻就乐了，"我说，谁混音没关啊？"

顾声立刻乐了。

马上给庚小幸打字：露馅了吧？暴露喽。

庚小幸：……

"今天换了个电脑，"绝美轻咳了声，"关不掉。"

"噢，"风雅颂幽幽一笑，"我还以为是谁，让自家妹子偷听呢。"

"接着说戏感。"绝美笑。

"我说了啊，很简单，"风雅颂淡淡地调侃着，"想要戏感，就去多'祸害'几个姑娘和少年，立刻就有感觉了，尤其是感情戏。"

众人听得正乐呵，绝美却长叹口气："你这话，让从没交过女朋友的锖青磁怎么办？人家可是商业配音演员，专配风流公子，深情得很啊。"

顾声正给狗顺毛，立刻手顿了顿，以为自己听错了。

她可是被锖青磁配的角色，打动无数次。

尤其是在西瓜台的热播古装剧，她完全是闭着眼睛去看电视剧的，就是为了听声音而不看那个有碍观瞻的男一号……

风雅颂"哎哟"了一声："忘记我们的头牌了，他是天生有戏感，比不得。"

他们两个这么一说，十几个新人立刻就兴奋了。

要知道这里有大半的人是因为锖青磁的名声，才进这个配音组。

完美这个名字，因锖青磁红了六七年。

甚至完美的人偶尔去配个商业广告什么的，一说自己在完美配音组，立刻就有录音师能笑出来："锖青磁的那个吧？那小子还没有退圈呢？"

要知道大部分成名的人，都是自由身，谁还愿意被一个民间社团束缚？

这背后是什么原因，顾声不知道。

但是她很美好地猜测，一定是头牌大人人品好，念旧，再红也不忘出身……

因为绝美杀意这么一提，所有人都在问能不能听听镨青磁大人现场演示，哪怕约得再晚，也肯定会准时到场。绝美没有立刻答复，似乎在考虑的样子。

在短暂的安静里，顾声甚至不敢深呼吸，也在等待着答复。

要知道，能现场听他对非商业的戏，这种机会早就没有了……

"声声慢？"耳麦里，忽然就有镨青磁的声音。

她被吓了一跳，心怦怦乱跳。

他竟然在。

竟然又是用的绝美杀意的麦……

镨青磁轻描淡写地问了句："我可以抱你上麦吗？"

很礼貌，很意外，也很暧昧。

一般 YY 房间聚会时，都会有很多人在线，所以想要说话的人就要排队，等轮到自己了，才能开麦说话。但也有特例，比如房间的管理员有一个特权，就是能随时把任何人调到第一位，优先说话……这个叫"抱人上麦"。

很暧昧的说法。

可是经常说，也就不暧昧了。

但如果忽然是你最喜欢的声音，这么问你……顾声竟然有些耳根发热，深度唾弃了自己一下下，装着很大方地敲下了"可以"两个字。

她顺利上麦。

一时安静，两个人都没有说话。

"其实，感情戏很简单。"镨青磁略微正式，声音就已经好听得一塌糊涂。

顾声不知道他要和自己对什么戏。

只是认真地看着公告板，她旁观别的配音组彩排，都是把台词贴在公告板上，照着念就好……只是不知道为什么他会选自己？

不过这里除了新人，就只有两个大男人，也只能和自己对了。

顾声如此解释给自己。

却还是紧张地深呼吸……让一个翻唱来排练配音，简直是赶鸭子上架啊……

"声声慢？"锖青磁忽然叫她。

"嗯？"她努力看公告板，没有任何台词。

"我爱你。"

忽然而来的对白。

简单，直白，而又情意深厚。

她瞬间傻掉，傻得完全而又彻底。

"你……"他的声音，有些微微的共鸣，仿佛蛊惑的温柔，"爱不爱我？"

"我……"她咬咬嘴唇，让自己镇定，没有台词该怎么回答，爱？不爱？爱不爱？

她纠结了几秒，终于坦白："爱……我爱……你的声音。"

"谢谢，"锖青磁轻轻地回答她，"我抱你下麦。"

他笑了声，恢复了平时有些冷淡的音调："就是这样的感觉，多练多揣摩。"

顾声一只手捂着耳麦左侧，另外一只手拍了拍自己的胸口。

还是跳了个乱七八糟。

绝对不能怪她这么大惊小怪，这辈子第一次有人对她说"我爱你"，还是这么突然，还是她心中最美丽的声音。她轻轻呼出口气，默默地，幽幽地感叹了句："啊，啊，要疯，要疯，淡定，淡定……"

她忽然十分佩服，那些早年和锖青磁配戏的女 CV，是怎么扛得住各种台词表白的。如果是自己，肯定只能自己对着电脑录音，再发过去，绝对，绝对，不能现场排练……

锖青磁很快离开，绝美调侃了两句，便作罢。

过了元旦返校，就是长达两星期的期末考试。

庚小幸和顾声也不敢太折腾，约好了两周后重出江湖，两个人每天就是看书考试、看书考试，如此浑浑噩噩，到第十四天进了宿舍，终于觉得满血复活了。

顾声爬上自己的微博，照料那两百多个散养的粉丝。

她这种翻唱小透明，养了两年的微博，才达到这个数目。两周没有上线，忽然就多了2000多个粉丝的提示……怎么会这样？微博大发慈悲，派发"僵尸粉"了？

顾声很激动地打开来，很欣喜地一个个翻下来，翻到最后，惊了。

锴青磁。

她怕看错了，鼠标移到这个名字上看。带黄V的，不会有错，是头牌大人。

不知道是哪天加了她，为了考试，她足足有五天没有登录过。

顾声琢磨了无数个理由，猜不出他为什么忽然关注自己。她关注他微博很久，知道他很少关注人，除了最早年的几个骨灰级CV、编剧、策划和翻唱，连私人朋友都没有。不过她很懂他的意思，粉丝大多喜欢挖八卦，为了免得自己信息曝光，只能将二次元和三次元彻底分离。

所以，他关注的人至今没有超过100个，而且已经一年多没增加一个了。

所以，那些根本就不是"僵尸粉"，分明就是头牌大人的死忠粉？

顾声看着电脑发呆。

充分体会到抱大腿的威力，人家只是关注了一下你，什么也没说，也没转发，立刻就给你带来了2000以上的粉丝，而且现在粉丝还在拼命增加着。

身后庚小幸在悠哉地嗑着瓜子，兴起了还把垃圾筐拉到面前，专心致志，一丝不苟："你怎么忽然不说话了？"

顾声没听见。

庚小幸奇怪，探头看了眼："你被头牌关注了。"

顾声被"头牌"两个字唤回了意识，幽然回头："是啊……他都一年没关注人了，我都怕被他粉丝爆头。"

她想了想，又不放心，看了眼自己的微博内容，检查是否有脑残低俗爆粗之类的言论，免得影响自己在锴青磁大人心中的地位。幸好她不怎么话痨，发得极少，大多也只和今天吃了什么，明天会吃什么，未来计划吃什么有关……

吃货毋庸置疑，幸好是个有节操有主见不脑残的吃货。

她默默地松了口气，开始继续翻自己的私信，有一封是自家音社声部部长的信。大意不过是……嗯，让她试着申微博黄V，为社团拉人气。

顾声这个小透明，待的也是小透明社团，成立才一个月，声部和词部勉强还有几个人，后期、美工就一个，外宣？嗯，社长自己扛了。

她以前幸运地和两个填词大神合作过，这就成了社长眼里的香馍馍。

她硬着头皮，将自己从锖青磁的关注事件中拔出来，开始去填申V的网页，全部填写完，交了社长搞来的什么盖章证明文件，传上去，发了申请。

页面跳到下一页，提示发送邀请给有V的好友，可以当作辅助证明。

一旦好友反馈，就会增加成功率。

嗯。

顾声想，这也算合理。

她很快扫了眼系统给的选项，都是自己曾认识的一些好友，一个个勾上，最后还差一个，嗯，差一个？

她盯着"锖青磁"这个名字，做了很久的思想斗争。

邀请？不邀请？

既然他都关注自己了，应该不会介意随便的一个辅助证明吧？

她默默地思考了几秒，咬牙闭眼，选了他。

发送出去邀请后，有些心慌慌，会不会太打扰头牌？

还没等她自责完，就进来了一条私信。

打开来，竟然是锖青磁的验证私信？！

紧接着，又追来了一条：没想到，你给我发的第一条私信，是让我辅助验证。

顾声被说得更窘了，马上噼里啪啦打了一行字：万分万分感谢，锖青磁大人的帮忙！

锖青磁：没关系。

顾声被卡住了，想了会儿，又回复过去：大人吃过咖喱牛肉粉丝汤吗？

锖青磁没有回复。

她略被打击，但还是决定投其所好，迅速敲打下自己做得最好吃的菜：

牛肉呢，先切小块，洗净，开水过一下血沫子，用冷开水泡一把粉丝（一定要冷开水哦）。然后在汤锅里加水，放入牛肉、葱、姜、香叶，大火烧开，撇掉浮沫，加料酒去腥，烧开后转小火慢炖……大概两个小时吧，再加些盐调味。

最后，把牛肉捞出来，放在清汤里，加咖喱粉烧五分钟。

放粉丝，烧开，就可以吃啦。

对了，不要忘记加香菜。很好吃的，我最喜欢喝这个汤了。

发送出去后，顾声觉得，嗯，算是有所报答……

她看锖青磁很久没有回，想着头牌大人一定是忙去了，正准备关电脑去吃饭时，就看到他的私信又进来。

锖青磁：这道菜，我很擅长。

顾声：……

锖青磁：嗯，是真的。

顾声：……本来想报答大人的……那我还是多收集点菜谱，再来吧……

锖青磁：报答？

顾声：（笑脸）当然，麻烦头牌大人亲自给我辅助验证，当然要报答。

锖青磁：真想报答？

顾声被他这么一反问，倒是心里打小鼓了……大人不会提出什么奇怪又刁钻的要求吧？不过她非常相信大人的人品，咬咬牙，回复：嗯！握拳！

锖青磁：给我唱首歌吧。

香辣豉香花蛤

第四章

Really Really Miss You

很想……很想你。

顾声：……现在？

锖青磁：现在？你稍等。

顾声觉得头牌大人理解错了，明明是自己问他，是不是现在就要听，为什么就成了自己要求现在唱……这是完全不同的两个概念好吗？！

她现在寝室里还有人啊，还是最八卦的庚小幸好吗？！

头牌你不要这样……

锖青磁很快回复了一个房间号。

她当然记得这个号码，这是他的官方频道，每天都会有几百人在线。虽然他经常是一个多月都不露面，也会有管理员每天在播放着他的录音，举办小型活动，完全是死忠粉丝的聚集地好吗？

顾声觉得，自己忽然出现，还为锖青磁献唱，肯定立刻会被流言蜚语拍死……

她果断地回复：大人，我们去我的房间吧。

锖青磁没回复。

不会已经去了吧？

顾声欲哭无泪，回头看了眼庚小幸，后者还在专心致志地嗑着瓜子……她默默回头，上了自己的YY，以一种壮士赴死的决心输入了锖青磁的房间号码，刚一进入，就看到无数的刷屏："大人闪现啊！！！""什么？你说什么？""大人在加密房间啊！进不去啊！怎么破！怎么破！""淡定……大人一定在等人……""掀桌！谁能让我们大人等！"……

就在她想跑掉的时候，已经被管理员直接拉到一个小房间。

加密房间，只有她和锖青磁。

她迅速打了个笑脸：锖青磁大人。

虽然有笑脸，她还是觉得自己这次死定了。这个小房间外的人虽然进不来，但是可以看到房间里有谁啊……她努力让自己不要想象后果，专心报答。

"你可以说话，"锖青磁的声音，很随意，"这里只有你和我。"

顾声满脑袋黑线，她上麦，庚小幸肯定会立刻跳起来。

但是，她是来报答唱歌的，总不能打歌词，不出声吧。

顾声回过头："那什么……"

"什么？"庚小幸随口接话。

"我要唱首歌。"

"唱呗，"庚小幸懒得理会，"早习惯了，你不是翻唱嘛，没事儿就趁着宿舍没有别人的时候，来折磨我。"

顾声默默戴上耳麦，清了清喉咙："大人想听什么？"

"你擅长什么？古风？"

"嗯，古风。"

"《奏是没节操》吧。"

"《奏是没节操》？"顾声绝望了，这是一首非常没有节操下限的歌啊，而且一点不古风好吗！大人！

她又悄悄看了眼庚小幸。

"嗯，挺有趣的，那首歌。"

"好……让我找下伴奏。"

顾声迅速关麦，又回头看庚小幸："那什么……"

"什么？"庚小幸奇怪地看她。

"我一会儿要唱个没节操的歌，你不要介意啊。"

"什么歌啊？"庚小幸倒是有兴趣了。

"《奏是没节操》……"

"啊噗……你唱这歌给自己粉丝啊？"

"没……给锖青磁大人。"

"你什么时候和头牌这么好了？"庚小幸神游天外，开始各种脑补。

顾声怕锖青磁等太久，马上从网上下载了伴奏和歌词。

这首串烧天下各诗词的搞怪歌曲，实在是有损形象，她准备好之后，觉得自己的心都开始滴血了，怕头牌听过就狠狠嫌弃自己什么的，毕竟从一个角度来说，头牌可是她最喜欢的声音啊，怎么就发展成了这个样子。

真的……要《奏是没节操》吗？

"大人，我开始了。"顾声略有沮丧，开了伴奏。

倒是庚小幸非常八婆地走到她身后，开始当第二个听众，她还不太懂如何使用 YY 语音聊天，但也知道两个人混在一个房间里，绝对堪比私会。

顾声分明就听到她开始一句句"不管不管，伦家奏是没节操"时，锖青磁笑出了声……竟然笑出了声……她真想立刻泪奔了，可还是敬业地唱了下去。

到最后，匆匆结束。

"还不错。"锖青磁言简意赅，声色倦懒。

这是……他最让粉丝沉迷的宠溺音……

顾声轻轻地呼出口气，镇定，镇定，今天是来报答的，一定要心态平和，要绝对平和，绝对不能犯花痴……

"喜欢吃花蛤吗？"锖青磁忽然换了个话题。

"喜欢，锖青磁大人也喜欢？"顾声努力维持自己形象，声音平稳。

"还可以。"

他笑了声。

天……顾声捂住胸口。

宠溺音，再加上时不时笑一声，她真心会阵亡的啊。

谁来救救她这个声控……

她百爪挠心地自我唾弃着，庚小幸听不到她耳麦的声音，就看到她痛苦的表情，有些担心，拍了拍她的肩："小妞，你中毒了？"

顾声对她摆摆手。

哪里是中毒，分明是中蛊了。

幸好，没有设置自由发言，锖青磁没有听到庚小幸的话。

庚小幸撇嘴，觉得听不到完整对话，甚是无趣，继续去垃圾筐旁嗑瓜子了。

耳麦里，锖青磁慢悠悠地说着："不过，有种做法，还是很喜欢的。"

"花蛤？"顾声下意识反问。

问完就回神了，呃，当然是花蛤，一直不都在说花蛤吗？

"嗯。

"香辣豉香花蛤，吃过吗？"

"吃过……"顾声想了想，"不过不常吃辣的东西，翻唱嘛，总要保护嗓子。"

锖青磁笑了声。

顾声默默闭眼，当作没听到这宠溺又诱人的笑声。

"我经常吃辣的。"他不置可否。

"呃……大人天资……不对，是天生好嗓子，不需要保护，也很好。"

分明是老天偏爱好吗？

"做法不难，就是处理起来有些麻烦。"

"嗯……"

"用淡盐水浸半个小时让花蛤吐出泥沙，然后洗干净，用开水都烫开口。"

"嗯……"

顾声习惯性听下去，甚至开始思考，要不要录下来，以后造福所有锖青磁的

粉丝……

但是还是要征得锖青磁同意吧？她犹豫着，没敢问。

"备两份调料，一份是生抽、砂糖、白胡椒粉、料酒、味精、高汤在碗内调

匀，这是调味汁；另一份，是淀粉加清水调成水淀粉。"

"高汤是什么？"

"高汤？有很多种，家常的是煮鸡汤时，留下一些平时炒菜用，代替白开水。"

"懂了……"

"备好材料，就在锅里放少许油，放入豆豉及蒜蓉炒一会儿，再放香葱的白

段、红椒丝、姜丝炒香。然后倒入花蛤和调味汁，大火翻炒，一定要大火，否则花蛤肉会掉下来。"

"嗯……"

"汤汁差不多剩一半了，就倒水淀粉，翻炒后，加香葱的青段，出锅。"

"嗯……"

庚小幸这里，只听着顾声不停"嗯嗯"的，也不知道她在干什么，匪夷所思，又八卦兮兮地偷看屏幕，什么都没有。哎。

锴青磁似乎说完了。

不对，都"出锅"了，肯定是说完了。

顾声非常礼貌地说："我记住了，谢谢锴青磁大人。"

耳麦里传来他的声音。

先是淡淡地"嗯"了一声，然后告诉她："我要走了，下次什么时候给我唱歌？"

"下次？"顾声脱口反问。

"没有下次了？"锴青磁若有所思。

"呃……"顾声被他反问的，有些犹豫，好像只唱一首歌不太有报答的诚意？"那么……下次等大人有时间，随时找我好了。"

"好，再见。"

锴青磁似乎又笑了声，很快退出了小房间。

黑椒生炒小排

第五章

Really Really Miss You

很想……很想你。

顾声绝望地拿下耳麦，很快就精神抖擞，开始认真仔细挑选歌曲，以备不时之需。比如多挑一些不坑爹、有节操下限的歌，美丽的调子和词……挽救自己的形象。

下次一定要霸气起来，要义正词严地和头牌大人说：大人，我给您唱这首吧……

她备下了七八首歌词和背景音，终于有些淡定下来。

"顾声，你和头牌发展到哪一步了？"庚小幸问得也很淡定。

"啊？"顾声看鬼一样看她。

"都关在小房间私会了，你不怕被他粉丝爆头啊？"庚小幸摇头，轻轻叹口气，"树大招风啊，低调，要绝对低调。"

庚小幸估计是憋了很久，终于把想说的说了，非常幸灾乐祸地把垃圾筐踢回到原位，拿起钱包，吃饭去了。

顾声想了想，又去扫了眼自己的微博。

忍痛把个人说明里"求接歌"给删掉了……毕竟被头牌关注了，好歹也给他留一些面子，嗯。可是她真的是个小透明啊，真心喜欢唱歌啊，真心没有什么人来找她唱啊，她真心"求接歌"啊……

她默默关掉网页，在思考是不是因为"抱大腿"嫌疑，私下求合作也要小心些。

为了头牌的面子，嗯，声声慢你还是收敛一点儿好了。

不过这个插曲之后，锖青磁和她倒没有什么交集。

每年的寒假，总是伴随着春节的假期。

很多参与这次周年庆的人，回家后都没有太多时间上线，或者网络条件有限，大家都约在2月1日，固定的一个时间，最后一次内部会议，定下来周年庆的节目。

然后就需要所有人分头去准备了。

因为接近春节，顾声家的超市关门也特别早。

差不多天一黑就要关门。

她在小年夜特意去帮忙关店，正好就看到马路对面有人在吵闹着，她站在玻璃门后张望了几眼，因为临近医院，隔三岔五总能碰上些医患纠纷，倒也习惯了。只不过这次让她看到了一个熟悉的面孔，是那天晚上来买大果粒酸奶的年轻男人。

之所以看到他，是因为他和身边三个一起的男女，明显成了被攻击对象。

顾声认出他的时候，他右边的女人明显被人揪住了衣服，他在伸手挡着……挡着挡着，一拳就被挥在了脸上。

"啊！"顾声脱口叫了声。

紧接着，听到一阵乱响，她回头看，已经有好几瓶饮料掉到冰箱外。

"你吓死我算了，"表哥一边弯腰捡，一边抱怨，"最怕女的乱叫，超级无敌刺耳，你当你午夜惊魂啊？"

"我不是故意的……"顾声走过去帮他捡，塞到冰箱里，再去看对面医院大门口的战况，已经结束了。闹的人还在，那个男人和身边的同伴都不在了。

顾声估摸着，这个人应该是医院的研究生？还是什么？

反正这么年轻，应该不是医生吧？

倒是挺侠肝义胆，知道护着女孩子的……

她默默赞许了一番后，决定下次这个年轻男人来，一定要给他个……八八折吧。嗯。

2月1日刚好是年初三。

到约好的九点，她提前收拾了客厅的零食，以鸭舌、牛肚这种荤食为主，配以麻辣花生和冰红茶，做好完全的准备后，上线，进入了完美的房间。

她刚进入大厅，妈妈就进来问她明早去走亲戚的事情，以至于在外边耽搁了一些时候。等说完话，回过头，竟意外发现刷屏的内容都和自己有关。

确切地说，所有人都在疯狂地八卦着。

"是声声慢，有声声慢，就一定会有头牌大人！"

"什么？！哪里？在哪里？"

"就是那个那个……为什么声声慢会是橙马！！！啊，戳瞎我双眼，快来戳瞎我双眼！"

"淡定……头牌和她，嗯，你懂的……"

"掀桌！声声慢，我和你没完！"

顾声已经傻掉了。

她很想说……头牌的确会来，但是人家是为了正事，和自己没关系啊……

她权衡了三秒，还是灰溜溜进了加密房间。

这里的人完全不知道外边已经吵翻天，还在有一搭没一搭地闲聊着，照例，是组长绝美杀意和风雅颂主调侃，剩下一些人偶尔加几句。

锖青磁没有说话，但是在房间里。

顾声第一反应是，他电脑修好了？

然后很快觉得，自己的注意力实在太集中了，需要分散分散。

"我们出个什么东西，先预热好了，"风雅颂懒洋洋地建议着，"也算给粉儿一些福利，等到周年庆时再出正式的剧情歌好了。"

"好主意。"绝美杀意附和。

副组长豆豆豆饼"扑哧"一笑："你这个组长，我这个副组长，说了都不算，时隔三年的重头戏是我们锖青磁大人啊。"

耳麦里，分明传来庚小幸的笑声。

软糯香甜……软糯香甜……

顾声觉得，嗯，一定是因为绝美杀意……虽然她迄今拿不到实在的证据，但汉子心的妹子忽然转性，必有桃花。

她在猜测的时候，锖青磁忽然出了声音，在叫她的名字："声声？"

不知怎的，就少了一个"慢"……似乎有些……嗯，和她很暧昧的错觉。

"大人，我在。"她马上应答。

"你喜欢古风，我记得。"

"嗯……"

他略沉吟："那么，最喜欢什么歌？"

顾声脑子里瞬间蹦出《奏是没节操》……不会吧？大人？你不会把我卖了，拿这个发布做热场吧？她乱七八糟地哀怨着，慎重想了又想："我比较喜欢《盛世之疆》。"

"《盛世》？"

他今天似乎，嗓子的状态不是很好。

但是沙哑着，倒也性感得很……

"你不会不知道吧？"风雅颂懒洋洋笑着，提醒他。

锖青磁"嗯"了一声："我知道。"

"不过这个版本翻唱的很多，而且要找很多……好像要 6 个唱的，还要 1 个念白的？我们完美出的东西，没有豪华名单，都不好意思拿出手啊……"

"的确，忽然要找这么多人……"绝美杀意也在犹豫。

锖青磁倒没有太在意他们的意见。

反倒问她："声声？你心中，有谁适合？"

"我？"顾声想了想，拼凑出了心中最爱的卡司，"斐少，玲珑剔透，墨墨儿……"她报出了最喜欢的六个适合唱这个的好声音，最后又肯定地说，"念白一定要是锖青磁大人，嗯。"

"我？"锖青磁淡淡地笑了声，"这不难。"

"是啊，只有你不算难……"顾声哀怨地叹口气，忽然觉得自己过分了。

拜托，锖青磁念白不难？！

幸好是在小房间好吗？出去说这话，立刻被鞭打致死好吗……

"你说的这些……"锖青磁在思考。

这些人都是早年出来，很多都只参加 YY 的大型网络歌会，和一些歌手一起在房间里，给粉丝唱歌听，而不再唱新歌了……

还有些，是连歌会都懒得开，彻底消失人间的好吗？

他忽然问："豆豆豆饼，你觉得呢？"

豆豆豆饼意外沉默三秒，终于长长地，长长地叹口气，非常哀怨地坦白："头牌我恨你……哎，好吧，声声同学，多谢你的抬爱，我就是墨墨儿。"

　　顾声傻了。

　　没想到啊，真心没想到啊……

　　没想到啊……这位前辈竟然潜伏在完美……

　　豆豆豆饼又重复了一遍："锖青磁，我恨你。"她哀怨地继续说，"你说的人，我可以约来两个，但是，余下的三个，就都要看，他们是不是卖头牌的面子了。不过呢……"她轻轻咳嗽两声，风雅颂马上就接上来："不过其中有个，玲珑剔透，是锖青磁的脑残粉噢，脑残粉你懂的，嗯，声声，你想好，要不要把锖青磁卖给别人噢。"

　　"呃……"

　　虽然这种 YY 房间里的调侃，都很随便。

　　但是她和锖青磁被扯在一起调侃……实在……

　　实在无法应答自如，嬉笑怒骂啊，摔！

　　"不用三个，"锖青磁淡淡地，表示了自己的抗拒，"其中一个，让声声唱。"

　　还没等顾声反应，豆豆豆饼和风雅颂已经先后惊呼了一声。

　　风雅颂乐不可支："声声，你要彻底红了！"

　　彻底红了？

　　顾声不在乎自己是不是红的问题，她的关注，全部，全部，全部，全部都放在了自己最爱的卡司上。最好的声音，最好的念白。

　　还有一个……是她自己。

　　这是什么感觉？

　　完全是一个刚进初赛的选秀歌手，忽然被告知，即将和一众大神歌手合作一曲，还有业内顶级配音做念白好吗？！

　　顾声不断拿着玻璃杯，冰自己的脸。

　　疯了，要疯了，真心要疯了……

　　顾声关了电脑，把自己扔在床上，抱着被子滚过来滚过去，已经完全爆了血管。满脑子都是这个豪华的歌手名单，简直是毕生追求的最爱阵容好吗？

她激动到手机响了无数次，这才听到声音。

接起来，竟然是刚才在 YY 房间里说过再见的庚小幸。

"恭喜你啊，顾声同学。"

她笑，问庚小幸什么事情，这么晚还打过来。

"其实呢……嗯……我想……和你谈心。"

"谈心？"顾声奇怪了，"我天天和你吃饭睡觉上课都在一起，你也没有说和我谈心啊？怎么刚过年放假，就有心事了？"

那边支支吾吾的。

她直觉是感情问题。感情问题？那十有八九，就是那位完美的组长大人了。

果然庚小幸把话吐出来吞进去，如此几番，终于交代了她刚才和绝美杀意进行了有史以来第一次微信沟通。纯私人的，纯友谊的沟通，人家只给她讲了个鬼故事，她竟然就荡漾了，彻底睡不着了。

顾声听得笑死了，绝美讲的肯定不是一般的鬼故事，分明是《聊斋》里勾魂摄魄的画皮鬼。

"庚小幸子同学，"顾声压低声音，防止客厅里看电视的老妈听到自己话，"你是不是彻底声控了？"

"嗯？"庚小幸沉默两秒，也压低声音说，"好像，似乎，大概是的。"

"如果一个男生貌美如花，可是声音难听，你喜欢吗？"

"好像……不会喜欢。"

"如果一个男生温柔体贴，可是声音难听，你喜欢吗？"

"应该……不会。"

"如果一个男生家财万贯，可是声音难听，你喜欢吗？"

"不会喜欢……"

"恭喜你！你已经蜕变成了十足的声控。"

顾声长吐口气，有些幽怨地说："如果一个男孩子声音不好听，普通话说得不标准……要和你过一辈子……哎，这是多么痛苦的事情。"

庚小幸曾经对她的论调嗤之以鼻，现在却深表赞同。

不貌美，只要干净就可以啊。不温柔，还可以培养教育啊。现在没钱，以后可以努力工作上进赚取啊……可是声音不好听……

简直无法想象。

两个声控达成了一致，完全忘记庚小幸最初打电话来的初衷。

没想到，头牌是绝对的效率派，过了没几天，这首歌的策划就开始和顾声对时间，准备第一次的《盛世之疆》的排练。

顾声的回答当然是，任何时间都可以。

那些都是殿堂级别的人物，她当然是配合，绝对配合。

为了犒劳完美的粉丝，这次的排练竟然是完全公开的，这些人各自的粉丝都有大把，她挂机候着开始的时间，眼看着人数从千位跳到了万位，越来越不淡定。底下的刷屏流水一样，已经完全看不到在说什么。

她挂着挂着，就看到了一句私聊，是头牌。

锖青磁：事先练习过吗？

顾声：嗯，大人放心，我练习了很久……

唯恐给头牌丢人什么的，她可真的不敢不练就过来。

虽然只有几句话而已，可是面对的都是金嗓子……压力骤大好吗？！

锖青磁没有再回复。

紧接着就是风雅颂和绝美杀意，甚至是豆豆豆饼，都私戳她，叫她不要紧张。豆豆豆饼还非常体贴地告诉她：你就是唱得比我们好，还是会被吐槽的，新人嘛，一定要承受得住压力噢，加油！

顾声马上表决心：放心，我心肝强硬得很！

大概过了十分钟，他们几个就开始闲聊起来。

听上去都是老朋友的样子，互相调侃着，锖青磁依旧保持着高贵冷艳不上麦的风范……顾声则是太透明，又实在和这些前辈没什么话说，也就闭麦听着。

上万人，简直相当于露天演唱会。

而这些铁杆粉丝，也乐于听几个神隐的大人闲聊，求之不得好吗？！

而且说是"排练"，因为 YY 的延时问题，是没有办法合唱的，所以也就是几个人愿意唱的，唱两句。纯粹是打着排练的旗号，为完美这次的周年庆做预热。

果然，几个人唱过后，轮到顾声，底下就不太热情了。

依旧不停对自己大人表白，完全把她当成空气。

她状态极佳地唱完，发现除了几个说自己气息不稳，中气不足外，倒是没什么吐槽的，真心觉得踏实了。幸好，没有给头牌丢人。

"我们风流倜傥、节操完美的头牌大人呢？"豆豆豆饼非常聪明地立刻把炮口转向了最重磅的头牌，"头牌？头牌？你在哪里？出来啦！"

豆豆豆饼是他老朋友，自然说话随便了些。

频道安静了几秒。

"嗯，我在。"

锖青磁回答她，完全无视了前面那一系列调侃。

一听命中，绝对秒杀所有女孩子的男人声音……

"需要我念白？"他慢悠悠地追问了句。

"念也可以……不念也可以，说说话，来个小节目什么的，"豆豆豆饼长出口气，"幸好，我和你认识了好几年，免疫了，锖青磁大人，你能稍微、稍许把你的宠溺音收敛一些，好吗？"

锖青磁忍不住，笑了一声。

顾声只觉得心"扑通"跳了下，彻底醉了。

就这么一声笑，真心醉了。

她也听了两三年好吗，怎么就一点儿没有免疫呢……苍天……

这种绝对自然、绝对风流的笑声，哪天一定要悄悄录下来，做铃声什么的。

他略微沉吟："什么节目好呢？"

公屏刷得像潮水一样。

"锖青磁大人，我爱你！一辈子啊！！！"

"大人，我是脑残粉啊，你就是咳嗽都好听啊，太销魂了有没有有没有有没有啊！"

"大人念句完整的台词吧，我录下来做铃声！"

"求大人念句'你这磨人的小妖精'，跪求啊！"

"我只要一句'我爱你'，我要录下来重复一百遍做铃声啊！"

……

今晚粉丝多，今晚粉丝疯狂，可别家的粉丝绝对抵不上头牌家十分之一的热情度。

最后搞得几个特邀嘉宾都绷不住笑了。

斐少非常婉转地表达了自己的"嫉妒"："唉，今夜，我彻底被头牌压了……"

他说得暧昧，豆豆豆饼都忍不住啐他："锖青磁从不乱勾搭，这是传统了，少拿我们家头牌搞暧昧。"

斐少笑起来："暧昧？我用吗？"

他是唱歌的，自然没有锖青磁说话字正腔圆。

顾声默默地想，真是和头牌一比，谁的声音都黯淡了……

"我……"他拖长了声音，似乎在思考，淡淡的尾音真是摄魂得很，"唱歌好不好？"

唱歌……

唱歌？！

唱歌？！！

顾声惊了，粉丝惊了，几个嘉宾和完美组在场的人都惊了。

谁听过锖青磁唱歌？完全没有好吗？！

当年锖青磁在网络大红特红的时候，无论粉丝如何要求，无论活动方如何大牌，都没办法让他开口唱歌……以至于所有人都觉得头牌绝对是五音不全的典范。

可是，现在，今晚，大人要唱歌？

顾声马上就按下了录音，她发誓这个房间里所有人都和她做了相同的事：录下来……

斐少打了个磕巴，有些不敢相信："锖青磁，你是要瓜分我们的江山吗？"

豆豆豆饼也不愤投诉："喂，CV和歌手发声方式不同，你真认为，你完全的CV嗓子用来唱歌，不会走音吗？"

倒是始终旁观的绝美杀意，非常激动地抢了话："完了，你们的粉丝要彻底倒戈了……他不唱，是因为唱得太好了好吗……"

绝美杀意大笑两声，简直是完全期待。

顾声心怦怦乱跳着，仍旧不敢相信这个事实。

直到……直到锖青磁在大家都吐槽完后，很淡然地说："声声，麻烦帮我上字幕。"

"啊？"她脱口而出，下一秒就清了清喉咙，投降了，"锖青磁大人，我是手残，字幕什么的，绝对不行……"

跟着他唱的每句，滚动字幕？

估计他唱了十句，自己才上到第四句……

"没关系，"锖青磁声音有稍许笑意，完全无视了公屏无数主动请缨的字幕高手，"随便就好。"

随便就好……

这能随便吗，真的能随便吗？

头牌第一次献唱，自己这个渣字幕一定会被拍死的。

顾声骑虎难下，也不能当场拒绝，沉默三秒后，横下了一条心："大人想唱什么歌？"

他略微思考，冷静地念出了一个名字："《万骨催沙》。"

名字一出，麦上彻底都安静了。

女声歌。

还是绝对的高音。

头牌今晚，还真是要艳压群芳了……

顾声拼命让自己淡定，淡定得像个专业的字幕。

可是，当耳机里传来前奏，她就彻底地不镇定了，甚至摸着键盘，忐忑得一塌糊涂。头牌的声音，唱歌会是什么样子？会是什么样子……

太紧张，以至于他唱出第一个字时，她以为是幻听。

"赏山河万里方知骨能催沙，踏花海千山才悟芳华易逝，

"愁肠寸结，徒增俗情，百载回身，天下归心……"

太低沉霸气了好吗？！太好听了好吗！

如果说女版还有些仙音，那铬青磁的版本根本就有种袖手天下的既视感。

泪目了。

好棒的胸腔共鸣！

好棒的转音！

高潮戛然而止，耳麦里忽然转唱为念，是铬青磁的古风腔念白！

"十城战火，万骨催沙，江河故土无人葬……"

轻微混响下，那尾音淡淡的宠溺音已全然不见，当真是极尽风流，风月无边。

她如果不是在上字幕，一定会捂住胸口的，大人你能不能不要这么有戏感。

实在是！太有了！

一个CV会唱歌，简直就是所有歌手的天敌，术业有专攻，念白好的唱歌绝对弱，唱歌好的念白绝对不专业，但是……这种常识在头牌大人身上，完全绝对不成立。

不只是顾声。

房间里所有人都爆血表了。

可遇而不可求，可遇而不可求啊。

众粉丝简直是除了表白表白表白，就还是表白，除了表白就没有什么能表达激动的了。顾声想看刷屏，想听唱歌，又想上好字幕，简直是心力交瘁。

觉得自己没有好好安静地趴在床上听头牌的歌，这辈子真心不会再爱。

最后，连管理员豆豆豆饼和风雅颂都开始加入刷屏大军，拼命吐槽铬青磁实在是藏得太深了。

豆豆豆饼："铬青磁，你改名'倾国倾城'吧！我做你一辈子的脑残粉！"

风雅颂："完美庙小啊庙小，终归是藏不住你这个绝色了。"

斐少："我金盆洗手！没法混了……"

就在众人爆血管的时候，背景音忽然就停掉了。

"就这样吧，"他清了清喉咙，淡淡地表示，"差不多了。"

顾声有种要哭的冲动。

豆豆豆饼已经抢先开麦："太残忍了！有唱歌唱到一半的吗？！头牌你太不敬业了！实在太令人发指了！"

"我又不是翻唱，不需要职业道德，"他笑了声，"好了，足够了。"

好了？足够了？

这要问听众的好吗，头牌大人……

"好了好了，锖青磁的脾气你们还不知道，"绝美杀意适时上麦，安抚众人，"要不然，我给大家来段儿歌吧……"

"你滚，"豆豆豆饼完全不给组长面子，"今晚多少金嗓子在这里，你给我退下！"

"得……我闭麦。"绝美杀意倒是出了名的好脾气，要不然对着这帮牛鬼蛇神，也做不成紫马。

"那个……什么，"豆豆豆饼马上就掉转矛头，"倾国倾城头牌大人，我现在，咳咳，现在真心和你说话开始紧张了，哎哟，你知道我的，我最喜欢唱歌好听的男人。"

"你可以装得再像一点儿，"风雅颂"扑哧"一笑，"我的副组长大人。"

"给本宫退下，"豆豆豆饼切了声，"五音不全的，今晚不宜说话。"

风雅颂也灰溜溜地闭了麦。

"倾国倾城头牌大人？"豆豆豆饼继续摇尾巴。

"嗯？"

"您……在做什么？"

锖青磁略微思考："在听你们说话。"

"大人您还有没有什么节目，或者想对粉丝说的话？"

他似乎想要离开了，听上去真的像是要收尾的感觉："让我想想。"

频道出现了短暂的安静。

鉴于今晚倾国倾城头牌大人的表现太过让人爆血表。

所有人都万分期待，他会用什么来收场。

"我想说的是……"他似乎在吃着类似于润喉糖一样的东西，口齿不太清晰，含混地温柔地宠溺地低迷地笑了一声，"不要因为迷恋声音，太投入喜欢一个人，你永远不知道网络另一端，这个声音的所有者是什么人，对吗？"

对吗？

对吗……

不对好吗？！

如果是别人说，还有些说服力。

可是头牌大人你今晚先是用声音引诱了所有人，再警告说不要太迷恋声音……你是故意的吗？你一定是故意的，绝对是故意的！

果然，粉丝们非常配合地全部刷屏，都是："大人我爱你，一生推！"

绝美杀意乐不可支，清了清喉咙，用霸气攻音压下了粉丝的热情："锖青磁大人的意思呢，是喜欢声音就好，不要被声音欺骗感情噢，理性喜欢，嗯，理性喜欢。"

好吧，他也知道自己是废话。

顾声这个小字幕，显然已淹没在众人中，听他们的嬉笑怒骂。

太有趣，也是因为都在网络之后，每个人都很有趣，这就是物以类聚吧……

她觉得锖青磁应该已经离开了，这才关掉录音，去找软件，想要把头牌大人的半首歌剪出来，软件才刚打开来，就看到锖青磁忽然发来了私聊。

锖青磁：有急事，我需要离开了。

顾声忙不迭去敲键盘：大人快去吧。

至于大人为什么要忽然和自己告辞，嗯，估计是礼貌什么的吧……

对初次合作的小字幕的礼貌告别，嗯。

锖青磁：有微信吗？

顾声：有的，大人。

锖青磁：方便加微信吗？

顾声怔怔地看着屏幕……大人他……要，要，要，要加我的微信？

锖青磁：Moqingcheng1414，这是我的。抱歉，要先走了。

顾声继续怔怔地看着屏幕……这是大人他……的微信？

她有种被扔到云堆里，爬不出来的感觉。

Moqingcheng1414？

大人叫 moqingcheng？

莫倾城？这么……不算内敛的名字？顾声打开自己的微信，搜索到这个名字，顺利添加。然后……对方安静着，没有发来任何信息，她甚至有那么一瞬怀疑自己是不是加错了？最后还是，非常有诚意地拼写输入：锖青磁大人，我是声声慢。

如此近距离地和锖青磁对话，完全不同于 YY 里的氛围。

这种一对一的窗口，还有她的兔子头像，都让她觉得，实在是太近了。

啊，啊，近得有些太紧张了。

她握着手机等待着，看着状态改为了"对方正在输入"，马上就睁大了眼睛。很快，微信里，锖青磁发来了一段语音。

语音……

大人……您就不能……循序渐进从文字开始吗……

她默默端详了会儿那个未听的语音，忽然放下手机，悄悄走到门口，把门锁落了。隔着门听了听客厅里的声音，爸妈还在看春节节目，热闹得很，一时半会儿也不会注意到她。

确认毫无危险后，她又跳回床上。

再次拿起手机，调到耳机模式，收听他发来的话。

那个无数次在古装剧和广告里出现的声音，非常平淡地回答她：

"我知道是你。"

所以……我应该是文字，还是要语音呢……

既然大人语音了，我总不好高贵冷艳玩深沉文字吧……

顾声轻轻，清清喉咙，小声说了两句话，让自己达到比较好的状态。

然后，按下通话键。

然后……竟然不知道说什么，一紧张，手一松就发出去了……

发出去了一条纯空白消息。

我去……

该死的微信，没办法取消语音啊！

锗青磁很快就回过来："什么？"

顾声都快哭了，觉得自己在头牌面前的形象肯定打折了，痛苦地把脸埋在手臂里，默默地念叨："顾声你去死吧……死法随便你选……"你以为头牌大人很空吗？每天几万个"@"，几万条留言都来不及看好吗，邮箱说不定都爆了十个了好吗……

她以最快速度咒骂完自己，咳嗽了两声，这次慎重想好说什么，才按了语音："那个……请问大人找我，有什么事情？"

好像？是不是太官方了？

她有些忐忑。

"没什么事情，我记得你还欠我歌。"声音慢悠悠的，像是在室外，能听到马路上的背景音。

"呃……大人您……想现在听？"

顾声泪目，看了眼手机时间，已经十一点半了。

"现在？"锗青磁的声音有些意外，还带着细微的宠溺的笑……

怎么又成了自己主动请缨了？顾声继续泪目。

她已经去摸润喉糖，决定拼死为头牌献唱了。

锗青磁忽然又发来了语音："现在太晚了，明天吧。"

好体贴的大人……

顾声轻吁口气："谢谢大人，我一定好好准备，明天给你唱。嗯。"

"好。"

所以……结束了？

顾声看着微信里的信息，思考如何把它们存下来，导入电脑，剪辑成私人独家收藏。以后等到电视里有头牌的配音，就展示给老爸老妈……呃，这个算了，还是展示给……她觉得展示给谁都会被直接追杀至死。

还是私藏好了……

她谋划时，忽然又有提示音，锖青磁连续发来了两条语音，第一条时长60秒，第二条时长20秒。

两分钟两分钟？

她反复看了三遍时间提示，真的是两分钟……

忙又塞好耳机，躺在床上，先听第一条。

锖青磁的声音再次出现，好听得……让人想哭：

"想起来，好久没给你讲菜谱了。

"黑椒生炒小排，嗯……味道很不错。

"这个小排是牛仔排骨。把牛仔骨去骨，放黄酒、耗油、鲜酱油和黑胡椒汁，再放黑胡椒碎、鸡精和干淀粉拌匀，最后加清水用手揉匀。

"大概……放置十五分钟，放油旺火煸炒。炒到肉变色，放香葱、冬笋、彩椒段，再旺火煸炒熟就可以出锅了。"

他说的话，背景有出租车里的广播声音。

可锖青磁的声音，却比那午夜电台的DJ还要魅惑，是那种，不矫揉造作的魅惑……

顾声不知道是被馋死了，还是被迷死了，呼吸都很慢。

像是怕打扰他说话，竟然忘了这只是发来的语音。

语音自然跳到第二条：

"黑椒这东西，烧烤味浓郁，很不错，如果不想做牛仔排，也可以是牛柳。不过……还是牛仔排的肉适合。

"好了，很晚了，休息吧。

"晚安。"

淡淡的，像是在耳边的晚安。

顾声听得有些呆呆愣愣的。虽然锖青磁在早年录过很多段子送给粉丝，其中也不乏各种晚安故事、早安闹铃，但绝对没有现场版的让人心动。

怦然心动。

这就是她第一次听到他声音的感觉。

丝毫没有夸张。

她记得，第一次被人半强迫听他的声音，在几个字之后，就明显听到了自己的心跳，然后彻底、没有回路地成了声控。

她很快发了句："晚安，大人。"

顾声又重复听了几次，忽然觉得自己需要去吃点儿什么……她打开门，从爸妈面前晃悠过去，又晃悠回来，觉得比起黑椒生炒牛仔排，家里的食物简直是弱爆了……弱爆了……最后拿了包麦片去冲了热牛奶。

微波炉热牛奶时，她仍旧举着自己的手机。

回忆刚才的对话，好玄妙。

她忍不住就打开微博，很开心、很开心地发了个：

好开心怎么办，哎哟，怎么办……

微波炉很快停下来，她把手机放到一边，冲自己的麦片，搅拌均匀后，再去拿手机，前后不到两分钟……竟然……竟然……有200多条回复……

她自从注册微博以来，平均回复从来没超过10个好吗……

点开来，翻页阅读。

全部不认识。

数量还在迅猛增加着，除了表达令人奇怪的各种羡慕嫉妒恨语言外，最多的就是"……我什么也没看见"。

顾声看得莫名其妙。

她只能往前翻，看到底发生了什么……

翻到最初几条，她终于……看到了故事的起源：

锖青磁：笑，开心就好。

豆豆豆饼：……我什么也没看见。

绝美杀意：……我什么也没看见。

风雅颂：……我什么也没看见。

斐少：……我什么也没看见。

路人甲：……我什么也没看见。

路人乙：我恨你，声声慢！狠狠咬手绢！

路人丙：……我……什么也没看见。

氽珍珠螺片

第六章

Really Really Miss You

很想……很想你。

和锖青磁大人的约定，顾声是记得牢牢的。

第二天她特意装病在家，没有陪爸妈去走亲戚……可是手机一天静悄悄的，微博一天静悄悄的，她在思考，头牌说的那个"明天"究竟是按照什么日历来算的？她有些神不守舍，第三天下午悄悄开了小号，鬼使神差地溜达了一圈头牌的房间。

几千个粉丝挂机，有那么几百个自娱自乐的很热烈。

头牌的粉丝群太庞大，以至于没到周末都有固定的活动，有 YY 频道管理员请来当红的 CV 或者网络歌手，来给频道维持人气。

说实话……锖青磁的频道根本不需要维持人气……

被请来的都会瞬间涨几百个粉丝，明明是沾了福气好不好？

耳麦里，是熟悉的声音，看了眼名字，是"走调儿"。

顾声认得这个男孩子，这娇嫩的嗓子，可不就是自家社团的？

这孩子发现她 YY 在线，竟然还在头牌房间里，立刻就 YY 单戳她：声声慢，我要抱大腿……快，把大腿伸过来……

顾声：窘。

走调儿：趁你还没成头牌的官配金主，赶紧抱紧了。

顾声：……纯属误会。

走调儿：一般暧昧期，都说是误会。

顾声：……

她刚想退出，就听到频道的主持人，忽然问表演完节目、准备圆润下麦的走调儿："走调儿大人，我记得，声声慢和你一个社团？"

瞬间，整个屏幕都被"声声慢！"刷了。刷得彻底而决绝。

走调儿干笑两声，咳嗽两声，嗯了两声……

顾声觉得背脊发凉，忙私戳他：不许说任何……我和头牌大人的话。

发出去了又觉得不对啊……

怎么有种此地无银三百两的感觉，她这片地是真的没有银子，连铜钱都没有……顾声还在纠结时，那孩子已经又咳嗽两声："嗯，她是我们社团的团宠，会翻唱，会编曲，会后期，会美工……"

顾声默默地，闭了下眼睛。

小子你的牛皮要吹破了……

主持人"噢"了一声："大人不要转移话题嘛，说说……我们头牌和声声慢，咳咳……你懂的。"

走调儿，沉默了两秒。

声声慢马上又给他发过去一句话：要敢说一个字，我追杀你到天涯海角……

"那个……"走调儿的声音，有些笑，带着咳说，"不可说，这两个人啊，声声慢说，我不能说一个字——"

主持人又"噢"了一声。

底下的粉丝已经开始心肝碎裂，鬼哭狼嚎了。

"我什么都没听见……"

"我什么都没听见……"

"那个，我觉得吧，我们头牌大人已经快二十六岁了，怎么也要有金主了吧……咬手帕，我听见了自己心碎的声音……"

"我什么都没听见……"

"头牌是大家的！花魁是不能摘的！打死不从！"

"头牌艳名在外十余载，多少金主倾国倾城都拿不下……那个声声慢何德何能啊……打滚！翻滚！不准！"

顾声觉得……

好吧……她已经脑回路不够用。

自己的节操名声风评，在那晚爆血管后，全部都随着头牌大人灰飞烟灭了……可头牌大人节操何其高，自己节操散落了也就罢了……

掂量来，掂量去，又掂量来，掂量去。

顾声觉得，自己需要先做个报备。

她从枕头下摸出手机，打开微信，清了清喉咙："大人……我想和您说一件事。"

录音"嗖"的一声发过去了。

她捧着手机，默默地等着，等着等着，心就开始不安定，各种推测头牌收到的反应。

万一大人不喜欢别人打扰，怎么办？

万一大人已经删掉自己微信了，怎么办？

万一大人觉得自己很烦，怎么办？

万一大人……

顾声素来自诩淡定，却唯一对着本命①头牌，真心淡定不起来。等了会儿，就觉得自己不能再盯着手机了，可把手机放到桌上，还是禁不住竖着耳朵听……

冷不丁的，微信就回过来了。

顾声点开，是头牌，是头牌……幸好幸好。

只有一秒？

一秒能说三个字？两个字？

她疑惑点开，放在耳边。就听见锖青磁的声音非常迷糊地"嗯"了一声……真的只是"嗯"了一声。你听过谁微信发过这个字吗？这个字是能发音那么清晰好听的吗？这个字是能发音那么清晰好听，还兼带迷糊惹人怜的吗？

扑面而来的，就是芙蓉暖帐中，风流公子衣衫半遮、侧躺卧榻的既视感……

顾声有些受不住。

被头牌大人影响的，连自己说话的声音也低下来："大人，刚才在睡觉？"

过了会儿，锖青磁又发来一条微信，依旧只有一秒。

这次会说什么？完全猜不到。

她凑在耳边，听到锖青磁又……"嗯"了一声。这次头牌大人似乎略微清醒了些，语气温柔。

----

① 本命，网络用语，意即最喜欢的人。

顾声听得，有些心飘忽。

身为资深声控，她觉得自己，一定，马上，就要，扛不住了。

"那……大人现在睡醒了吗？"

"嗯。"

顾声："那我……可以说事情了吗？"

"嗯。"锖青磁忍不住，笑了一声。

这连着四个"嗯"。

分明就是一套活生生的美人图。

第一个是半梦未醒的贵公子，醉眼迷离，声模糊；

第二个是手握醒酒汤的小王爷，眼角轻扬，声色柔；

第三个是半敛衣衫的俏将军，眼挂桃花，声宠溺；

第四个……最是销魂，春闺梦醒少君王，轻拥红颜，声有魅……

顾声脑补结束，彻底大脑宕机，血上眉梢：

"那个……大人，我忘了我要说什么了……您继续睡吧……"

锖青磁倒是不以为意。

"没关系，那就随便聊聊好了。"他终于开口说了句完整的话，仍有些刚睡醒的感觉，换句话说，就是嗓子还没有彻底打开。

幸好是如此，声音也真实了不少。

作为一名古风翻唱，她对太有画面感的古风腔完全没有抵抗力。

如果回到现代……嗯，还能稍许淡定些。

她回了个："好的，大人。"

然后……就不知道聊什么了。

顾声从来不混圈，在二次元里除了自己社团的兄弟姐妹，余下的只是偶尔被人勾搭，去唱别人写好的一首歌。当初之所以选择古风翻唱，没有做CV，就是因为觉得歌手不需要混圈，自己学学后期，就能玩得自得其乐。但是CV总不能自己和自己配戏吧?

所以很多 CV 都有自己的微信平台,各种应付自如。

歌手能说会道的很少。

顾声靠在沙发里,琢磨了半天,和大人适合聊什么话题。

"大人没在忙?"

"嗯,在休息。"

"那……大人平时休息,都会做什么呢?"

"睡觉,"铿青磁略微停顿,"或者,会去录音棚。"

所以……头牌真的如传闻一样,还有非常忙碌的主业?商配也只是……副业。

顾声对头牌的敬仰,又多了几分。

"大人今天也会去录音棚?"

"嗯。"

"也是游戏配音吗?"

游戏和二次元的各个圈子是最常联手的,不管是写手还是 CV,包括大牌的古风歌手,也常被邀请去为游戏唱主题曲。她记得,好像最近新出了一款游戏,三个圈子合作,写手助阵,CV 和古风歌手做宣传片。

"嗯。"

"那么……大人都三年没有参加完美周年庆了,怎么今年就参加了呢?"

"今年刚好十年庆,"铿青磁略微沉吟,"完美十周年,我不太可能逃开。"

难怪这次,他能出现,十年庆可是大日子。

"倒也是……那么,大人以后还会复出吗?"

"不会,"他简单回答,"这次十周年后,就彻底在网络封麦了。"

"……好可惜。"

铿青磁几年前就已经不接新、不做剧、不开生日专场。这几年所有作品都是出自录音棚,全部是商业配音……不过,就算他当初在网配,也没配过几部戏,朋友也就是最初网配还未流行时,那些元老级的人物。

不熟的人,完全不熟,熟悉的人,都是好友……

没有八卦。

或者说，没有人有料，去八卦他。

直接导致的结果是，顾声找不到话题聊天了，她很了解锖青磁，连他究竟配了多少戏，甚至每句经典台词都能背出。但是……她也不了解他，作为一个真实的人，他住在哪个城市，做什么职业，甚至是在工作还是读书，她都一无所知。

她努力思考，下一个问题。

"你的聊天，很像是访谈。"锖青磁很善意地纠正她。

好像是……

顾声轻呼出口气，老实交代："其实我不知道，大人喜欢聊什么……"

"我已经不在二次元很久了，当作三次元的朋友，随便聊什么都可以。"

"嗯……那……大人吃饭了没有？"

好吧，三次元的问题更没营养。

谁来告诉她，完全网上认识的两个人，要怎么聊三次元？

她无意识地发散意识，慢慢地想起来，自己找锖青磁的初衷："对了，大人，我想起来找你的事情了……"

锖青磁的声音，有着笑："不容易……说吧。"

"就是我觉得，可能因为大人帮我争取到了，那个和各位大人合作翻唱的机会，可能网上会有一些……不太好的传言，"顾声站在锖青磁拥护者的角度，很认真地告诉他，"其实一开始我真的想得很简单，能和那些大人合作……应该是每个小透明的追求吧。可是我怕，给大人带来不好的影响。"

"嗯，比如？"

"比如……掉粉？比如……八卦满天飞？"

"嗯。"

头牌似乎……不太在乎？

过了会儿，锖青磁发来了一段比较长的录音："如果网络上的语言让你不开心了，关上电脑，它就什么都不是。作为一名配音演员，唯一值得在意的，只有自己的作品。除了作品，别人说什么，都和我没有关系。"

这么解释起来……立刻就让她觉得，自己好小孩子脾气，竟把网络的事情当真，还唯恐给他带来不好影响……

不愧是锖青磁大人。

不过……怎么成了大人在安慰自己？

头牌又发来了一条微信，带着玩笑的声音，问她："我的回答，还满意吗？"

"嗯……"

"那么，声声，"锖青磁语音有笑，声音低下来，"你是不是欠了我什么？"

有吗？

呃……好像真的有……

"大人……想听什么？"幸好还是下午，家里没人。

"我听绝美说，你会乐器？"

绝美？那一定是庚小幸说的了……

"会一些，小时候学了钢琴，后来因为自己喜欢古风曲子，就自学了古筝和箫，"顾声猜想锖青磁的意思，"大人想听我边弹边唱？"

"如果方便的话。"

方便倒是方便……就是怕发挥不好。

顾声犹豫了几秒，还是答应下来。她把自己的笔记本电脑搬出来，把麦放在钢琴旁，略微清了清嗓子，戴上耳机。用打字给锖青磁的微信发了条：我 OK 了，大人来我房间吧。

她还没来得及发过去房间号，锖青磁已经进来了……

没想到就来过一次，头牌大人竟还记得。

给房间上了密码，她这才清了清喉咙："大人想听什么？"

锖青磁的声音从耳机里传来："你习惯什么，就是什么好了。"

"嗯……弹我考社团时的歌吧，没有词，我哼唱好不好？"顾声记得那时候也是自弹自唱，所以这首曲子记得清楚，不用看乐谱，"呼哧，有些紧张，可能会弹错……"

他轻轻地"嗯"了一声："你的声音很好听，很适合哼唱。"

她脸热了热。

回忆了一会儿，开始了前奏。

这种钢琴伴奏，并不用追求技巧，只需要简简单单、干干净净就好。

她轻轻哼着。

似乎隐约着，听到锖青磁轻轻地笑了声，说出了曲名："这首曲子，叫《敦煌》。"

"嗯……我们头牌的金主，真是有才啊。"

冷不丁地，就有很熟悉的声音，调侃了句。

顾声吓得稀里哗啦就弹错了好几个音，她想去看谁进了房间，又必须完成没完成的。

"是啊，"豆豆豆饼轻轻叹口气，"连哼唱都好听死了。"

"纯天然，去雕饰，"绝美杀意也慢慢地品味，"的确是锖青磁最喜欢的声音。"

顾声是真唱不下去了。

她戛然而止，看到自己上锁的房间里，竟然进来了七八个人，而且……一水都被给了子频道管理员……

Wwwwk？！

风雅颂？！

豆豆豆饼？！

斐少？！

绝美杀意？！

庚小幸？！

还基本都是手机在线……顾声彻底蒙了。

"那个……"风雅颂非常非常礼貌地说，"锖青磁大人，声声慢大人，打扰二位约会，小生实在惶恐……是豆豆豆饼叫我来的。"

豆豆豆饼：是斐少叫我来的。

斐少：和我无关啊，是 Wwwwk 通知我的。

Wwwwk：我和绝美在吃火锅……

绝美：……我在和庚小幸微信，声声，你懂的……

不用说了，庚小幸是她频道的橙马。

一定是庚小幸逐一给了管理身份，把她给卖了。

然后……自己就被围观了。

庚小幸很狗腿地给她发了条私人消息：你懂的……绝美要，我不敢不给嘛。

"声声，"风雅颂幽怨地投诉，"头牌特自私……不停把我们踢出去，我都没有听全，断断续续的。"豆豆豆饼也觉得锖青磁非常不够意思："简直拉锯战啊，不停踢，不停进……我们不就是想旁观一下头牌怎么约会吗……"

锖青磁始终没有说话。

顾声觉得，这件事有必要解释下："其实……是……嗯……"怎么说？是头牌要求我唱歌？我就唱了？可是为什么头牌要求我唱歌呢……我也不知道……

顾声整个人都不好了……对着这么一帮子资深又能调侃的 CV，她这个翻唱的反应实在是弱爆了。

幸好，锖青磁清了清喉咙，开了麦。

"我和声声打了一个赌，"锖青磁的嗓子似乎终于打开了，回到了最好的状态，"她输了，所以要给我唱歌。"

呃……有吗……

特有的低音，从耳机里传过来。

低音低音低音低音，为什么会有宠溺的感觉，就是因为他的低音无人能敌啊……顾声一边默默沉溺在这个声音里，一边感慨着头牌把谎话说得比真话还真的戏感……

好吧……就算有吧。

她觉得，这似乎是个合理的借口。

"……倾国倾城头牌大人，下次打赌请叫上我，我现在是你的脑残粉欸，怎么这种为大人献唱的好事可以没有我呢？"豆豆豆饼又开始逗他。

"你算了，"风雅颂笑嘻嘻，提点她，"人家玲珑剔透可是每录一首歌都要私戳头牌的，我们完美的头牌，还缺歌听吗？"

果然混在头牌的老友圈子，真心会有八卦听。

顾声很不厚道地承认，自己真心很喜欢听八卦……

"玲珑剔透是御姐音，"豆豆豆饼琢磨了琢磨，"倾国倾城头牌大人估计不好这口，要不然怎么多年都勾搭不上呢……"

"哎哟，错了，"绝美清清嗓子，一本正经地说，"玲珑剔透太高了，锖青磁不喜欢个子高的……"

斐少乐了："豆饼，你完了，你都超170cm了……"

"再说我和你拼命啊……"豆豆豆饼默默抽泣两声，"180cm的都被160cm的妹子领走了……欸？声声，你多高？"

"我？"顾声老实回答，"162cm……"

"唔，锖青磁的最爱高度……"风雅颂适当补充。

绝美凑在麦边，忍不住投诉："我和头牌住在一间套房，就隔着两个门啊，想听声声唱歌还要去问声声的同学……唉……我这紫马啊，真心没地位。"

顾声愣了，这才记起，绝美和锖青磁是住在一起的……

似乎完美的元老都有个爱好：

逗头牌……

然后头牌一定永远都是一个反应：

沉默……

熟悉了一个多月，就开始连带顾声一块调侃，左右没有粉丝，真是各种无下限各种暗示。虽然在二次元，完全可以当作玩笑。但是，真的会很不好意思的，顾声深刻觉得，自己的脸皮已经被越磨越薄了……

不知道是谁那里，忽然有些吵。

然后，始终不怎么掺和的Wwwwk，忽然"哎哟"了一声："头牌现身了。"

绝美是房间里开着麦，此时收了三个人的音，就听见绝美很快说了句："我想起来，你刚才值了三十六小时的班，怎么睡了三个多小时就醒了？还有心情听唱歌？"应该是对头牌说的。

"饿了。"锖青磁离麦比较远，只能隐约听到声音。

绝美笑了声："就剩菜叶了，我再给你去开一盒肉。"

锖青磁应了声，有椅子挪动的声响，应该是坐在了饭桌边？"菜叶就好，冰箱里还有一盒虾，"他略微顿了顿，慢悠悠地提点那两位，"最近禽流感。"

Wwwwk："我去……忘了。"

顾声这么听着，倒像是在听广播剧，脑子里瞬间勾勒出两个怒视头牌，顺便懊悔吃了肉的男人……还有一个……嗯，头牌大人在困意浓郁地烫着虾……

"我说，你们三个男人过分了啊，"豆豆豆饼抗议，"还有三个女人和两个男人没吃饭呢……""这有什么过分的，"绝美凑在麦边，提点豆豆豆饼，"头牌饿的时候，是很可怕的哦……让他吃完再玩，乖。"

豆豆豆饼哼了两声："好吧……"她顿了几秒，忽然就激动起来，"声声，声声，头牌头牌，绝美绝美，风雅风雅，微博微博……"

话都说不完整了。

不过她这么一激动，所有人都激动了。

能让豆豆豆饼如此的，绝对除了八卦还是八卦。

几乎所有人都做了一个动作，拿起手机和电脑，开微博。

顾声打开网页的一瞬，几乎死机。

"@"的数量惊人。

这次她变聪明了，马上就转到了头牌的微博……

有个孩子写了条最近流行的微博体：

"如果 @锖青磁 @绝美杀意 @Wwwwk 肯转发这条微博，我愿意给此微博下留言的每个人，都从日本寄张明信片！如果大本命 @锖青磁 肯转发！并自爆最爱谁的声音！我愿意给此微博下留言的每个人，都寄一盒好食巧克力！"

发出时间，是三分钟前……

理论上……那三个被"@"的人都在一间房间里吃火锅，是不可能有人留意的。

可是……

锖青磁竟然就……真的……用手机转了：破费了。@声声慢

顾声的脸瞬间滚烫，真心的是滚烫……

而电脑，就生生地被微博疯狂的转发弄死机了……

所有的声音都消失了。

她缓了两口气，又去重新开机。

可是刚按下强制重启，爸妈就回来了："声声，你赶紧去替一下你表哥，他相亲要迟到了。我和你爸吃完饭就去超市，替你回来吃饭。"

顾声一瞬间想了无数个理由，甚至想躺下去打滚说饿得胃疼了。可惜被老妈一眼识破预谋，看都不看她，就挥手说："别想装病，咱们家超市对面就是医院，要是真病了，正好顺路了。"老妈脱了外衣就进厨房，半分机会都不给她。

她只能匆匆套上外衣，拿了手机就出去。

作为房间的主人，她就这么消失了，房间里却还有着无数大牌 CV……

她一边往楼下跑，一边火速用手机上 YY，顺便默默哀悼自己这个月的流量肯定又要超标了。可没想到，进了自己房间，所有人都已经散了。

也就是几分钟的时间……不过也对，头牌和完美他们在吃饭，现在又是吃饭时间，估计都去祭奠五脏庙了。

可是……

她摸摸自己的脸。

仍旧是滚烫滚烫的。

严格意义上来说，她属于和头牌合作的人，而不是那些纯粹的粉丝，应该非常理性对待这个圈子的各种常见玩笑。有什么呢？真心没什么，自家社团里各种男男、男女、女女对着大喊 CP、官配什么的，都是纯粹的好朋友好吗？

更何况头牌只是说喜欢声音嘛……

顾声尽量让自己降温，一步步走下楼，最后想了想，鉴于头牌这么捧自己，

还是需要感谢一下的，毕竟能得头牌如此推荐，胜过她翻唱 1000 首歌了。

她给自行车开锁前，给头牌发了条微信：谢谢大人如此厚爱……

钥匙插进钥匙孔，拧开。

头牌已经回过来一段语音："不客气。我还在吃饭，不方便打字，用语音？"

她回："好。我电脑刚才忽然死机，所以退出房间了，嗯……现在有些急事，所以要出家门。不好意思了，锖青磁大人。"

"好。"他的声音淡淡的。

顾声这才跨上车，骑到半路，听见手机又响起来。

摸出来一看，头牌？

她怕有什么事，脚立刻踩住行人走道的边沿，停下，拿出手机。

锖青磁又发来一段语音："所以说……你应该又欠了我几首歌？"

好像是这样……

既然人家喜欢听自己唱歌……其实也没什么好矜持的，反正平时在 YY 活动也很多，唱啊唱啊也早就习惯了，更何况锖青磁的确对自己……嗯，很好。

她答应下来："好，没问题。如果大人没有听烦的话，随时找我。"

锖青磁似乎听出来了马路的杂音："在路上？"

顾声："嗯，在骑车。"

"好，不说了，"锖青磁慢悠悠吃着东西，有些不太清楚地说，"注意安全。"

好体贴的头牌大人……

顾声轻吁口气："好的，大人再见。"

把手机放回裤子口袋时，她还忍不住感慨，头牌连吃东西的声音都这么慵懒诱人……

她踏实下来，却在继续骑车的时候，忽然想到一个很严重的问题。

头牌的确还在吃饭……而且还是和绝美、Wwwwk 一起吃饭，所以她和头牌这几个来回的对话，全都被绝美和 Wwwwk 听了个仔仔细细，毫无遗漏。

虽然没说什么，她还是……脸红了。

顾声一会儿想到自己被转发死机的微博，一会儿又琢磨琢磨刚才和头牌说的那些话，被人听到有何不妥……如此琢磨来琢磨去，磨磨蹭蹭地骑到超市，表哥已经等得眼睛都红了。

看到她锁了车，进门，立刻就从柜台后跑出来，哀怨地看她："我的好妹妹，你再晚点儿，我就要被兄弟骂死了。"

"我就知道，你肯定不是相亲，"顾声走到柜台后，"《剑网3》吧？"

表哥边作揖，边跑出去，开了自行车就狂奔而去。

晚饭时间，她也就坚守一个小时就够了，还是最悠闲的一个小时。

超市里，只有她和一个年后才刚请来的年轻女孩子。

大概也就来了两三天，顾声也就见过她一次，记得叫董一儒，和她差不多大的样子。顾声和她随便说了两句，就继续去尝试打开自己的微博，依旧死机着……而董一儒，则是一边整理货架，一边听着音乐，因为店里没有客人，时不时也发一条微信。

顾声仍旧努力让自己不死机……

就听到董一儒忽然"嗯"了一声，对着自己手机的微信，低声说了句："我都快哭了你知道吗，我本命 20 分钟前在微博爆了自己最爱的声音……真心哭翻了，上班呢，今晚详谈！"

不会这么巧吧……

她不敢再刷，直接就退出了微博，生怕一会儿董一儒看到自己的微博名字，就直接被曝光了二次元的 ID。她把手机塞到裤子口袋里，开始无所事事地站在收银柜台后，望着远处医院大门。

肚子……有些饿。

莫名就想到了头牌吃的青菜和虾，这时候想起食物，真是折磨。

她看看外边，看看店里，再看看手机的时间，轻咳了声："一儒，你吃饭了吗？"

"没呢，等一会儿你爸妈来，我就和你一起下班了。"

顾声"嗯"了一声。

怎么都有种心虚感。

"声声，"董一儒整理好货架，走到收银台前，好奇地问她，"你有喜欢的声

065

优吗？"

"嗯……你说日漫配音的声优吗？"顾声咳嗽了声，"有的，我喜欢看动画片……但是不太注意声优，都挺好听的……"

董一儒笑眯眯看她："中国的配音呢？"

"译制片……挺喜欢的，"顾声尽量让自己表现得一点儿都不二次元，否则露馅了被小姑娘一追问 ID……或者互相加个微博什么的，就惨了，"小时候也喜欢电台 DJ。"

"其实有很多很好听的声音，在网上，"董一儒很认真地说，"还有很多电视剧，你看那些演员在说话，其实都不是本人真声，都有配音演员的……"

顾声心头默默滴血，"嗯"了一声。

幸好幸好，平时唱歌的配音的，从麦里传出来，和现实是完全两样的。

幸好幸好……否则她现在装哑巴也来不及了……

董一儒看她不太感兴趣，也就没多说。

忽然有微信的提示音，还是两人先后不差一秒。

顾声拿起来看……竟然，是，头牌的，语音……

不知道说了什么，十四秒。她默默看了手机三秒，重新收好……完全不敢听好吗，大人你说你发什么语音？万一是急事呢？不是我不回啊，绝对不是我不回，是你的粉丝就在我面前一米，隔着一个柜台好吗……

她默默忍住，心头滴血时，董一儒已经随手点开，那边传来她好友的声音："我知道你在上班，但是，我觉得，这次真的出大事了。你知道吗知道吗？头牌在十分钟前！转了我们的歌！就是我们十天前的那首！就是庆祝他处女作发布七周年的歌！"

董一儒兴奋地叫了声，火速看了眼顾声。

顾声忙摇头："我没关系……反正现在也没客人……"

果然是死忠粉，连头牌网配的处女作发布时间……都记得这么牢。

一会儿回去也要听听去，是什么歌……

紧接着又是一条，董一儒毫不犹豫地点开，估计也认为顾声听不懂，无所谓的。

顾声也好奇旁听着，猜想应该还是关于头牌。

果然……

"让我喘口气，再告诉你个悲痛欲绝的消息……头牌在转我们的歌时，我们不是写了一句祝我们的头牌早日找到金主吗？！头牌说……不行，让我再喘口气……"那边还真重重喘口气，继续说，"头牌回复了六个大字：谢谢，正在努力。听好了！不是'会'努力！是'正在'努力！！现在进行时！！！我押一车黄瓜，绝对是声声慢！"

"我追加一车黄瓜……"董一儒幽幽地看着自己的手机说，"一定是声声慢。"

其实……头牌这句话真心简单。

不要多想啊。

顾声默默告诉自己。

超市门忽然滑开。

有两个客人来了，董一儒忙收好手机，一本正经地做一副认真工作的样子。顾声手在裤子口袋里，把手机翻过来翻过去的，十分心神不宁，不知道头牌到底给她发了什么。

顾声，淡定……

头牌可是完美的头牌，早已过渡到商配的名人。

顾声，淡定……

人家其实什么也没说，再说，就是说了也和你没关系。

呼哧，根本无法淡定好吗……

果然和有光环的人不能接触太多，连她这么半游离在二次元的人，都开始少女心萌动……胡思乱想了……她把手机拿出来，无意识地在柜台上轻轻敲着。就这么七上八下地悬着心，接待了十几个顾客后，老爸终于吃饭回来替班。

她忙不迭交接，一边说自己饿了，一边冲出了超市。

在玻璃窗旁，她第一时间拿起手机，点开了头牌发来的语音。

"我刚值了三十六小时的班，估计，会睡到半夜一点才醒，"头牌的声音掺杂着浓郁的困意，声调不高，倒像是随口和她说着话，"如果有事情，留言就好，我醒来会收到。"

说得不快，刚好就十四秒。

然后，语音结束了。

"顾声？"忽然有人探头过来，"怎么还不走啊？不饿？"

顾声吓了一跳，下意识就把手机塞到上衣口袋："在找车钥匙……"

幸好……刚才是听筒模式。

可是她仍旧心跳不稳，唯恐被这个头牌正版的死忠粉发现。

她默默地决定，以后一定要有戴耳机的习惯，一定！必须！……

"这里，"董一儒笑眯眯从地上捡起来，"肯定是你拿手机的时候，掉了，顾声，你脸……嗯，很红哦。"她说完，别有深意去看顾声。

顾声装傻地"啊"了一声，随便敷衍两句，骑车闪了。

回到家，她边拿出温热的饭菜，边打开微博。

就这么一个多小时，转发已上2000，评论几乎相等，光是私信也有几十封了……不用说，当然是各种与董一儒相似的言论。她默默地，在是否官方回复一个"谢谢大人"，还是装死到地老天荒中，果断选择了后一项。

然后……禁了自己微博的评论。

唉。

她真心能预料到，这个圈子在漫长的时间内，一定会对她各种神吐槽。

她默默回忆这件事的源头，不过是她在一个清晨，在自己房间里听到了锖青磁的声音，然后和庚小幸提到完美配音组和头牌大人……然后就踩了狗屎一样地开始合作了……短短两个月，横跨一个元旦假期、一个寒假，她就如此抱住了一堆大腿……

顾声默默咬了口鸡腿。

想到头牌的话，关上电脑二次元什么都不是……

嗯，什么都不是……

头牌大人……你不会是在想要捧我之前，特意拿这段话铺垫的吧？

她继续咬鸡腿，把所有不熟悉的人的私信都一一关掉，好朋友们，也只草草回复了一些笑脸。最后倒是音社社长大人，非常淡定地给她留了一句话：别以为你勾搭上头牌，就可以不用还债了。今晚，一定要给我《朝也罢，暮也罢》，记得！伪公子音！

顾声很苦闷，这都什么口味！什么口味！！

要公子音，要男人声音，直接去找男人唱好不好。

今夜如此心情，她声音肯定是飘着的，如何能伪成风流公子啊？说不定就成猥琐正太了……尤其……还要唱出来……

顾声：社长大人，您找个男人好不好？

音社社长：组织需要你！声声慢！

顾声：……

音社社长：我让走调儿和你合唱！

顾声：……

音社社长：你是公子！

顾声：……

虽然邮箱里还有三四十首歌的债，但是这自家的债，躲是躲不过去的。

她收拾收拾就开始，在自己屋子里听着伴奏，练，练，练……如此高难度又毁嗓子的声音，还要公子音……她口误了无数次，折腾到大半夜才算交了干音，嗓子早就已经哑了。发了邮箱，才私信社长，看看时间，差不多十二点半。

家里隔音不错，要不要再还个……债？

她清了清嗓子，觉得没戏。

就在无所事事，又毫无困意时，忽然又来了私信。

本以为是社长，没想到……是头牌。

锖青磁：嗯。醒了。

她看着这三个字，莫名就有些……心虚。

想了半天，才回了过去。

顾声：三十六小时加班很辛苦的吧？大人要不要喝点儿水，继续睡？

锖青磁：嗯。在收邮件。

头牌的意思是，他在忙？

顾声在考虑是否继续打扰时，锖青磁已经回过来：在忙？

顾声：摇头，正好闲下来。刚交了一首歌。

锖青磁：噢？什么？

顾声：……伪公子音的《朝也罢，暮也罢》……

锖青磁：笑。

顾声：……

过了几秒，他发过来一长段话。

锖青磁：水仙欲乘鲤鱼去，一夜春宵红泪退？朝也罢，暮也罢，十觞美酒亦难醉？风流债，几时休，却道酒醒已封侯？

顾声默默地看着屏幕，大人实在太会挑了，整首歌最风流的几句，都在这里……

此时此刻，夜深人静，她竟然只看着一行文字，都能脑补出头牌的念白声音！尤其刚才录了好几个小时，连背景音都背得一清二楚好吗……

实在是……太有画面感了，流泪。

她纠结地回复：嗯……是这个。

锖青磁：词挺有趣，刚刚百度到。

顾声：嗯，挺有趣的。哈哈。

她清了清嗓子，仍旧很哑。

没想到，下一秒，锖青磁就如此回复：

下次不要伪了，很毁嗓子。

顾声怔怔地看着屏幕。

大人……你说的……那句喜欢我的声音……

不会……是当真的吧……

很快，私信又开始闪动。

锖青磁：到厨房，找到香油，微抿一小口，明早会舒服些。

顾声：啊？管用吗？

锖青磁：嗯。

顾声：点头，我马上就去。

对她来说，嗓子状态真心是一等一的重要。

虽然偶尔伪装男人声音唱一两首，还不至于有多么严重的后果。不过既然是头牌的建议，绝对！一定！有效！她摸到厨房，因为时间太晚了，没敢开灯，就如此借着月光摸索香油瓶子，一个个打开闻，终于闻到了浓郁的芝麻油香味，偷偷地抿了口。

老爸老妈……别嫌弃我……

行动完，她看到桌上摆了一盘配菜，她趴在那里观察了会儿，很快猜到明天中午吃什么后，心满意足地溜回了房间。

回来后，很认真地汇报给锖青磁：

大人，我喝完了。

锖青磁：笑。

她此时当真是满口的芝麻油味道，香得腻死个人。

想到邮箱里的那些债，她忽然就踌躇了，要顺着曲子，把词好好练出来，就要耗费不少时间，还要状态好的时候录干音……到底是什么时候，竟然接了四十几首歌，这是要还债还到明年寒假吗……

锖青磁：打字有些累，方便 QQ 语音吗？

她还在脑子里统计，自己将会有多少歌需要录，就如此被这一行字……敲中了心脏。时间虽然晚，但隔音这么好的房间，语音是完全没有任何问题的……更何况自从进了古风圈，爸妈都习惯她半夜录音了。

但是……

顾声看着那行字，仍旧有些呼吸不畅。

在 YY 和微信后……她又要有锖青磁大人的 QQ 了？？

怎么都觉得，这个世界开始变得玄妙而不可理解了……

就在她盯着屏幕，微微出神时，锖青磁已经发过来了一串 QQ 号。

她轻轻呼出口气，迅速加了 QQ，戴上自己的耳麦，心跳莫名地就开始激烈起来。

完全和 YY 不同的感觉好吗……

在 YY 房间里，即使只有两个人也觉得是公众平台，可是 QQ 语音只能一对一，怎么感觉都更加私人一些……更何况，在 YY 从来都是唱完歌就跑，从来不闲聊的……

总之，就是让人非常紧张。

像是在等着，一个来自锖青磁的私人电话。

很快，他顺利通过。

然后发来了语音对话的邀请。

顾声接受后，更加紧张了。

平时的微信……都是轮流发语音，和现在的对话完全不同。

"在？"锖青磁忽然叫她。

"啊？"顾声轻轻用手压住麦，调整位置，"大人，我在。"

"继续说吧。"

啊？

继续说什么……

"呃……我刚才去喝香油了……"她鄙视自己，完全没话题，"大人现在不困了吗？"

锖青磁淡淡地"嗯"了一声："刚睡醒，在找东西吃。"

声音如此清晰，像人就在面前。

顾声默默鄙视自己……怎么搞得像是生平第一次语音一样……

又静默了。

这可不是微信，静默很尴尬的好不好。

顾声很纠结，想到了刚才自己看到的食材："我……嗯，刚才去厨房，看到我妈准备的螺肉……明天中午应该会吃汆珍珠螺片。"

锖青磁若有似无地"嗯"了一声。

好像有食物拆包的声音，薯片？

好吧……马上就是吃薯片的声音……

既然大人在吃宵夜，那么就让自己来说吧。

　　"我一直挺喜欢吃的，"顾声忙去百度菜谱，找到后，慢慢地看着，消化成自己的语言，"把螺肉切成大片，温水洗干净，和开水烫熟的菜心、滑子菇放在汤碗里。然后剁碎葱、姜，加料酒和水取汁，做成葱姜水。

　　"然后准备'珍珠'，其实珍珠就是鸡肉啦。把鸡肉剁成泥蓉，加入蛋清和肥肉，搅拌均匀，就可以捏成直径差不多1cm的丸子。烧开水，慢火汆熟丸子，加上香油和味精、胡椒粉，最后全都趁热倒在汤碗里……嗯，就可以吃啦……"

　　她讲完。

　　分明就听到锖青磁，无奈地笑了一声："嗯，我知道，鲁菜里的名菜。"

　　……好吧，没关系……就当作自己学习一遍菜谱了……

　　锖青磁微微叹气。

　　然后……言简意赅地告诉她："我好像，更饿了。"

　　明明是很随意地告诉她。

　　天……可是这种内疚万分的心情是怎么回事……

　　"大人我错了，"顾声非常内疚，诚恳地对着耳麦说，"我……给你唱歌做补偿吧？"

　　好像她唯一会做的，锖青磁唯一喜欢的，就是她唱歌？

　　"好。"他笑。

　　顾声默默闭眼。

　　午夜时分，和本命声音语音……

　　真心会阵亡的……

　　她打开自己的资料库，慢慢找，慎重找，终于找了首比较舒缓的歌。

　　略微清了清嗓子，好像真的舒服了不少。

　　这首歌唱着不费力，听着……也应该很舒服。

　　她开了背景音乐，非常缥缈的一首曲子，慢慢地响起来。她跟着哼了一会儿前奏，轻声唱起来：

　　　　旧巷新草暗生隐秘，

若走失总能寻到三两伏笔，

临江的老宅让行人沉入故局，

懒思量，局中已没有你，

新湖旧人可会记起，

慢留步或能看到一抹春意，

临近的小桥添风景几笔灵气，

怕回神，又是百年梦去……

这是她大爱的一首歌，自然唱得非常娴熟。

不太用看词就已能连贯唱下来。

锖青磁似乎也对这首歌很熟，听出来是《时有美人》，更是在间奏时，说出了歌的名字，还慢悠悠地告诉她："这首歌我也很喜欢。"

那么低缓带有磁性的声音，伴着间奏……

顾声听得有些入神，险些忘记唱后半段……

幸好，她及时让自己恢复专业精神，唱完了整首歌。

因为时间太晚，她唱完，头牌就告诉她，她需要去睡觉了。

顾声有些舍不得，不过还是很听话地关掉 QQ 和电脑，爬上了床。裹在被子里，还在想着刚才和头牌类似于私人电话一样的语音。所以……现在她竟然非常幸福地，除了手机号码外，拿到了头牌的所有联系方式？

她有些不敢相信……

就在这种飘飘然的情绪里，睡着了。

第二天醒过来，已经是中午十一点。

这是开学前的倒数第二天了……

她迷糊着，从床上坐起来，听见厨房里做饭的声音。她迅速洗漱完，随手打开电脑，刚登录微博，就看到自己莫名其妙又被"@"了几十次。

先是一阵心惊，可看这数量……嗯……应该不是头牌的粉丝……

都快成心病了。

她打开来看，没想到……

"我、我、我、我今天在录音棚第一天实习啊，第一天啊！竟然看到了我的男神 @锖青磁！男神你放心，我答应过你，我发誓！绝不爆你的任何照片和信息！但是我可不可以说句真话，男神你真心是太帅了！有没有！声声慢……我……嫉妒……你！"

腌笃鲜

第七章

Really Really Miss You

很想……很想你。

在原微博下，很多认识顾声的人，都开始疯狂"@"她。

幸好是个不知名的粉丝，转发的人并不算很多，起码迄今为止半个小时，还没有太多的转发和回复量。顾声悄无声息地看了眼这个人的微博信息，她发誓，所有看到这条微博的人绝对都会这么做。

然后……

她发现，这个人和自己在同一座城市，所以……锖青磁也和自己住在同一座城市？！

顾声心漏跳几拍。

用手背冰了冰自己，仍旧觉得不真实。

好玄妙的感觉。

瞬间就觉得，头牌无比亲切。

而且一个男人，声音好听，又长得好，简直已经堪称奇葩了好吗……上帝给了你好的声音，就会让你容貌平平，这是她看过很多电台DJ和圈内人照片后，最大的感慨。不过她本来就声控，对男生的脸没什么追求，也认为这样没什么不好……

可头牌的声音……再配一张养眼的脸，实在是太逆天了！

就因为这条微博，顾声整个午饭都在消化着头牌和自己在一个城市的消息。

吃完饭，躺在沙发上，把电脑放在膝盖上，边听人家发来的曲子，边看着歌词练歌。她有些心不在焉，总口误，连着唱错词，最后还是忍不住拿起手机，竟然发现微信的最近联系人仍旧还是头牌……

她清了清嗓子，想发一条过去。

可说什么呢？难道要问头牌是不是和自己真在一个城市？再感叹一句，大人好巧啊……

还是算了。

她继续对着电脑，哼歌。

好吧，其实是继续心不在焉。

屡次唱错词，她自己都有些抓狂了，幸好，庚小幸的电话及时进来："亲爱的声声慢大人，您有空不？我有劲爆的东西给你听。"

"啊？什么？"

"就是我们网站和完美合作的剧情歌啊，出来了，"庚小幸非常雀跃，"不是说你那个《盛世之疆》……不对啊，你那个是预热，怎么还没出来？我这个正品都出来了。"

"出来了？真出来了？"

那个剧情歌不是顾声唱，她自然不知道进度。

不过细想起这件事，明明一开始是她和庚小幸在策划这件事，然后加入了完美……然后决定做剧情歌……然后决定预热，先发《盛世之疆》……然后就是以彩排为噱头的邀请各位大人的预热专场……

好吧，到现在她也没发挥什么实际作用，人家剧情歌已经出来了。

顾声内疚了会儿，决定要礼貌地问问豆豆豆饼，自己上次交的干音有没有什么问题……以显示还是很积极的，而不只是，呃，和头牌交流如何做菜……

"你有没有在听啊，顾声！"

"啊？"顾声茫然回答。

"我刚才说的话，你都没听到？！"

"没……你再说一遍，"顾声随口找了个理由，"我刚拿到新谱子，想着怎么编曲呢。"

"反正你会那么多乐器，随便你，"庚小幸没好气地重复自己刚才说的话，"我是听到了那首剧情歌，觉得超级棒，尤其是绝美的声音……美哭了……"

顾声窘了下，虽然绝美人气也极高，但就是戳不中她。

所以对于庚小幸这种语言，略微，咳咳，略微无感。

不过声控的心情，她是绝对表示理解的……

"估计他就是正中你的口味了。"顾声配合她。

"你不觉得绝美的音，超级无敌好听吗？"

"呃……还好。"

"……"

"没关系，我理解你，每个人喜欢的声音都不太一样的，"顾声非常认真地配合她，"反正你对绝美就是……一听到就怦然心动，对不对？"

"嗯……"庚小幸声音立刻低八度，跟小媳妇儿似的，"怦然心动……"

"嗯……继续说正事吧。"

顾声终于明白，自己对着本命的声音，是什么样子了：

非常不堪，值得唾弃……

"对哦，正经事，嗯，"庚小幸温柔至极，"绝美说，要让你看看，因为头牌觉得效果还是不太好。但是我觉得可以了啊，绝对是我听过最好听的了啊……"

庚小幸又抱怨了几句，顾声这边已经收到了 QQ 邮件。

不过，怎么都觉得非常怪异。

为什么要自己来听？完美做出来的东西，难道还需要让她这个小透明听吗……

顾声答应下来，挂了电话，点开音频文件。

美爆了好吗！

头牌大人，你是什么标准，竟然对这样的作品还不满意……从唱到念白，从编曲到后期、词作，没有一样是不完美的……

顾声太久没听到这么高质量的东西，尤其里边，还有头牌的念白。

她简直是一边激动，一边反复听，听了足足七八遍，才略微停下来。所以……这样的东西还有什么缺点，需要返工吗？

庚小幸……你确认，绝美大人不是逗你玩吗……

她实在觉得，自己根本给不出任何话，除了好，还是好。

想了会儿，还是决定再给庚小幸打个电话，表达自己"水平有限"，还有对这首剧情歌的深深爱慕之意。

没想到，手机刚拿起来，就看到了几分钟前的微信。

……是头牌。

"汆珍珠螺片好吃吗？"

锖青磁的声音很低缓，在午后听着，有些浸染阳光的味道。

顾声听着这句话，忽然就……怦然心动了。

老天。

顾声你不会对大人想入非非了吧……

她对着手机出神半晌，清了清喉咙，却迟迟不敢回答。她在思考，认真仔细地思考自己是不是真的……被流言蜚语搞得开始有心理暗示了……暗示头牌是对自己有意思的？！

顾声你醒醒你醒醒！

二次元的事不能当真啊……

她把电脑放在手边茶几上，站起来，深呼吸了好几口气，暂时把想入非非都扔掉，开始和头牌正常对话："挺好吃的，大人吃饭了吗？"

锖青磁："在吃盒饭。"

好可怜……怎么可以让头牌吃盒饭？

"不在家？"她装着什么都不知道，什么都没看到。

"嗯，"锖青磁笑了声，"不是有人'@'你了吗？"

大人，不要戳穿好吗……

那种暧昧的微博就当作没看见好吗……

顾声硬着头皮装傻："呃，还没来得及看微博。"

大人不要再说下去了，拜托拜托，不要再拆穿我了。

幸好，锖青磁没再继续这个话题。

竟然问起她《盛世之疆》的录音问题，顾声很老实地回答自己已经交了干音，就等着豆豆豆饼这个大牌策划的意见反馈了……然后，就想起了刚才听的那首歌，索性直接对锖青磁表达了自己的意见："大人，我刚才听过发来的剧情歌了，觉得特别好。"

"嗯，是还不错。"锖青磁的声音，非常平静。

所以，真的是绝美在逗庚小幸？

顾声猜测着。

锖青磁又发来一条语音："不过，如果能在录音棚录，效果会更好一些。"

他的语气非常平淡，像是在说着一个事实。

不对，根本就是事实好吗？！

任何人都知道，在录音棚录制会最好，否则也不会存在录音棚这种东西了……

顾声："是啊，肯定会更完美一些。"

锖青磁轻描淡写地告诉她："不过，这个已经差不多了。"

顾声："嗯……"

"《盛世之疆》这首歌，"他的声音有些微微共鸣，有着蛊惑的温柔，"我会约好你们的时间，定录音棚。"

"太好了，这样肯定有最好的……"

……效果。

顾声戛然而止……

录音棚？

录音棚？！

她看着自己的手机，不敢相信自己所听到的。

大人他，他是说……要和我一起……录音吗……

她的半截话已经发过去，锖青磁倒是意外地没有回复。

顾声是真的被这个想法震撼了，"奔现"两个字在脑子里飘来飘去……她可从没有试过要和二次元的朋友见面。虽然这和当年风极一时的网恋一点儿关系都没有，只是一帮热爱古风的好友见个面，录个歌，吃个饭什么的……

吃饭，这个太遥远了……

不行，光是"奔现"这两个字，再联系那么一堆圈内耳熟能详的名字，尤其是头牌，就整个人都不好了。

她在屋子里茫然转悠了半个小时，仍旧难以淡定。

索性钻进卫生间，对着整面镜子发呆。这个样子……真的适合去见一堆圈内大牌吗？

客厅里有手机的响声，她忙跑出去，拿起来。

是头牌发来的语音：

081

"我们七个人，有四个人都在同一个城市，明天下午三点如何？听绝美说，你后天就开学了？"

明天？！

顾声感觉自己要崩溃了。

那种一步步逼近末日的感觉是怎么回事……

要见自己最喜欢的声音，还有自己最喜欢的一堆前辈，竟然，竟然不给一点儿准备时间。起码心理准备和外形准备，都要有吧，大人……

她纠结了很久，还是对着微信说："好……这个时间我没问题。"

她总不能耍大牌吧？人家可是迁就自己开学的时间。

发出去了，却忽然有些发蒙，头牌怎么知道我和他一个城市？

微博？

微博……嗯，自己微博的确写了所在城市，不像头牌是隐藏的……

好吧，大人知道也非常正常。

她和头牌大概沟通了下时间、地址，还有余下那三个不在一个城市的如何操作后，头牌顺便叮嘱她今晚早些睡，就没再发来语音。顾声看着手机，默默地对头牌的头像说："头牌大人……余下的二十多个小时您让我如何过……"

顾声从衣服纠结到发型，从裤子好还是裙子好，纠结到头发扎起来还是放下好。

最后决定还是干干净净、老老实实穿着长裤和羽绒服去吧，天寒地冻的还是老实一点儿，否则真搞得像是网友见面，或者朋友相亲一样，就真的尴尬了。照头牌和她说的，她明天能见到一起合作这首歌的豆豆豆饼、斐少和 Wwwwk，还有两个纯粹无聊来打酱油的绝美、风雅颂……

这里边，只有 Wwwwk 和斐少在网上爆过照，只因为两个人，前一个本身就是电台主持，另一个……嗯，是配音演员，不在乎爆照。其余的还真的没见过，尤其是头牌，这个任何信息都隐藏的人就更不可能爆照了。

不激动是假的，但她也不敢和人沟通。

圈外的听不懂，圈内的肯定会买凶杀人，或者威逼利诱她偷偷拍照。顾声就这么从下午憋到半夜也没睡着，第二天一醒，脸色比平时苍白了不少，显然是没睡好的模样。她拿着梳子不停梳头发，梳着梳着却想起来，自己今天要返校！

也就是说，她要背着一个星期的衣服和吃的，去录音棚……然后再回学校……太毁形象了……

可是也没办法，那个时间，录完已经晚上了，而且录音棚的地址离学校不远，正好顺路。她无奈，认清现实后，只得收拾好衣服和食物，一样样满当当塞了整个双肩包，背上身出门的时候，娘亲大人还不忘说："同学聚会结束，赶紧回学校，到宿舍了给我打个电话。"顾声心虚地"嗯"了一声。

她可不敢和娘亲说，自己要见一堆从来没见过的二次元朋友。

她可不想和娘亲讲解数个小时，来区分开网友和二次元朋友的区别……最重要的是，真的没有什么实际区别。

地铁转两站公交车，到录音棚楼下，差不多两点半。

早到半个小时。

是该上去呢，还是在楼下转悠到三点再上去呢……一阵阵冷风从围巾的缝隙灌进来，真是冷啊，今天怎么就这么冷呢，不会要下雪了吧？

她打着转悠，消磨了二十分钟，终于走进一楼电梯，上了四楼。

电梯"叮"的一声打开。

豁然开朗的一个客厅，有两个女孩子在类似前台的吧台那里，一个倒水，一个在边打电话边记录什么。倒水的那个看到顾声，笑了："三点的棚，你是莫青成的朋友吧？"

她愣了愣，想到微信的那个拼音，断定了是头牌的名字，点点头。

"往里走，左手边的房间就是，已经来了几个人了，"女孩子指了指大厅沙发旁的消毒柜，"如果渴了，这里有水，可以自己出来倒，茶水间有速溶咖啡。"

女孩子有条不紊地介绍完，笑了笑，继续去喝自己那杯水。

非常职业和迅速的一串回答。

顾声第一次来录音棚，还担心是个太正经高端的地方，没想到这么随意和生活化。她按照女孩子所说的，走到走廊最后，路过了三四个房间，有的房间开着门，还能看到录音师在看着视频对声音，有的则是紧闭的，应该在录音吧？

停在尽头，左手边的那间房。

她紧张了。

微微呼出口气，清了清嗓咙。

第一句要说什么呢？就说大家好，我是声声慢吧……好像有点儿二……

她把手放在门把手上，刚要打开门，门就被从内拉开来，一个非常高的男人站在她面前，两个人都愣了。

"你好。"顾声脱口而出。

然后……年轻男人笑出了声："声声慢？"

"嗯。"顾声点头。

"我是绝美杀意，"男人抿起嘴角，因为高，显得略有压迫感，"幸会啊，声声。"本来前半句还很正经，后边却让人窘透了。

顾声忽然觉得很窘很热，被人学着头牌叫自己声声……

就在她发愣的时候，绝美已经偏过身子，对着里边的人说："头牌的金主来了哦。"

顾声觉得他再说一句，自己一定会夺路而逃了……

视线打开，有个戴着眼镜、很白的男孩子，正跷腿坐在沙发上，听到这句话，立刻就跳起来，笑着跑过来："金主，金主，你好，我是风雅颂。"

"好了好了，吓到人家了……"绝美把他挡到身后。

"有吗？声声？我有吓到你吗？"风雅颂笑眯眯看她。

顾声摇头，强迫自己镇定："怎么会……没有啦……"

身后，忽然搭上来一只手。

顾声吓着了，听到有人说："不要欺负小妹妹，金主好啊，我是Wwwwk，就是你和头牌大人你侬我侬的时候，在旁边吃火锅的那位。"

她发誓，她真的要哭了。

这些人……

"这些人啊，让开让开。"终于有个年轻女孩走上来，看上去比顾声大不了几岁的样子，穿着白色毛衣，很温柔的模样。她一把揽住顾声，将她从三个男人的包围圈里救出来，还不忘鄙视那几个，"头牌临时来不了就算了，你们还把声声这么欺负……哼哼,"她拉着顾声在沙发上坐下来,"我是豆豆豆饼。"

"头牌不来了吗?"顾声有些疑惑,不过看着房间里就这么四个人……

"临时有事情……没办法,他比我们谁都忙,"豆豆豆饼也无奈,"反复嘱咐我一定要照顾好你,免得你被他们吓到。"

好吧。

顾声有些可惜,也觉得略微失落。

毕竟头牌是最神秘的存在,能见到他,应该是很多人的愿望吧?

幸好都是认识了几个月的人,虽然大家看上去都比顾声大了五六岁的样子,倒也很快就能说到一起去。过了一会儿,睡眼惺忪的斐少就来了,顾声这才知道,这录音室是斐少和人合伙开的,而这间房,从三点开始都留给了他们。

所以大家都不着急,开了一堆零食扔到外间的桌子上,搞得像个小聚会。

顾声边听他们闲聊,边看这间录音棚。

外边是设备和休息的沙发、茶几。

整面墙的玻璃,能看到隔音房间里,空无一人,只有空置的麦克设备和桌椅。

非常干净,也非常专业。

绝美聊着聊着,忽然想起顾声还是学生,怕她回学校太晚,很快招呼大家开始干活。其实他和风雅颂就是来凑热闹的,如果没有销青磁,其实……就只剩了四个人,每人几句话,半个多小时就能解决一个。

到顾声录完,也不到六点。

她这里,能听到外间所有的声音。果然在录音棚是最好的,不光是效果好,还有专业前辈和录音师的指导。

可惜……头牌不在……

她坐在隔音的录音室里,听到录音师说:"可以了。"忽然就松了口气,刚想要拿下耳麦,就听到耳麦里,风雅颂忽然说:"莫青成,你万年酸奶控啊。"

她心猛地一跳,下意识侧头看玻璃墙那头。

玻璃的另一侧。

有个穿着牛仔裤和黑色长袖 T 恤的年轻男人站在那里，似乎刚到不久。她看过去的时候，他也在看着她，一只手拿着大盒的酸奶，另外一只手对她，打了个招呼。

那双眼睛，漆黑透亮，真是出乎意料地漂亮。

眼尾上扬着，还挂着笑。

她不敢相信地看着他。

竟然是他。

"声声，你好，"他的声音那么真实地从耳麦里传过来，声线低迷而又温柔地告诉她，"我是锖青磁。"

顾声一只手捂着耳机，听着隔音房外的笑声，从耳机里传进来。

"你好。"她说，尽量让自己冷静再冷静，声音莫名就有些弱。

她没想到他就是锖青磁，锖青磁就是他……几个月前，第一次见到锖青磁的时候她还在逗狗，还在腹诽这个男人竟然爱喝大果粒酸奶……还在马路对面的店里，隔着玻璃墙看到他如何维护自己的女同伴……

锖青磁对她又笑了笑，对录音师说："麻烦，刚才的我再听听。"

"所有人的？"

"对，所有人的。"

他很高，所以弯腰的时候，手就撑在工作台边沿，听着录音师回放刚才所有人的成果。顾声摘下耳机，推门走出来的时候，看到他的背影，仍旧觉得不可思议。

有手攀上她的肩，豆豆豆饼在她耳边，笑了声："怎么样，是不是很有姿色？这头牌可不是白叫的。"

"嗯……挺帅的。"她压低声音。

未料说到"帅"这个字的时候，锖青磁正好转过身，看她……

她的心又漏跳了半拍。

是怕他认出自己……还是期待他对自己有印象？

她也不知道，就是特别紧张，紧张得有些不敢说话了。

锖青磁盯着她看了两秒，忽然就笑了，把吸管从塑料纸中抽出来，插到酸奶盒子里喝了口："你是不是在想，我们见过？"

一语惊人。

顾声一紧张，竟然没有立刻回答。

房间里所有人都开始兴奋了，如同发现了什么不可告人的秘密……Wwwwk"哎哟"了一声，立刻就扯开一包薯片："早说嘛，声声来之前，我们还商量今晚带她去吃什么，顺便灌输一下你绝世无敌好男人形象呢。"

"曲径通幽了，曲径通幽了，我们这些人还被瞒着呢。"

"是照片，还是视频啊？"风雅颂笑眯眯看头牌，"你是不是偷偷往网上放视频了？高清无码？"

"风雅颂，"豆豆豆饼横眉，"不许说十八禁话题！"

众人真是越说越离谱。

顾声也不好再扭捏，点头说："我见过你，就是不知道你还记不记得……"

"记得，"锖青磁似乎在回忆，"那天，你抱了一只狗。"

说完，就笑了一声。

现场版的笑声，加上真人……

顾声觉得自己非常需要时刻让自己转移注意力。看人不听声，听声不看人……两者合在一起，实在让人受不了好吗？

两个人的对话实在太含糊，太让人好奇了。

可这个环境下只会越解释越麻烦，而且顾声也不能让大家安静，详细解释一下锖青磁是如何走进她家超市，买了矿泉水和酸奶。然后两人根本没有语言交流，所以也不可能认出对方是谁……就这么擦肩而过一次吧。

擦肩而过一次，她就记住他，也很容易让人匪夷所思，胡乱猜想啊……

顾声纠结着，是继续说也不是，不说也不是。

"好了，玩笑开够了，"他清了清喉咙，冷淡地表示，"我们怎么认识的，是我们两个人的事，你们就不用凑热闹了。"

顾声有种夺路而逃的冲动。大人你这个制止根本就没有效用好吗？完全会让人想到十万八千里之外好吗……众人呵呵笑，各自声音大小、神色都有不同，但脸上都写着三个大字"有暧昧"。

　　幸好头牌是个说一不二的人。

　　他如此交代了，就再不提这个话题。很快就自己拿了一页纸，进隔音的录音房，开始一遍遍试音。《盛世之疆》这种念白，岂止是"霸气"两个字可形容。

　　简直是袖手天下，风流无边……

　　顾声听着头牌念白的声音，早已脑补了无数的画面，甚至有种立刻要去问表哥《剑网3》入门难不难的念头……她盯着录音棚里戴着耳机的头牌，整个人都觉得不在真实空间里。能听头牌现场录音，实在太幸福了……

　　他配了太多的商业剧和广告，完全不需要录音师事先指导，直接就由着自己的感觉，给出了六个版本的选择，录音师大概听了下，推荐给他们其中两个，说是都很好，人家专业的反倒挑不出了。

　　他走出来，继续拿自己的酸奶，边喝边反复听那两个版本。

　　最后喝完了，把酸奶盒扔到垃圾桶里："我喜欢第一个。"他回头，直接看顾声，"声声，你喜欢哪个？"

　　眼睛漆黑明亮，因为不是直视，显得眼角上扬得更明显了。

　　非常……漂亮。

　　看得她有些手足无措。

　　"我……两个都喜欢，"顾声老实交代，"各有各的好。"

　　感觉这种东西，完全靠的是个人喜好好吗……这怎么挑？

　　绝美正在一边坐着打电话，听到顾声的回答，忍不住捂住自己的手机，总结性概括："基本小女孩听到你的声音，就是录一百个来选，也是一百个好。锖青磁，你的秒杀能力，你自己还不知道吗？"

　　绝美看似开玩笑，可说的也绝对是实话。

　　对喜欢头牌的妹子来说，他就是把一句话用一百种方式念出来，也绝对会句句珍藏，没事儿就拿来听，也绝对绝对不会嫌弃任何一个念白方式的……

"嗯……让我想想……"他用湿纸巾擦干净手，从桌上拿起薯片，一片片地往嘴里递。

他吃薯片的姿势，非常特别。

别人都是用大拇指和食指取薯片，唯独他，是用中指和无名指来取。而且丝毫不像有任何不妥，也灵活得很。过了会儿，似乎吃得满意了，才含糊地笑了一声："算了，先想晚饭吃什么吧，这个留着后期时再挑。"

"别，"Wwwwk忽然笑了声，"我还有个提议呢，走之前，留个私人纪念如何？"

"私人纪念？"风雅颂搭腔。

"声声最爱头牌的声音，这我们都看得出来，头牌也说过，他最爱声声的声音……既然斐少免费提供录音棚，机会难得，不多录几首留作纪念实在浪费了。要我说，既然你们俩这么……爱……对方……"Wwwwk故意慢了半拍，摩挲着自己的下巴，"……的声音，不如现场合作一曲如何？"

斐少立刻眼睛放光，把自己的棒球帽摘下来："太好的提议了！"

和……头牌现场合作？

顾声刚才降低的血压，又立刻飙升。她偷瞄录音棚，想着自己要在那个隔音房间里，和头牌……一起面对面唱歌……就……

这不是KTV好吗，实在太有氛围了好吗，两个人在玻璃房内，外边一堆围观的……

就算是在KTV，她也从来没有当众和男生合唱过啊。

"嗯，可以的，"头牌答应下来，没有任何的矫揉造作，"录完传到网上，就当作给粉丝的情人节礼物。"

情人节……礼物……

好吧……一般二次元的大人们，都喜欢在情人节、儿童节搞些东西，正常正常。

顾声还没有消化完这个提议，他已经略微思考，说出了一个名字："《与君归》……如何？"这名字被他一念，独有一种荡气回肠的苍凉感。

起哄的众人彻底安静了。

这不是才第一次见面吗？？就《与君归》什么的……

真心是太高调了……

顾声已完全石化。

锖青磁本身就是行动派，说完就让录音师找到了背景音，示意她可以进隔音房间了。很快，斐少就殷勤地奸笑着，把打印好的歌词拿来，递给两个人。

顾声站在锖青磁身边，戴上耳机，看着玻璃墙外每个人的脸，觉得自己真心要得心脏病了……大人您是彻底改变风格，准备在退圈前，放荡不羁爱绯闻了吗？

第一次见面就进棚录对唱，这样真的好吗……

顾声一只手捂着耳机，听见锖青磁问自己："需要练习几遍吗？"

"我……"顾声努力想忘掉，其实有七八个人在默默旁听着两个人的对话，"可能要跟着背景音练习一遍。大人……你想怎么合唱？"

锖青磁眼睛里有笑，看了她一眼，戴上了耳机："这首歌起音太高了，我来唱高潮部分，余下的……"他拿着笔，画了几句，"这几句我们合唱，剩下的你来唱好不好？"

这样真的好吗……

明明是女孩子比男人更容易唱高音啊……

如果被头牌粉丝听到，肯定会一边星星眼说，大人绝了，另一边说声声慢是废柴的……不过顾声觉得自己的嗓子，就算是唱上去了，也一定会破音。鉴于头牌无所不能……还是头牌比较适合这首歌的高潮。

不过……

心底另外一个头牌的脑残粉灵魂，拼命告诫这个努力保持清醒的灵魂：

就是没听过头牌唱歌，我也完全相信我家大人唱什么都没问题！

好吧。

清醒的灵魂投降了。

其实从她真的在这个隔音的空间里，站在头牌身边开始，清醒早就离她远去了。

顾声很熟悉这首歌，小声念了一遍词，以免自己发生唱到一半不认字的糗事。大概觉得自己差不多了，就说："大人，我好了。"

锴青磁"嗯"了一声："你可以叫我锴青磁，也可以叫我莫青成，不用一直叫大人。"

耳机里，隔音房外的众人又开始闹腾了。

"声声，叫啊，叫啊，最好叫青磁，或者叫青成……"

"你够了，风雅颂……"豆豆豆饼蹙眉，然后隔着玻璃指导顾声，"声声啊，叫锴青磁呢，显得生疏了，还是莫青成吧，啊？"

"我同意。"Wwwwk言简意赅。

"我也同意。"斐少立刻站队。

连绝美也终于从沙发上站起来，走到斐少身后，按住他的肩膀，很认真地说："声声，要想发展成三次元的朋友，就要叫莫青成哦。"

各位大人……

这种事情用得着这么慎重吗？

"随便什么都可以，"头牌都忍受不了外边的人，忍不住笑着说，"我只是让你不用那么拘束。"

"好……"她脱口想说大人，马上又反应过来，"嗯，莫……青成。"

为什么顿时有种在相亲的感觉？

还是被一帮子七大姑八大姨围观着，在和相亲对象做着自我介绍……

顾声发誓，自己现在一定在脸红，一只手下意识按住自己耳机一侧，装作要看歌词，半挡住脸。录音师看两个人都准备好，很快放出了背景音乐，两个人按照头牌的安排，都不太费力地跟着背景音乐熟悉。

头牌真心是个太会唱歌的人。

顾声一边唱着，一边还要分神去听头牌唱歌。

这种近距离地听着身边人唱歌，尤其这个人还是完美的头牌，绝对是她连想都不敢想的场景。差不多对了一遍后，头牌很认真地告诉她，还需要再对一遍，甚至还不忘细心叮嘱她："不要太费力唱，这遍找到感觉，我们就开始正式唱了，留些力气在后边。"

顾声点头。

可是当她发现，第二遍练习头牌根本就不用看词时……才知道这第二遍练习，根本就是为自己准备的好吗……

头牌这次，除了自己唱，还主要留意她。

在自己唱完后，马上就会看她。

顾声本来能接得很好的，可是被他一看，倒是抢拍了。

"声声，别紧张别紧张，"豆豆豆饼忍不住乐，"虽然我理解你，被倾国倾城头牌大人看一眼，实在难以镇定的普遍心理……但是呢，习惯就好啦。"

莫青成看了玻璃房外一眼，立刻就安静了。

顾声努力不分神，终于差不多把这遍过掉了。

"正式了哦，小妹妹，"录音师也觉得这场面实在太有趣了，"没关系，你们正式唱过一遍后，很多句子，是需要单独再补录的。"

"好。"顾声脸已经火辣辣地烫了。

这里所有人都明显在拿她开玩笑好吗……

都是第一次见面啊……

"不用紧张。"头牌的声音低缓而柔和，有着镇定人心的力量。

前奏很快被推起来。

莫青成一只手搭在麦克风的架子上，终于跟着背景音乐唱出了第一句话："千载史卷书家国天下，换不回你手奉一盏清茶……"

他开口唱第一个音时，顾声分明就听见了自己的心跳声。

实在好听得让人能哭出来的声音。

毫不费力的高音，带着浓郁的凄凉和不舍。

甚至能让人有错觉，他就是故事里的那个王，有着不能说出的爱人。他是她的师父，是她全心爱着的人，却不得不在天下苍生和爱人之间，选择了前者。他眼看着她离去，任由她去嫁给当朝太子……

顾声是个爱音乐的人，也同样挚爱着任何古风故事。

世上最残忍的，恐怕就是曾得到后……再失去。那些美好的感情，若不曾拥
有，不会如此刻骨铭心，而一寸寸用刀割开因爱而相连的……血脉骨骼，真的太
残忍了。

她唱着这首歌，忍不住直视莫青成。

莫青成那双漆黑而上扬的眼睛里，也倒映着她。

两个人唱到最后，婉转低哀处，她有意比莫青成唱慢了两拍。

男人的声音先出现，其后才是她略微清凉、有些淡淡哀伤的声音。

"楼中数笔，留上林全赋，

"掩卷两生，誓与君同归。"

顾声唱完最后一个音，已经有些难以出戏。

却意外地听到头牌忽然开始念白，她诧异地抬头，再去看他。

仿佛黄沙漫天，千载已过，他孤身马上，怆然回首。

"时宜——"

他竟然加了一段念白……

莫青成的声音，有着淡淡的共鸣，仿佛早已置身于这个故事当中。

千载荒凉，白骨成沙，却终究抵不过，她一人之名。

他看着她，告诉她：

"十方不再，四海无存，乃敢与尔绝。"

背景音乐忽然就结束了，突显了他最后这句念白。

如同那句歌词所说，莫青成眼中就是有倾世深情，一旦直视，根本就无法抵
抗分毫。

顾声脸一瞬就红透了……

看见他回过身，看向录音师："好了。"

耳机里，豆豆豆饼如同得了特赦令，立刻就叫出声："太绝了，莫青成，你的念白配得太绝了！"有她这么一起头，所有人都纷纷出声，七嘴八舌地赞叹，都觉得这个版本一旦公布，点击和下载量绝对瞬间就会破了纪录……

那些声音欢快而杂乱。

顾声却听得有些不清晰，她觉得自己真心坚持不住了，最爱的声音，还有面前的头牌，刚才那个曲子那念白，简直就是秒杀。

"觉得如何？"莫青成单手摘下了耳机，问她。

"……非常完美，"顾声觉得自己的声音，发涩得厉害，"我是说，你唱的部分和念白都非常完美……"

他笑了一声："谢谢。"

她脸又红了几分，她发誓这辈子最完美的记忆，就是和头牌合唱这首歌，现场看到他唱，听到他即兴念白。尤其……这念白的内容，如此魅惑人心……

"声声，心动吗？"忽然，风雅颂的声音跳进来。

"心都快跳出来了吧？"斐少笑嘻嘻揽住风雅颂的小肩膀，"我是个男的都心动了，别说是个女孩了——"

顾声窘得都快哭出来了，忙低头摘下耳机。

幸好头牌已经摘下了耳机，自然什么都听不到，他帮顾声把耳机挂好，打开门示意她先出去。她刚迈出隔音房间就有种异样的感觉，所有人都在暧昧不明地看着他们两个，顾声视线飘来飘去，特别无助……

她从来没试过当着这么多人的面，被人开配对玩笑。

以前在班级里，她可都是绝对的旁观起哄者啊……就连在 YY 活动，偶尔客串主持什么的，也绝对是调戏别人的人啊！难道……这就是因果轮回报应不爽吗？

偏偏莫青成还一副坦然的神情，任由众人随意调侃，懒得理会……也懒得阻止……他走出录音棚，大概和录音师交流了两句刚才的问题，就对顾声说："先喝口水，一会儿有些句子，要单独唱，补几句。"

"好……"顾声得了特赦令，忙逃离房间，走到大厅的饮水机旁，拿纸杯接水喝。

身后的两个女孩子时不时笑着聊天，她一口口喝着水，给自己压惊，脑海里却不停重复刚才那首歌的旋律，还有头牌戴着耳机唱歌的样子……刚才那个告诉她如何入门的女孩子注意到她出现，立刻停了话，走过来，也装作接水的样子。

待接满了水，那个女孩子直起身子，一双眼睛亮晶晶地、神秘兮兮地低声问她："你是……声声慢吗？"

顾声险些一口水喷出去。

"放心放心，我会保密的，这是职业道德，"女孩子继续小声说，"我刚才看到你和头牌唱歌哦。"

她刚才压下去的惊，又起来了。

这女孩不会……不会……不会……不会就是那个发微博的女孩子吧？！

"我答应过头牌，绝不泄露他的脸和信息，"女孩子立刻就证实顾声所想，仍旧做贼一样，轻声凑在她耳边说，"放心，我绝对不爆你的脸……不过真的好嫉妒好嫉妒……声声你是怎么和头牌认识的啊……"

顾声干笑："嗯，就是……很普通的情况下认识的。"

总不能说头牌在某个清晨，莫名其妙闯入自己YY频道教自己做菜吧？说出来人家不当头牌是疯的，就一定当自己是疯的……

"哦，不好意思说嘛，我懂的。"女孩子神秘兮兮地笑。

她尴尬得想死过去了……这都什么和什么啊？

今天肯定撞大运了……这也能被人揭破二次元身份，她都不想活了……

"声声。"

就在她难以摆脱这八卦气氛时，头牌的天籁之音就这么突然从天而降了……他出现在大厅的书报架旁，对她招手："来，该你补录了。"

顾声忙不迭说好，把纸杯扔到垃圾桶里，很听话地走过去。

也顾不得那个小姑娘会如何了，先逃走再说……

头牌绝对是个要求完美的人，她再进隔音房间，基本指导沟通的人就是莫青成。对于这方面，他是绝对的前辈，顾声非常配合地补录了很多遍，终于通过了这位严格老师的要求。等到这首歌搞定，所有凑热闹的人都饿了，把桌上的零食彻底吃了个干净。

"哎哟，你们两个绝对的完美主义，"斐少抱怨，"我眼前都是饭啊，都是饭……"

"这是灵魂的交流，懂不懂，斐少？"风雅颂喝着自泡的咖啡，美滋滋地解说，"作为两个声音如此好的人，所有美好的感情，都要从声音的交流开始。"

"他们不是交流两个月……才决定奔现的吗？"Wwwwk 显然觉得自己消息灵通。

顾声觉得，自己一定不能够和这些人再待下去了，自认二次元应对自如的她，现在根本一个字都说不出来，被调侃得体无完肤……

"我……今晚学校还有事情，"她果断决定逃跑，"不能和你们一起吃饭了。"

"不要嘛，声声，今晚就指望你能再娱乐娱乐了……"斐少脱口而出。

"是啊，我们平时可是从来不敢娱乐头牌，"风雅颂也抱怨，"而且也找不到什么逗他的，难得你出来了。"

"逗他？不怕他给你讲如何开膛破肚？"

"不好意思，我真的是有事，"顾声含泪，继续打断他们，"下次吧，下次好不好？"她一边说着，一边穿上自己的羽绒服，系好围巾。

正要去拿自己装满衣服和零食的双肩包时，已经被另一只手抢先拎了起来。

莫青成也刚穿上自己的黑色羽绒服："我顺路，送你回学校。"

大人……您……怎么可以帮我拎着书包……

让头牌去拎这么重的书包，我自己都会打死我自己的好不好！

可惜，莫青成简单交代了句先走了，不用等他一起吃饭，就已经单手拎着她那个硕大的粉蓝色双肩包，开门走了出去。顾声来不及权衡利弊，只能紧跟着头牌和自己的包跑了出去。关上门的一瞬间，明显听到里边有人忍不住学狼轻嚎了一声，显然八卦血液已经沸腾到难以抑制的地步了。

门被关上。

头牌还走得特别快，顾声紧跟慢赶，追上他的脚步。

刚想说大人您快把书包给我吧，却被负责接待的那个小女孩看得"毛骨悚然"，只得装死，低头跟着莫青成走出大门，站到电梯前仍旧盯着头牌手里自己那个包……

走廊尽头的电梯间，灯泡刚好坏了一个，显得有些暗。

莫青成抬腕看表："还不算太晚，学校离这里远吗？"

"不算太远，"顾声老实交代，"如果等公交车顺利的话，二十分钟就到了。"

"那还好。"他声音淡雅怡人。

顾声仍旧不敢相信，自己和他就如此像是很熟的朋友。

还站在这里，只有两个人，随便闲聊着。

顾声从下往上瞄莫青成，继续纠结挣扎，思考着，如何才能拿回自己的书包。

而莫青成恰好在电梯门滑开时，垂了眼，去看她：

"他们是太闹腾了。既然不急，我陪你先简单吃些东西，再送你回去。"

"啊？"这提议太惊悚，她招架不来。

"想吃什么？"

"啊？"她答应了吗？

莫青成忍不住笑了声："腌笃鲜，好不好？"

……她发誓，她马上就要哭了。

"不反对？"他示意她先进电梯，"那就腌笃鲜了。"

腌笃鲜，头牌，头牌，腌笃鲜……

顾声竟然在菜已经上来后，仍旧觉得玄幻，她一个人，和头牌，面对面坐着吃腌笃鲜……她想要淡定大气不走神，可是这是纯纯粹粹的第一次见面啊……显然那次在超市里抱着狗看他买单的晚上，绝对算不上是真正接触过。

腌笃鲜是她最爱的菜，每年等到天寒地冻才能吃，绝对是顾声最美妙的期盼。

然后……

好吧，最美妙的美食和最美的声音，坐在一起了……

她用筷子戳着面前的笋，第一次和非同学非亲戚类的男生吃饭，要说什么呢？

她抬头。

头牌恰好在夹菜，看了她一眼："怎么了？"

没怎么……就是头牌你不觉得第一次吃饭就这么安静和谐，也不说话，真心好吗，真心不尴尬吗……顾声脱口而出："这里做的，很好吃。"

莫青成笑了笑："这里是很好吃。"

真是个简单干净的地方，而且就在录音棚附近，走路来也不到十分钟……肯定是莫青成他们经常来光顾的地方吧？

"我很喜欢吃腌笃鲜。"莫青成忽然告诉她。

"我也是，"顾声附和，"不过大多时候，都是爸妈在家里做给我吃，很少出来吃。"

"我父母工作很忙，"他随口说，"好像从来都是我自己做。后来毕业了，和绝美住在一起，有时候懒得做了，就一起出来吃。"

好可怜……

明明人家坐着都比你高那么多……顾声你这种看流浪猫的心情是怎么回事……她低头，继续吃继续吃。

"你试着做过吗？"莫青成的声音，温暖柔和，就像是饭桌边的老友闲谈……不对，真的是饭桌边的闲谈，可惜不是老友。

顾声摇头。

"非常简单，"他理所当然给她又讲起了菜谱，顾声竟然也就理所当然地听下去了，"鲜笋块儿事先用热水焯一焯，然后用冷水泡一泡咸肉和扁尖，去掉一些咸味。"

她点头，听得认真，一是为了菜谱，一是为了这美妙的声音。

莫青成把嫩些的笋尖，挑到她碗里，慢条斯理地继续讲着：

"在冷水里加葱段和姜，烧开后加入咸肉和排骨，不过我也喜欢加咸猪脚，大火烧开后撇去浮沫，煮二十分钟到半个小时，"他边回忆，边说，"加扁尖和鲜笋，等到汤汁变得奶白了，再转小火炖一个小时左右。"

"还有百叶结呢？"顾声提问。

他笑："别急。"

我不急……

莫青成接着说道："最后百叶结，小火炖一刻钟，撒上小葱，就可以出锅了。"

她"嗯"了一声。

用勺子喝着汤，美食加美声，实在是太享受了……

她吃得差不多了，觉得整个身子都暖了，莫青成已经招呼服务员过来买单。服务员笑着走过来，边把结账单的夹子递给他，边说："这位也是和你一样，是配音演员？看起来好小啊。"

莫青成拿出钱，放到她的夹子上："不是，还是学生。"

顾声对服务员笑笑。

看起来还真是熟得不能再熟了，估计头牌平时配音叫的盒饭，都是这家的吧？

"噢。"服务员领悟了某种精神。

莫青成默认地笑笑。

顾声在他们无声交流里，真心是尴尬死了。

"穿衣服吧，"莫青成已经站起身，拿着自己的衣服说，"到你学校还有些距离，我们可能要快点走了。"说完，又理所当然地拎起了她那个又重又鼓的书包。

顾声忙站起来，想说还是自己背着吧。

这话刚从舌尖里打了个转，要说出来，就听到门口一阵欢笑声……

她不用回头就流冷汗了，好熟悉好吗？

各位大人你们要不要都把这里当食堂啊，偶尔换个口味好吗……

"莫！青！成！"斐少大笑一声，"你不是送人家回学校吗？怎么送了四五十分钟了，还在录音棚附近转悠呢？"

"不许拆穿我们倾国倾城头牌大人，"豆豆豆饼笑嘻嘻扯下自己的围巾，"好吃不，声声，这里东西味道不错吧？"

顾声都不敢开口说话了，就"嗯"了一声。

"腌笃鲜？"Wwwwk 走过来，扫了一眼，"头牌你太不仗义了……我这两天一直和你说我想吃腌笃鲜啊，你都不肯陪我吃……"

绝美非常正经地搭住他的肩："有声声了，谁陪你吃饭？"

大家说得欢乐。

那服务员更听得笑开了花。

顾声窘得已经想死过去，悄悄看头牌，轻声说："我们走吧？"

他笑了笑："好，"他看了看绝美，"走了。"

绝美给了一个"兄弟你随意来去，我绝不阻拦"的表情，随手就拉出来一把椅子，坐在大圆桌旁边："都坐下来坐下来，我们就当没看见莫青成啊，别让人家声声尴尬，下次不敢来了……"

　　这也能装的吗？
　　再说，绝美大人……你们吐槽都吐完了，痛快了才发现我尴尬吗……
　　头牌也颇为无奈地拍了拍绝美的肩膀，带着声声走了，留下一帮人欢声笑语地继续点菜吃饭。

　　两个人顺利等到公交车，晚上八点多的时间，人不多，后半截车厢都没有人。两个人坐在公交车最后一排，整整一排六个座位，只有他们两个人。
　　"你唱歌这么好听，为什么从来不唱歌，只配音呢？"这个疑问，顾声压在心里好久。
　　他倒是不觉得什么："唱歌比较费力气。"

　　好吧。
　　公交车拐过一个路口，这段路程才刚开始。
　　她不知道和莫青成说什么，总不能一直说录音的事情吧……
　　可是除了唱歌、配音这些东西，她也是再不知道和头牌说什么。
　　总不能说明天早上两堂课，又是那个一讲课就能让人睡着的老老师吧……不过令人欣慰的是，头牌终于不用帮她拎着那么重的书包了，而是放在了身边空位子上。起码……她不用内疚了。
　　顾声思路开始无限发散，研究起如何能在下车后第一时间抢到自己的书包，不让他真的帮自己拎到宿舍楼……

　　忽然有淡淡的声音。
　　很轻很慵懒，低沉婉转地哼起了歌。
　　她意外看他。
　　他也看她，漆黑上扬的眼睛里有着淡淡的笑意，就这么随意哼唱着。

公交车厢这种空旷的空间里，声音不太容易传到前车厢，所以，此时此刻就只有她能听到莫青成哼的这首《歌未央》。《新上海滩》的主题曲，很适合夜晚的一首歌，安静听着，有种老上海的慵懒奢靡感。

车因为红灯而停下来。

他的哼唱却没有停下来。

顾声觉得自己听得快窒息了，太美的声音了……

她很快就转过头，继续死死盯着窗外。

　　是谁还留恋的吟唱

　　那首熟悉的歌未央

　　灯光已熄灭

　　人已散场

　　思念继续纠缠

　　我是随波逐的浪

　　偶尔停泊在你心房

　　放不慢脚步

　　只能匆忙

　　转瞬间已越过海洋

　　……

她这么听着听着，就想，真是个幸福的夜晚啊！

这么美的声音，唱着这么好听的歌。

如果能录下来就更好了……

两个人到学校时，楼下来来去去好多人和车。

返校的日子，好多寒假吃喝玩乐得面色红润的老熟人，都擦肩而过。

顾声打了几个招呼后，就觉得这样绝对不行，几乎每个人打完招呼都一副"声声慢你好福气"的表情……头牌跟在她身边慢悠悠走着，欣赏着她的校园，像是毫不在意那些明里暗里的打量目光。

如果……二次元他的那些粉丝知道……自己家头牌大人被如此多女生八卦旁观，一定会组团爆头她的好吗？

她停下来。

莫青成也停下来。

"送到这里就可以，谢谢……你。"

大人你千万别提出来，要去我宿舍看看的要求……

只有今天是允许所有人出入宿舍楼的，您千万千万别这么要求，否则我根本不知道怎么拒绝啊……

"好，"他终于把书包递给她，"下次见。"

"嗯，再见。"

她拎着自己书包，转过身。

一步一步，一步一步往前走，不敢回头，想回头，不敢回头，想回头……抱在身前的书包，真心是重死了，早知道要头牌这么拎一路，她一定不带那么多零食。你个吃货，声声慢，看你把头牌累的。

她终于走进宿舍楼的玻璃门，然后往左错开两步，悄悄转身，在莫青成看不到的角落里，回头去看他是不是走了。

莫青成似乎看到她进门，抬眼看了眼表。

"顾声！"宿舍楼外，忽然传来庚小幸的声音，"你躲在门边看谁呢？帅哥啊？！"

顾声僵着身子，看蹦蹦跳跳跑上来的庚小幸，余光里，看到莫青成明显放下手臂，颇觉有趣地看了这里一眼，然后转身走了。

他一定听见了，一定听见了。

"你怎么傻了？昨天打电话还没事儿呢，"庚小幸笑眯眯伸手，在她面前晃了晃，"快说，和倾国倾城头牌大人面基结果如何啊？"

顾声默默看了她一眼。

"刚才完美微信和我说，大人亲自送你回学校了？你们进展得可真快……"庚小幸各种羡慕语气，"头牌真的很帅吗？"

顾声继续默默看了她一眼。

她受了几个小时的刺激，已经无力再应付庚小幸的任何话，只觉得最后庚小幸这一嗓子算是彻底毁掉了她整个下午和晚上维持的形象，偷看什么的，实在太丢人了。

宿舍四个人，只有她们两个是保研的，余下的两个早就去实习了。

所以估计明天才会回来象征性地报到一下，继续去工作。

所以今晚又只有她们两个人。

庚小幸几番试探毫无结果，最后直接把话题绕到了绝美身上，顾声终于松了口，坐在自己床上，边看YY留言信息，边说："很高，嗯，特别霸气的一个人，超级攻……反正只要他不开玩笑，挺有气场的。"

"噢，"庚小幸爬上她床的梯子，就这么半趴在梯子上，手扶着她的床头，"再多讲讲。"顾声尽职尽责地想了会儿："要不下次你和我一起去算了……反正你们都暧昧这么久了。"

"哪儿有暧昧啊！"庚小幸去抓她的脚。

顾声边躲边笑："就是有暧昧！"

庚小幸彻底爬到她床上。

"别别，"顾声指电脑，"我拿着电脑呢，别弄坏了。"

庚小幸倒是真避讳了，忽然反应过来什么："你们下次什么时候再见？"

"啊？"

"你不是说下次吗？"

顾声也不知道自己为什么要说下次，难道是因为头牌说下次见？她打了个磕巴，看到自家社长发来的信息："声声慢，你去哪儿了……今晚是你驻唱啊，我都替你扛了半个小时了啊……快来快来。"

她愣了下，立刻想起来，今晚是自己在自家社团驻唱的日子啊……

"我不和你说了，不和你说了，我要唱歌去了……"顾声戴上耳麦，很内疚地说，"今天轮到我在社团驻唱……我竟然给忘了。"

庚小幸一副幸灾乐祸的模样，终于放过她。

顾声立刻进了频道，就听见社长非常哀怨地唱着《领悟》，那小声音悲凉极了。看到她名字立刻就说：声声慢大人……您总算来了。

顾声打字：我给忘了……

社长：直接上麦吧……我快唱得没气了。各位稍等，马上换人。

顾声私戳社长：嗯……今天不该是两个人驻唱吗？走调儿呢？

社长私戳她：他说他约会。他说他活了二十年第一次终于被女人表白了，所以一定一定要去赴约……

顾声：……祝福他。

社长：我帮你撑了半个小时了，你意思意思再唱一个小时就撤吧。

顾声：好。

社长下麦，开始休息挂马甲，她上了麦，挑了两首歌随便哼唱着，有一搭没一搭地收着花。她在的社团是小社团，还没有什么固定的粉丝，所以每周有两天安排歌手驻唱，吸引人气。她把电脑放在小电脑桌上，自己蜷着腿，规规矩矩坐在电脑桌前，开始唱歌。

唱着唱着，就听见自己手机响。

她哼着自己的歌，敲了敲床，示意庚小幸把手机递给自己。

待接过来，看到是头牌发来的一条文字消息：我已到家。

她立刻就走了调儿。

清了清嗓子，随口说："不好意思，我接个电话。"

背景音仍旧播放着，她却在这里给他回微信：到家就好……谢谢你，今天送我回来。

发出去了，却怎么都感觉不对劲。

可也说不出是哪里不对劲……好像头牌和她忽然就大跨步发展到了非常熟悉的地步。可是她除了知道他叫莫青成，是网络上大名鼎鼎的头牌锴青磁，真心什么都不知道……

她把手机扔到一边，随便翻着自己的文件夹，想要找出一首歌来唱。

想来想去，她鬼使神差地打开了《歌未央》的伴奏。

刚才听过，印象太深刻，正好也练习练习。当然……她肯定不会有头牌唱得那么有感觉，那么完美。她看着歌词，慢悠悠唱着。

忽然就听到社长激动地打断自己："啊！我眼花了吗？怎么这么一会儿就破千了？我说……妹子们是不是走错频道了……"

顾声愣了愣。

"社长你没眼花……"走调儿的声音在说，"我觉得我白赶回来了……啊啊啊啊！我看到了什么，我的男神！头牌大人！"

"哪里哪里，头牌大人在哪里！大人你真的降临我们这里了吗……太感动了！"

顾声瞬间懂了，也瞬间不会唱歌了……

头牌……

头牌来了……

问题是，她在唱他刚才在公交车上唱过的《歌未央》啊！

公屏上，锖青磁简单地给了个笑脸。

瞬间飘过上百个"啊……合影……"

"大人，我们社团马上就办一周年歌会，我能邀请您吗能邀请您吗？"社长一点儿都不淡定了……

锖青磁又给了个笑脸：如果工作不忙，应该会来。

瞬间飘过上百个"啊啊啊啊歌会……"

顾声觉得自己真心招架不住了，任由背景音乐播放着，已经把脸埋在自己的膝盖上，窘得想要死过去了……这一整晚她把一辈子的人都丢干净了有没有……

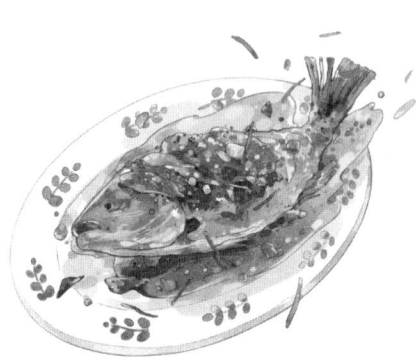

糟辣脆皮鱼

第八章

Really Really Miss You

很想……很想你。

她听见私戳的声音。

抬头，看见公屏上已经一片又一片的告白，还有锖青磁频道的高管，不停维持着秩序："淡定淡定，不许在别家刷屏啊……孩子们……再刷下去我明天就要来赔礼道歉了……"她看得眼花缭乱，主要是人多，多得每个人说一句话就已经看不过来了。

"大人怎么不出声？啊！难道和声声在私聊……"

"一定是私聊……"

"会聊什么呢？"

"我听说，他们今天面基了？"

为什么会有人知道？我才刚到学校不久好吗？

顾声已经有些招架不住，这才想起来，自己的私戳窗口还闪着。她以为是社长或是走调儿，没想到是头牌。

头牌：手机没电了，所以来和你招呼一下。

顾声：好的。

头牌很快就消失在频道里。

这么多头牌的粉丝还在现场，她实在是难以消化，含泪求走调儿给自己替场，走调儿被男神刺激得立刻就蹿上了麦。顾声马上就逃跑了，果然能坐上头牌这位子也有坏处，到哪里都跟遛孩子似的，瞬间就洗刷了别人的频道……

她心神不宁地下了YY。

开始整理自己明天上课要用的东西，庚小幸坐在自己桌子前，笑得极灿烂，余光看到顾声从床上爬下来，忽然对着耳麦说："声声从床上下来了。"她说完，立刻就拔了耳麦，故意放给顾声听，绝美的声音很快从电脑里传出来："嗯，头牌去洗澡了。果然是同步。"

顾声对庚小幸龇牙，威胁着说：你死定了。
很快就听到绝美又说："刚才我们配音的游戏宣传视频出来了。"
庚小幸又戴上耳麦："我继续打字，你说话吧，声声会听到我说话……"

好吧，她是空气。

不过顾声还是很好奇，刚才绝美说的那个宣传视频。这种大型宣传的，制作得都超级好看，绝对有收藏价值。而且……她记得头牌也说过，他是有参与的。她打开电脑，心虚地看了一眼噼里啪啦打字热烈的庚小幸，忽然很好奇一个问题，绝美杀意也算是在网络上泡了这么多年了，怎么就被一个圈外妹子搞定了？
世界真奇妙。

她打开电脑，爬到头牌的微博，果然刚才传出了官方的视频。
原来是这个游戏。
她看了眼官方频道，竟然发出了一系列的 CP 视频。
当真是一系列。
头牌转了自己的那一个，打开来，已经是荡气回肠的背景音，极苍凉悲伤的调子。游戏的画面，从泼墨的水墨画开始，渐渐幻化成了莫青成和豆豆豆饼配音的男女主角。完全不同于下午时的欢乐、洒脱现场，两个人的声音，配着游戏中剪辑出来的画面。
从两个人相识，到最后互相恋慕，到最后……的生离。
头牌配音的角色，在光明中，走入黑暗。
女孩子冲上去，对着他的背影，告诉他："我等你回来。"
画面里，衣袂翻飞的男人，很淡地"嗯"了一声，没有回头，走入了黑暗。

太凄凉的背景音，让这个离开显得……

顾声眨眨眼，觉得鼻子都酸了。

身后有人拍拍她的肩膀，她回头，眼睛红红地看庚小幸："怎么了？"

"你怎么了……声声同学……"庚小幸本来想问她要不要吃宵夜什么的，看她这样子，倒是吓了一跳，"和头牌吵架啦？难怪下麦这么快……"

"什么啊……"顾声郁闷地拍开她的手，"我一定要玩这个游戏，预告片做得太感人了……可是竟然是悲剧……还是那种一口血顶在胸口吐不出咽不下的悲剧……"

最伤人的就是这种了好吗？

庚小幸乐了："你竟然看头牌配音的宣传片看红眼睛了？"

她虽然不想承认，但是视频摆在这里……想否认都没戏好吗……庚小幸立刻乐成了一朵花儿："果然是真爱啊……真爱啊……"

"你不许告诉绝美啊。"顾声还是惦记着自己的节操的。

"他听着呢啊，"庚小幸指了指自己的电脑，"我说我们寝室就我和你在，他说反正都认识，就直接开着了……"

"你能先把你的麦关掉吗？"顾声很抑郁。

庚小幸忙作揖，把自己的麦关上了。

"不过没关系，"庚小幸煞有介事地安慰她，"据说今晚看哭了很多很多妹子，绝美还说头牌就是会讨巧，配的是悲剧，不像他配的角色完全不解风情。"

头牌看起来就像是深情的人，尤其是他的低音……

绝美嘛……

顾声不厚道地默默吐槽，绝美的确适合不解风情的角色，舍他其谁啊……

她托着腮，坐在那儿，把视频看了又看。

看了几遍，就已经能把游戏的主题曲哼唱下来了。她甚至开始琢磨，重新给这个曲子编曲，送给头牌……如果他能自己翻唱，就太美好了。

正想着，微信就响起来，是头牌：手机终于能开机了，刚刚发了游戏宣传片。

顾声还沉浸在悲剧的氛围里，看见头牌就想起宣传片里那个渐行渐远、走入黑暗的背影，她随手回了自己的想法：看到了，我想重新编曲……送给你。很感人的宣传片。

发完了，又有些忐忑。

想给头牌编曲邀歌的人，肯定多得快扑出来了……自己这种默默无闻的，也不知道编出来的曲子能不能入头牌的眼。

头牌简单回了个"好"字。

她这才算踏实下来。

看着差不多该睡觉了，她仍旧舍不得，又去刷了一遍宣传片。

最后要关上网页的时候，竟然刷出了头牌微博的更新，拍的是她学校图书馆夜景。她心莫名地跳了几下，点开听。

头牌有些慢悠悠地，说着话：

"刚才有个小姑娘，看了宣传片，看哭了。

"她说要为我重新编曲，让我想起配这部宣传片的时候，为了酝酿感情，一直循环听的歌。"

是什么歌？

她越发好奇。

头牌没有继续说，反倒是直接哼了三四句：

"山水一程岸有黄，

回首再看窗落霜，

声声慢，

曲徨徨，

去看陌上人影晚成双

……

好了，各位，晚安。"

她清楚记得这《声声慢》的文案，这也是她名字的由来。她甚至能感觉到他配音之前，听着这首歌的心情。宣传片里，她说她会等他，他答应了，就此不再回头，走入黑暗。

这一走是否能再见，并不重要。

只孤身立在船上，看两岸黄叶，小窗结霜……

此时再想，眼眶又开始发热了。

完，又要哭了，声控真心伤不起……

她还没来得及看留言，已经接二连三地被"@"了。

关键这次，优先"@"她的全是下午才刚见面的人，最是这种亲近的人，吐槽最直白……

斐少：@声声慢 我记得这首歌好早出的啊，原来你们是那时候认识的？哎哟……

豆豆豆饼：@声声慢……泪目了，以后谁要和我表白，超越不了倾国倾城头牌大人，就请自动退散吧……

Wwwwk：@声声慢 Mark，一次奔现就搞定后半生的头牌大人。

风雅颂：@声声慢 十方不再，四海无存，乃敢与尔绝什么的……

绝美杀意：@声声慢……这是一个一锅腌笃鲜就搞定一个妹子的童话故事。

庚小幸：@声声慢 弱弱地标记下……

她开始还沉浸在歌里，现在被这么一圈"@"，才有些回过神，去品味这首歌名。《声声慢》什么的……

"头牌太速战速决了……我弱弱地标记一下……"庚小幸对着自己的电脑也傻了，眼睛冒着红心回头看顾声，"我觉得你前二十二年守身如玉，老天都被感动了，特等奖都给你了……这种表白啊，这种表白啊……啊啊啊啊。"

庚小幸越说越激动，捂住脸，不停摇头："我受不了了，太浪漫了。"

心跳……心跳你去哪里了……

她站起来，深呼吸。

再深呼吸。

心跳……心跳你去哪里了……

头牌的评论下，一水都在狂吼歌名《声声慢》，甚至还有人立刻就认出了这张照片的地理位置，由此彻底断定顾声或者头牌一定是这所学校的学生……

她实在不知道如何面对如此窘况，索性关了电脑，当作什么都没看见。头牌到底是有心……还是无意……她真心不懂啊。在这个圈子浸染这么多年，始终把自己所有隐私保护周全的头牌大人，怎么就忽然开始高调了呢……

如果她是个旁观者，肯定会和打了鸡血一样围观的。

如同……现在上蹿下跳的庚小幸……

可问题是，她是怎么被搅进来的？

头牌……你这么玩下去，所有人都会被你玩坏的啊……

幸好只是二次元，关上电脑就什么事儿都没有了。

幸好录完歌，她对网站和完美合作的周年庆，就算是彻底交了任务了。

只不过第二天去学院报到的时候，明显睡不醒的样子。学院老师在她学生证上盖了章，好笑看她："寒假玩得太开心了？不过也没关系，你和庚小幸这学期没课，又'直研'了，算是比别人轻松了。"

她"嗯"了一声，最后一学期了啊。

虽然"直研"了，还是有那么一点点毕业的伤感的，不过这点儿伤感在回到宿舍，看到庚小幸仍旧兴奋地刷着自己和头牌的微博时，彻底烟消云散了。未来两年，还要和她住一起，真心……没有半点要毕业的情绪了。

"声声，"庚小幸笑嘻嘻说，"请我吃饭吧。"

"凭什么……"

"咱们学校都被扒出来，万一哪天来个大家一起找头牌金主的活动，你不是要封口吗？"庚小幸眉飞色舞。

"马上情人节了，声声，情人节。"庚小幸在她洗手的时候，跑到她身后提醒她。

"是啊……"她应了声。

不对……情人节……

那首《与君归》不会真的会发出来吧？！

她一定会被追杀的啊！

顾声擦干净手，去拿自己的手机，犹豫了几秒，还是给头牌发了句话：在吗？

似乎已经习惯了头牌不会立刻回复的习惯，她把手机扔到一边儿，开始上网查自己的邮件，几次想上微博，怕自己看到大批留言和"@"，又要开始不淡定，索性就放弃了。

　　大概数一下欠债的数额……好吧，已经欠了四十几首歌了。

　　声声慢，你真是坑神啊！

　　她打开自己的软件，趁着庚小幸刚才出去吃午饭，宿舍没有人的时候，准备把前几天在家练的歌给录完，却发现，头牌在 QQ 上给自己留言。

　　头牌：想不想去动漫展？

　　看时间，是今天早上的留言。

　　顾声莫名有些紧张，都过了好几个小时了……没有回，头牌会不会不开心……

　　不回也很正常吧……又不是天天对着电脑，可为什么还是很担心很紧张呢？她正忐忑着，头牌的微信已经回过来。

　　莫青成的声音，在略显空旷的背景里，竟有轻微混响效果："看到我的留言了？"

　　"看到了，刚刚才看到。"她马上表态。

　　"想去动漫展吗？"头牌的声音依旧诱人。

　　好吧，顾声觉得自己对他的声音，真心是免疫力为零。

　　本命，这就是本命音的力量。

　　她对着手机，开始移到了第二个重点……

　　所以……头牌他是想要约自己出去？单独的？约自己去动漫展？

　　顾声经过昨晚的彻夜未眠，已经有些飘忽了，如今再听到头牌亲口问自己要不要去看动漫展。这算是……什么暗示吗？她真心不想多想，可是从昨晚到今天……

　　她可以多想一点点吗……

　　她靠着自己的椅子，两只手举着自己的手机，又把头牌的"想去动漫展吗"的话听了一遍，镇定了会儿，对着手机说："从来没去过，不过一直很想去看看……不过，你不是很忙吗？"

　　发出去了，她的心已经有蹦出胸口的架势了。

　　"那天不是很忙。"他的声音有笑。

　　"好。"她真心没去过动漫展，一般都不关注时间，所以"那天"是哪天……

　　"那好，"头牌慢悠悠地回答了她心里的疑问，"星期六，我来接你。"

星期六，2月14日。

忐忐忑忑，她一直熬了好几天。

然后顺理成章地荒废了这几天，一首歌都没有录出来……幸好临近毕业季，学校开始准备毕业生晚会，学院里还有自己的毕业晚会，她很自然被双场征召，一个古筝，一个钢琴，跟着去彩排倒也消磨了不少时间。

神奇的是，向来懒得回家的庚小幸，周五忽然就回家了。

宿舍到周五晚上就剩了她一个，起码她不用面对庚小幸"为何周末不回家"的疑问了……可是也没有人和她商量，究竟如何应对这场2月14日的动漫展。

这种到处飘着粉红泡泡的日子，她不隆重打扮，都觉得是对头牌的不尊重……

可如果头牌只是碰巧选了在情人节这天的动漫展，而没有进一步的意思，太过光鲜亮丽是不是就不好了？

顾声觉得自己真心要得纠结病了。

等到第二天中午，头牌发来消息，说在她宿舍楼外的时候，她还对着一堆衣服不知道套哪件，事到临头，伸头是一刀缩头也是一刀，就花痴一次吧！

为了配动漫展，她穿了上学期为新年晚会买的唯一一身学生裙套装，开始迅速换上，白衬衫和黄色毛衣，黄绿相间的羊呢格短裙，墨绿色长筒袜，墨绿色的鞋……最后裹上白色的羽绒服……太隆重了有没有，她站在洗手池旁，对着试衣镜，开始发呆。

对着镜子三秒钟后，脸一瞬间就红透了。

最后强迫自己厚着脸皮，背上双肩包走了出去。在这种日子，宿舍楼外到处都是盛装的女孩子，还有各种姿势等待的男孩子。

顾声视线在四处飘荡，却没有找到莫青成。

她正在疑惑时，忽然听到远处有人叫自己的名字，是头牌的声音，她找寻声音的来源，终于看到莫青成和几个人站在远处的学生活动中心楼下，看着自己。她走过去，发现竟然有一个是自己的师兄……

"顾声？"师兄乐了，"莫青成，你等的是我师妹啊？"

莫青成淡淡地"嗯"了一声。

顾声双手攥着自己双肩包的带子，喃喃了句师兄的名字。这种出门就撞见同门师兄的窘况，她是想都没想到过……

师兄显然和莫青成很熟，忍不住轻咳着又揶揄了句："你是我高中师兄，顾声是我大学师妹……你说说，这以后的辈分，哈哈，要怎么论好呢？哈哈哈哈。"

莫青成笑着拍了拍那位的肩膀，那位还想继续笑的仁兄立刻就收敛了，忙不迭说："这当然要从师兄这里论辈分，叫嫂子，叫嫂子……"

老天，谁能让他闭嘴啊。

幸好莫青成也不想让他再随便开玩笑了，问顾声是不是准备好要走了，顾声忙不迭点头，立刻乖乖跟着莫青成走了。他们从宿舍楼走到校门口的这段路上，只是随便有一句没一句地聊着，顾声在头牌那诱人的声音里，忍不住不停去瞄一眼他。

他穿着咖啡色长裤，黑色外衣，还有黑色棉质 T 恤……

好简单……

好好看……

嗯，好好看。

顾声你够了……

"怎么？"头牌似乎察觉她的视线，低头看身边走着的她。

"呃……我在想给你编曲的事。"顾声一本正经，给自己挽回面子。

莫青成似乎在笑，她没敢再看。

她本以为两个人要坐公交车去，到校门口才发现莫青成是开车来接她的，照头牌的解释是 2 月 14 日实在是个人山人海的日子，不开车，恐怕晚上送她回家很麻烦。她对前半句深表认同，至于后半句……她一定要找个理由逃走，否则被小区里的七大姑八大姨见到，就立刻要上升到家庭审讯级别了。

莫青成把车停在了展览馆附近的一个小区，她发现莫青成在开入小区大门时，保安完全没有管，进入后，开到停车位也非常轻车熟路。所以……这里该不会是他家的小区吧？！

头牌的家庭住址……

头牌的家庭住址，她竟然这么容易就知道了……

她看四周安静的环境，有些玄幻，所以这是他和绝美他们住的地方？她猜测的时候，头牌已经把车停下来，解开安全带："这是我父母住的地方，离展览馆比较近，车停在这里方便。"她更是惊讶，看四周环境。

这就是头牌从小到大念书时住的地方？

她仔细看着，莫青成叫了她一声，她回头，莫青成眼若点墨，看着她："记一下我的手机号码，如果一会儿人太多挤散了，比较容易找到。"

顾声"噢"了一声，把手机掏出来，记下了一串数字。

然后……犹豫了一小下，拨出了这个电话。

很快身边就有手机的铃声响起，他接到了自己的电话，拿出来，很快键入"声声"两个字……她却在输入名字时犹豫了，头牌？锖青磁？莫青成？貌似还是后者最安全，前两个如果被人看到，他的手机号码岂不是立刻就曝光了。

莫青成，莫青成……

她忽然想起绝美说的话，三次元，还是要叫三次元的名字。

现在可是……真实的三次元啊。

所以……她现在和头牌完全交换了所有联系方式，甚至连他父母家住在哪个小区都完全摸清了……

这是她第一次来动漫展，刚进门就被人山人海弄得晕头转向了，她把外衣脱下来，抱在怀里，亦步亦趋跟着莫青成，顺便好奇地环顾着四周。莫青成也看了看四周，凭借身高优势，完全忽视了90%的人，很快就问她，对什么比较感兴趣。

她想了想："《秦时明月》，最近我在补这个。"

莫青成笑着看她，低声说了句："还真巧。"

真巧？巧什么？

顾声没来得及问，他已经带着她往那里的展台去，最近好像这个特别火，根本就有挤不进去的趋势，莫青成看着展区里的人海，正在思考如何把顾声带进去，展台一侧将要表演的人已经看到了莫青成，立刻两眼放光从人群里挤出来。

因为那个人是 coser①墨白，那些观展的人很快就为他强行让了一条生路，让那个男生顺利杀出了一条血路……不过他冲出来，那路也合上了，严丝合缝……

"哎哟，哎哟，"墨白兴奋不已，却控制着自己说话的音量，和做贼一样幸福地一只手搭住莫青成的肩，"哎哟，哎哟，你竟然大驾光临了……"

顾声看着这位妆容精致、鼎鼎大名的 coser 墨白，有种当大神遭遇大神，自己一小透明在一旁看热闹的感觉……

"正好今天有时间，就来现场看看。"莫青成视线挪到顾声身上，看到她已经被人挤得后退了半步，很自然就揽住她的肩膀，把她从拥挤的人群里捞过来。

头牌……他……

头牌……他的手，就搭在自己肩膀上……

顾声轻轻呼吸着，感受他手的重量。

她站在他身边，感觉整个肩膀都不像是自己的了……

莫青成却恍若未觉，对墨白笑了笑："这是——"

背景音忽然响起来，展台的表演开始了。

"声声慢嘛，"墨白在背景音里，压低了自己声音，眼角上挑着，取笑莫青成，"你低调了一万年，就高调这么一次，全世界都知道了……"

忽然一阵尖叫声。

墨白咧嘴一笑，对顾声悄声说："你男人的配音开始了。"

果然，舞台的音响里传出了头牌给这次表演的念白："不知道西风几时能来，没有灯，一弯明月，便能窥探到那些人的眉目，却都不是你……"低沉而萧索的声音，从音箱里传出来。

顾声被墨白说得面红耳赤……

她记得《西风》是首老歌，曾经她也很喜欢这首歌的编曲……没想到这次活动会选来排节目，也没想到头牌亲自给这次活动配音……

---

① coser：进行角色扮演的人。

头牌的手指动了动,似乎在找更舒服的姿势,揽住她的肩膀。

顾声动都不敢动,完全魂飞天外。

这展台四周站着的,好多都是头牌的死忠粉丝,不停有人说"嘘,小声点,听念白"。互相制止尖叫,俨然拥护偶像的好粉丝,只是他们不知道这位正主,就正大光明地站在这里……

墨白立刻笑了,递给她一个眼神。

意思是:你看,头牌的粉丝包围着这里,小心为上啊,声声慢……

头牌的粉丝已是浮云……

此时此刻,对她来说,除了头牌搭在自己肩上的那只手,别的东西都是浮云啊浮云。

念白与歌手的声音,交叠出现,台上的 coser 们在演绎着剧情。这算是热场式的演出,也算是用头牌的声音做了开场,而压轴的人……就站在顾声身边。

墨白本来想再多八卦几句,已经被身边自己的粉丝围观了。

他这种表演嘉宾,本来就是用来吸引粉丝的,虽然开场的这位头牌大人和他的粉丝不相上下,可人家不露脸啊。

不像他……

墨白笑眯眯看顾声,轻声说:"金主大人,我要去做活动了,再会。"顾声面对这位 COS^①大手,实在不知道如何应对他的调侃,后者已经对着头牌挥挥手,又带着十分清冷高贵的妆容,回到了展区一侧的签售台。

开场节目结束,人群终于有些散开,主动移到了墨白和另一位 coser 沐沐的签售展台前。莫青成也觉得有趣,带着她走过去,在售卖的展台看了会儿,忽然问:"想不想买些纪念品?"

那么云淡风轻……

顾声也真心想云淡风轻,可从头热到了脚,她现在连头牌的眼睛都不敢看了,不知怎么就"嗯"了一声,"嗯"完了才回味过来,自己回答了什么问题……

---

① COS:角色扮演。

要买纪念品？买纪念品……买……头牌要付钱给她买纪念品？

头牌已经从裤子口袋里摸出了黑色钱夹。

顾声忙又摇头："不用了，我其实只能算《秦时明月》的路人粉，"她看到头牌开始摸钞票……"真的不用了……我自己买好了。"她把双肩包拿下来，拉开书包拉链的时候，头牌指了指展台里的杯子，问工作人员："这杯子，有一套的吗？"

"一套？"工作人员是个小姑娘，此时正仰头看莫青成，眼睛温柔地对这位大帅哥说，"你是说情侣的？"

他"嗯"了一声。

"有的，"小姑娘非常热情，对头牌身后显然思维慢三拍的顾声说，"你女朋友喜欢哪个人物？我来给你们挑一套情侣的……"

头牌也回头看她："喜欢哪个人？"

"……少司命。"

"少司命啊，"小姑娘立刻就笑了，"女孩子都喜欢的，COS 少司命的人也多。"她立刻蹲下身子拿出一对陶瓷杯子，"你们还可以到那边让墨白和沐沐签名哦。"

小姑娘非常利索地包好，很自然地递给了头牌，在收钱的时候忍不住好奇看他们两个："你们两个不是 coser 吗？"她说的时候，还在努力回忆，头牌和顾声这么好的两张脸，是否是什么知名 coser，素颜来捧场墨白的好友……

头牌付钱后，就始终没怎么说话。

资深的"瓷碟"都有过共识，锖青磁是个不太喜欢和陌生人说话的人，所以这么多年一直很低调，除了合作几年的人，基本也不参加奔现的活动，所以围绕在他身边的人，配音圈也就只有完美的人。

嗯……其实他只是单纯不和陌生人打交道吧。

那个工作人员非常热心地拿出纸袋，想要把杯子裹上包装纸，却被莫青成阻止了。他很自然地指了指墨白那里："不用这么麻烦，我们还要签名。"

他似乎对好友的签名很感兴趣，刚拿到杯子，就带着顾声去了签名的展台。起先只是墨白看到他过来，忍不住挑眉笑了笑，后来他旁边坐着的沐沐也签完名字，抬头看了一眼他们，面瘫一样的脸上难得出现了另一种神情。

头牌把杯子递过去，墨白立刻就接过来，笑眯眯地签了一个大名，想了想又画了一颗桃心逗他们："为好兄弟额外赠送的哦。"

说完随手把杯子递给身边人。

面瘫沐沐，仍旧看着两人，慢半拍地喃喃了句："我的天。"

沐沐戴着银色假发，低头，头发沿着脖颈滑下来。他默默看了会儿杯子，抬头认真看头牌："让我签什么？祝百年好合吗……"

"别闹了，"墨白立刻笑了，"当然签早生贵子啊。"

沐沐"哦"了一声，摘下自己笔的笔帽，还真有要签的打算。顾声真心觉得自己要被调侃得哭了，伸手拽了拽头牌的衣袖，求助看他。

莫青成安抚性地看了她一眼，出声制止那两个人："够了啊，玩笑也要有个限度。"

墨白"扑哧"一声乐了。

沐沐却继续实话实说："你都把人带到这里了，还不让我们说……"他低头，默默地写上自己的名字，又默默地，学着墨白画了个桃心。

两个人的杯子，就如此情侣得一塌糊涂。

旁观的工作人员，只当莫青成和顾声是这两位 coser 的好朋友，完全没有任何觉悟，这个人就是给开场配旁白的配音界大手。这两位莫青成的老朋友，一个擅长开玩笑，另一个却是天然呆的只说实话，这么一唱一和的，顾声就觉得自己手心都出汗了。

她和头牌……

她和头牌……

顾声默默地接过头牌装到盒子里的杯子，放到自己的书包里，脑子里飞舞着各种疑问句。她和头牌……在这等普天同庆的节日出来，真的就要大跨步向着"那个"方向发展了吗？想到"那个"方向，她又觉得心跳加速……

墨白和沐沐毕竟是表演嘉宾，不能有太多空闲时间闲聊，很快就上台开始表演。顾声抱着自己的衣服，跟着头牌看了会儿表演。他也脱下外衣，搭在自己的一只手臂上，站在一旁安静地看了会儿。

那双眼睛，漆黑透亮地看着台上，真是漂亮极了。

顾声仍旧在心里不断想着"那个"方向，真心不知道自己到底看了些什么……

没过一会儿，莫青成就接了一个电话。他虽然说话不多，顾声也尽量避免自己听到私人谈话，但也猜到是和工作有关。

果然，挂了电话后，头牌就声音略低地告诉她："我可能要走了，临时有事。"

"好，没关系。"顾声很理解地点头。

两个人很快从展览馆出来，走进停车的小区大门，沿着绿化带绕过两幢楼，往停车场而去。顾声边走边琢磨，自己是否要和他说不用送自己回学校了，免得耽误他的工作。忽然就听到身后有人叫了一声："成成。"

莫青成很快停下脚步，她也紧跟着停下来。

然后就跟着他转过身，看着身后神情严肃的中年男人……这个男人有和莫青成音质很像的声音……只是成熟了不少……

顾声还在猜测的时候，那个中年男人已经微微笑着看了一眼顾声："这位是……"

"顾声。"莫青成站在她身边，非常简单地介绍她的名字。顾声不知道该说什么，只是木木然地点头说："叔叔，你好。"

"是女朋友？"中年男人含笑问莫青成。

莫青成眼尾上扬着，明显带着笑意，他的声音那么真实地在她身边，轻轻而又肯定地回答了这个问题："嗯，女朋友。"

老天……

"嗡"的一声，顾声的脑子被彻底震空白了。

她感觉那个中年男人的目光，瞬间和蔼了许多，貌似说了句，好几天没看见莫青成父母，自家人聚会都难约到什么的……莫青成说了什么？好像在说，都在外地做手术……

她整个人是飘着的，已经完全傻了。

顾声你醒醒你醒醒！

快醒醒！

"成成父母平时很忙，以后有空，来小叔家里吃饭？"这句话把她成功从虚空里，又踢到另外一个虚空……顾声完全是反射性地乖巧地笑了笑。

小叔转身走了。

"我要去医院，"她听见莫青成的声音说，"把你送到超市门口？"

她觉得自己马上就要坚持不住了，完全无法和头牌再一对一说话……眼睛飘啊飘的，就是不敢去看他。

他笑了一声："走吧，我有点儿赶时间。"

她脸又红了几分。

她发誓她这辈子没交过男朋友，但是看过言情小说偶像剧啊……从来没有任何一种经验告诉她忽然被人叫作女朋友该怎么办啊……尤其，这个人是头牌的时候，她应该怎么办……

"声声？"他的声音有些低，唤醒她。

"啊？"她应声，"那，那，快走吧。"

她低头，跟着他的脚步，等着他开锁，然后拉开车门坐上副驾驶座。全程都把莫青成当空气，或者说，完全把自己当空气……只求快快到超市。但纵然她目不斜视地看着正面车窗外，仍旧能用余光看到，他的手动了动空调的吹风口，然后搭在方向盘上。

车开出小区，上了主路。

情人节就是车多啊……

顾声努力看着面前的车海。

她可不可以装作刚才……什么都没听到……

"热不热？要不要把羽绒服脱下来？"他问她。

这声音，就像那晚他唱《歌未央》给她听的时候，低缓而有磁性。

她想要淡定大气，想要认真思考她和头牌这忽然剪不断理还乱、乱七八糟、难分东西的关系……但完全没法背叛自己的耳朵。

这个声音，是她的最爱啊。

最爱啊……

她没吭声，默默地脱下羽绒服，放在腿上抱着。

这个最爱的声音，基本打破了她所有的第一次……第一次给二次元的人所有联系方式，第一次和二次元的人奔现，第一次和非同学非亲戚类的男生吃饭，还有……第一次情人节和男性生物外出……然后被叫作女朋友。

所以……

她现在和头牌，真的……是……男女……朋友……了吗？

怎么有种天灾降临的大脑空白效果？！只要想起"男女朋友"这个词，就心跳加速地立刻在脑子里屏蔽掉，不敢再想这四个字。展览馆离医院很近，很快车就停靠在了顾声家超市对面，顾声看到自家超市，如同看到了救生艇，终于敢说话了。

"我走了。"她低声说。

"我尽快忙完，一起吃晚饭？"

"啊？不要了，"顾声被惊得看他，脱口拒绝，却在看见那双漂亮的眼睛时，气势立刻就弱了下来，"我晚上要回家吃饭，改天吧……"

他"嗯"了一声。

从车后座拿过她的书包，递给她："过马路，小心一些。"

"嗯。"

顾声接过书包就要开门逃走。

莫青成却忽然拉住她的胳膊，她回头，一脸茫然和无措。"先把羽绒服穿上，书包背好，再下车。"他说完，还忍不住笑了一声。

顾声觉得自己脸都烫得能煎鸡蛋了，还要乖乖在头牌的注视下穿好自己的羽绒服，背好书包，然后……看了他一眼，没有看到任何反对意见后，终于打开车门，下车。看车里人的意思，还是要让她先过马路，再离开。

顾声瞬间觉得自己小了五岁不止，像是十六七岁，手和脚都快不知道怎么放了。

幸好幸好，顺利过了马路，走进了自家超市。

表哥正在柜台后收银，把零钱递给客人后，认真打量了她一眼："过情人节去了？你不是说这周不回家吗？怎么又回来了？"

她怎么知道……

明明是计划要回学校的，头牌说送她到超市门口，她就乖乖跟着回来了。今天算是个大节日，店里客人特别多，表哥也没空再调侃她。顾声自己走到冰柜前，拿出一罐可乐，"啪"的一声打开拉环，灌了一口，觉得不过瘾，又连着喝了好几口。

女朋友……

男朋友……

她和头牌？

究竟是怎么变成男女朋友的……

真的？

假的？

她又喝了几口可乐，忽然觉得有双眼睛在看着自己。

偏过头去，就看到董一儒站在自己身边，眼睛亮晶晶的，一眨不眨地瞅着自己……"怎么了……你是不是想请假？还是……"顾声被看得毛骨悚然，鸡皮疙瘩都要起来了。

董一儒继续看着她："声声慢？声声慢！"

她一口可乐差点儿喷出来，彻底被呛到了，捂住嘴开始拼命咳嗽。董一儒马上接过她手里的易拉罐，仍旧像看着外星人一样看她。顾声咳得眼泪都出来了，好不容易缓了口气，眼睛红红地抬头想问自己是不是听错了，就听到面前的姑娘继续说："我怎么就没听出来呢？我自从知道你和我本命一起，真心听了你所有的生日会、歌会的录音啊，怎么就没听出来是一个人呢，太神奇了，太神奇了！"

董一儒激动得近乎语无伦次。

顾声觉得自己快坚持不住了。

"我不是……"

"一定是！"

"真不是……"

"不会错的，一定是你，肯定就是你，完全没差别。"

"……"

董一儒说得斩钉截铁："你放心，我绝对不会告诉任何人的！"

她彻底认输："你怎么知道我是……声声慢？"

她真心，想挖个坑把自己埋了算了……

"因为我命好，"董一儒从口袋里摸出手机，非常神秘地给她看一条微博，"墨白刚发了一条微博，很多大人秒转了，然后墨白又秒删了……秒删啊！竟然被我刷到了！"

她给顾声看的，就是墨白的微博。

果然已经删除了，但是删除前，墨白自己已经又转了，写着：我错了，我删……

顾声有种非常不祥的预感。

自从知道顾声就是声声慢，董一儒忽然有种"我和本命老婆是患难姐妹"的自豪感，对她的态度又亲切了一百倍："声声，你放心，我不告诉任何人你是谁，我发誓，绝对保密！天啊，你不知道我刚才认出你，有多激动！"董一儒忍不住捂住自己的胸口，"我认识头牌大人的金主，我激动地快哭了……"

"他发了什么？"

顾声觉得自己也要哭了……

"是你们两个的背影照片，本来什么也没说，可面瘫沐一转，大家就都懂了。"

董一儒完全没注意顾声已经僵化的表情，翻出沐沐的微博，也是在"原微博已删除"上转发的，顺便还加了一句话：咦，这不是头牌和他老婆吗？

董一儒仍旧亢奋着，还给她翻看留言，清一色都是"我的心都碎了"。沐沐的微博下，不乏圈内人亢奋地八卦这照片中的女主角正面如何，沐沐特别认真地给其中一个加黄 V 的熟人回复：好看，是我喜欢的类型。

底下又是一排："这是要挖墙脚的节奏吗？！"

留言的队列非常之整齐……

"你知道吗，沐沐是我 coser 的本命啊，如果不是时刻关注他，我肯定就错过了。别担心，真的是秒删的……估计谁都没来得及存……"董一儒还在说个不停。

顾声已无言可对。

我要安静下，安静下……

她只有这个想法。

超市也不能再待下去了，幸好董一儒还在当班期间，不敢和她说太多的话。顾声找了个借口就跑了，一路走回家，进门正看到老妈在厨房洗碗。听到门响，老妈向后探头看了一眼："怎么忽然回来了？不是说这周不回家吗？没给你留晚饭啊。"

"嗯……我去同学家，离得近，顺路就回来了。"

老妈没说什么，指了指冰箱里："今晚我和你爸值班照顾外婆，你要是饿了，冰箱里有面包，自己吃啊。"

她"嗯"了一声。

没人好，没人好，否则一晚上不在状态，肯定要被老爸老妈追问了。

她走进自己房间，摸摸自己的脸，滚烫滚烫的，完全已经想象得到红的程度。一整天被各种调戏得太猛烈，她现在回想起来，还是佩服自己能坚持到回家。

头牌……

锖青磁……

莫青成……

这三个名字，组合了一个人，而这个人曾是她初入圈时一直喜欢的声音。当时她并不知道他会唱歌，只是想有朝一日能自己作曲编曲，填词一首剧情歌，得到头牌一两句的念白支持，就已经圆满了。

圆满。

当时想得好简单……

她换了睡衣，坐在自己房间的小阳台上，手无意识地放在自己的古筝上，心仍旧时快时慢地跳着……她和头牌……究竟是怎么变成现在这种关系的呢……头牌是认真的，还是像是普通二次元的玩笑，只不过懒得澄清？

她记得，有时候有圈内大手，暗示对头牌的好感时，也会有些旖旎传闻，但都会很快过去。莫青成真心不是喜欢当众澄清什么、表态什么的人，颇有种游离在二次元之外的感觉。唯独这次……

她用手，再碰了碰脸。

还是很烫。

这是要一晚上魂游天外的趋势了吗……

她无意识拨出了一个音，铮然一声，忽然拨动了心底的另一件事，《与君归》……今天是情人节，头牌说过情人节要发《与君归》？！完了完了，这样一波波的评论，太可怕了，她还没想好自己该怎么办……再这么高调下去，真要彻底疯掉了。

她深呼吸着，从阳台回到自己床上，就这么趴着，盯着自己的手机，在拨电话和微信中间，果断选择了后者……好像这样交流还能心态平和一点儿。

想了会儿，还是打字发过去：忙完了吗？

很快，那边回过来一条语音。

莫青成的声音，很清晰地传过来："稍等，刚洗完澡，我先穿上衣服。"

她成功地脑补出了一个画面，下一秒就把脸狠狠埋在了枕头里，太、太让人……

很快就听到手机的响声，而且不是微信，是来电。顾声把脸侧过来，看手里的手机，屏幕显示着莫青成的名字。他竟然真的打电话过来了，不是微信，是电话……顾声犹豫了十几秒才接起来。

"吃晚饭了吗？"这是头牌给她打的第一个电话，说的第一句话。

"还没有……"顾声脱口而出。

"我还在医院，一起吃饭？"

老天，谁能送她几磅勇气，让她能一天拒绝头牌两次？

安静的房间里，她甚至能听到电话那边莫青成呼吸的声音……她很不厚道地选择无视了这个问题，转向自己的重点："我找你……其实是想说我们录的那首歌……"

他声音温柔，立刻心领神会："《与君归》？"

"嗯……《与君归》。"

"怎么？"

"我想说，那首歌……能不能……换个普通的日子发？"身为一个歌手，那么认真录出来的歌，她也不忍心不发，可要是在今天发，她都不知道自己以后敢不敢上网了。

"嗯，可以。"

就这么简单？

好……简单。

顾声松了口气。

"不过，可能要换一首歌，"莫青成笑了一声，"因为他们已经知道，在今天我会送一份礼物给他们。"

她当然知道，他口中的"他们"是指粉丝。

是啊，既然已经答应了……总不好不发歌，顾声也觉得很不好，可……那首歌今天发，她真心招架不住，是真心招架不住。

"不如这样，我们今晚合作一曲新歌，"莫青成善解人意地给了另外的提议，"你有没有现成的编曲，发给我，我来唱，如何？"

"……也好。"

好像只能这样了。

谁让头牌不是歌手，如果是的话，电脑里总有一些存货吧？也不至于临时想要替换歌，都没有东西发出来。

"我电脑里……好像最新的就是《水墨京华》。"她不太好意思地告诉他，毕竟现在是全民翻唱这首歌的时段，让头牌来唱……好像不够特别。

"好，我们今晚就唱这一首，"他的声音带着淡淡的共鸣，竟毫不介意，"你来和音？"

"……好。"

她顺势答应下来，从床上爬起来开始找自己新编曲的《水墨京华》，其实也只是因为全民都在翻唱这首歌，她就一时觉得好玩，用古筝做了主旋律。和音……她真心只试过一两次，想到要给莫青成和音，仍旧觉得压力巨大。

折腾了半个小时才做好伴奏。

真的发送过去了，仍旧是忐忑不安……

直到……

他发来微信："发了，你可以试听一下。"

这么快？

难道是一次过？！

……果然是头牌。

她爬上头牌的微博，因为他还在医院，只是收到伴奏后，用软件录出来发歌，干干净净一条微博，没有任何说明，也没有"@"任何人。

顾声略松口气，和音……应该听不出来是她吧？

这样最好了。

只是三分钟前的微博，转发就已上千。

她忽然不敢点开链接试听，可心底深处，却仍旧非常想要立刻听一听头牌版本的《水墨京华》……到最后，她还是鼓起勇气点开了链接。

深呼吸，听到了自己用古筝弹奏的歌曲前奏。

这首歌的前奏不算短……

而也就是在古筝的背景音下，她很清晰地听到头牌用特有的低音，温柔地做了开场：

"这首歌，是我和她送给你们的，情人节快乐。"

我和她……

我和她……

完全因为这开场的话，她根本就没听进去头牌唱得如何，而自己的和音又是否完美无缺……幸好，幸好，这次，头牌彻底关闭了留言。

她侧脸躺在床上，又听了一遍歌。

估计是一整天被调侃得太多了……她竟少了最初的窘意，只觉得有些微妙的感觉。

她看着自己的手机，鬼使神差地点开了留言。

转发仍在每秒递增着，留言却只有他相熟的朋友，尤其是那天旁听到录歌的人，从风雅颂、豆豆豆饼，到Wwwwk和斐少，全部都很鄙夷地留言：说好的《与君归》呢？

唯独有个很奇特的留言，很醒目。

竟是神隐已久的玲珑剔透：嗯？这个和声，是声声慢？

这么个众多古风粉心中的第一御姐音的大神，竟然认得自己的声音？顾声有些意外，不过想到这一个月的各种掉节操绯闻……好吧，猜也能猜到是谁。她在找合理原因的时候，已经有人给玲珑剔透回复：嗯嗯，声声，不过小笼子，你一万年不上微博，怎么就发现我们这一个月的绯闻女主角了？

玲珑剔透：嗯，其实……我早就知道她。

然后……

就再没有对话了。

顾声被玲珑剔透的话弄得有些忐忑，玲珑剔透在古风圈怎么也有五六年了，她才入圈不久，开始还是因为同学找她编曲，她才对古风圈有了些了解。因为前两年学习太忙，她都是接了曲子，直接给编曲，然后偶尔也将作曲和编曲一起包揽了……但是她那段时间连微博都没注册过，最多在歌手发歌的时候，有个作曲编曲的署名。后来也是因为大四保研后，有时间了，才随便考了一个社团的歌手……

所以……她从未成名过，安心当着小透明，编编曲、唱唱歌就好。

二次元这些圈子，最常被人津津乐道的，大概也就"中抓①"、古风、画手、写手、COS 几个圈子，大多数人待得久了，都会跨好几个圈，比如豆豆豆饼就是"中抓"和古风的名人，玲珑剔透就跨了画手和古风圈……不像她，单纯就是做做古风歌，所以她个人还是很佩服像玲珑剔透这样多才多艺的人的。

好像……

当初头牌问她翻唱最喜欢什么阵容的时候，她就说过玲珑剔透。

好像……

那时候豆豆豆饼说过，玲珑剔透对头牌似乎……情有独钟？

而且每次出歌都会 @锖青磁……

顾声举着手机，在床上翻了个身，仰面躺着看天花板，忽然有一些微妙的感觉。一点点好奇，一点点猜测，再加一点点……别扭。她刷着头牌的微博，发现玲珑剔透真的不再留言了，头牌禁了留言……所以她是头牌的好友？

一个是商配的头牌，一个是古风圈早已封神的歌手……

顾声看着手机，觉得自己有点儿越想越多了，火速退出了微博，轻轻呼出口气。她饥肠辘辘地跑到厨房冲了一杯麦片，拿了肉松面包回到房间，看到自己的微博有私信提示。

打开来。

竟然……是玲珑剔透：抱歉，冒昧来，我最近想要出一张专辑，不知道你有没有空作曲编曲？

顾声这里才扯开面包的包装袋，立刻就愣住了。

---

① 中抓：网配。

商业专辑？作曲编曲？

她什么时候有名到这种地步了……

或者……是因为头牌？

她胡乱猜测着，咬了一口面包。

没来得及回复，玲珑剔透又补了句：2500元一首，我给各个作曲编曲都是这个价格，你觉得合适吗？

顾声把手放在键盘上，迅速打字：非常开心，能让你这么看重……不过我很少作曲的，通常都是编曲……怕会经验不足……

玲珑剔透：我听过你过去所有的曲子，很喜欢。

顾声：……要不然这样吧，你先告诉我，你通常喜欢什么风格的，我想想看……

怎么感觉自己好大牌？

其实不是啊，每个作曲编曲、填词美工、后期……都会想要和大牌歌手合作。毕竟自己的作品给最优秀的人来唱，是最圆满的……可是她真心还没有到那个程度，能让玲珑剔透亲自来邀，而且还是商业的……

玲珑剔透：《曼曼》和《淡墨荷香》，听过吗？

顾声：嗯。

那边安静了。

顾声想了会儿，在思考自己是不是能完成这个任务。

这种曲调舒缓的，她也很喜欢。

这边对话还没有结束，消失了一整天的庚小幸就忽然发过来私信：申请聊天。

顾声回庚小幸：稍等。

她切换到玲珑剔透的窗口，回复她：我明天给你答复，好吗？

玲珑剔透：好。

就如此……结束了和玲珑剔透的对话。

而庚小幸那边已经发过来了一个问题：你说如果一个女孩和一个男孩认识很久了，男孩子都没有提出看女孩的照片，或者视频什么的……是不是对这个女孩没意思啊……

顾声：你直接说，绝美杀意没要求你视频过，不就好了……

庚小幸：……快回答问题。

顾声：我觉得……没什么不正常啊……

庚小幸：为什么啊？现在人刚认识，不就互相要照片，要视频吗……

顾声：都是靠声音交流的圈子，大家不太注意长相的。

庚小幸：那万一对方很丑怎么办？

顾声：绝美大人挺帅的……你也长得挺好啊……

庚小幸：我还是觉得不正常啊。

顾声：就像写手和画手，你喜欢这个人，和长相没什么关系吧？对一个CV或者歌手来说，自己本身都是声控，觉得彼此声音对，长相不危害社会就够了……经常会有人谈恋爱半年一年，都没见过照片，声音沟通就够了，这就是声控的世界啊。

庚小幸：对哦……我自从喜欢上听声音，也觉得没必要看脸，其实……是怕他不喜欢我的脸啊。

顾声逗她：那你就发张照片过去，问问，君上，您可还满意臣妾的脸？

庚小幸发了个吐血的表情。

顾声打了个笑脸，非常善解人意地安抚她：脸不重要啊，重要的是声音好听嘛！最重要的是……人品、口碑如何？我很肯定的是，圈内口碑非常好（握拳），加油拿下吧！

庚小幸：……

庚小幸似乎想通了，没再问什么。

顾声继续吃着面包，喝了口麦片，好烫……她一小口一小口地喝着，思绪飘飘荡荡，又绕回到玲珑剔透邀曲的事情上，还没有深想，莫青成的电话就进来了。

嘶……

一着急，被麦片烫到舌头了。

顾声接起来，仍旧吸气，让舌尖的痛意缓过来。

电话那一边，莫青成先"喂"了一声，声音有些低："听完了？"

"嗯，刚听完……"

"刚才忘了问你，怎么这么晚还没吃饭？"

她侧头，看墙壁上的挂钟，是挺晚了，都八点了……

"我爸妈今天不在……但是给我留了面包。"

"已经在吃了？"

"嗯。"她老实回答。

"我也刚收拾好，"莫青成笑了一声，"本来想等你一起吃些好东西，慰劳自己情人节还要加班。"他说得非常简单，可偏就能让人觉得内疚……

"下次吧，"她听得有些心神飘忽，"下次……我一定陪你吃饭。"

"明天如何？"

"明天？"

莫青成似乎喝了口水，边思考边告诉她："我明天下午去录音棚，会和风雅颂他们一起吃晚饭，约个地方，我来接你？"

风雅颂他们？

那就还好……起码不是两个人单独相处。不过……录音棚和她家是两个方向，完全不会顺路的样子，还是自己去省时间。

"好……你把地址发给我，我自己坐车去就可以。"顾声探出身，摸到书桌上的纸笔。

"也好，我有可能从录音棚出来，会比较晚。"

莫青成倒也是爽快，说出了地址。

她写着写着，就停下来。

这明显是……家庭地址啊……

难道不该是饭店吗？！

"这是我家的地址，"莫青成不知道拆开了什么食品的包装袋，开始吃了起来，口齿不太清楚地含混地做着说明，"我和绝美住在一起。"

他吃东西的时候，说话总是慢悠悠的，像是一只慵懒的猫，正舔着爪子睨你，莫名就乱了人心。

不对……

重点不在这里啊，声声慢……

她明天要去他家……吃饭，这才是重点中的重点。

　　她连同学家都很少去的，去亲戚家都觉得拘束的，现在竟然要去一个……不对，是两个大男人的家里？顾声想象了下男孩子的房间是什么样子，立刻就代入了表哥的房间，全部都是电子设备，各种游戏周边……

头牌……应该不是这样的吧？

应该会有专业的录音设备……还有……吃的？

酸奶？薯片？

　　她寤了寤，忽然觉得头牌吃东西的时候，不论是当面的样子，还是现在的电话里，或是曾经从耳麦里传过来的声音都有些……萌，有些……可爱……

捂脸，好诡异的想法。

　　"说定了？"莫青成在和她确认。

　　"嗯……"她看着那一串地址，那一串头牌和绝美杀意的家庭住址，怎么都有种更加微妙的感觉。

　　头牌和她约的时间是下午五点。

　　她按照地址摸到地方，想要按照约定给头牌打电话，正好就碰到有住户从内打开铁门，顾声想了想，收起手机，趁着门还没有关，索性走进去。

　　其实……自己上去也没什么，到楼下了还让人来接，略有些矫情啊。

　　电梯到二十四楼停下来，她走出门，发现这里格局非常好，这一层只有两个住户。她按照门房号，找到对的那个门，轻轻呼吸，让自己不紧张。

　　忽然传来一阵笑声，而且是几个人的声音混杂在一起了……

太好了，果然是有很多人在。

　　她按下门铃，就听到有人在叫"绝美绝美，快去开门"，隐隐还有绝美抱怨的声音，门忽然就被打开来，是绝美。

　　"这么早？"绝美杀意示意她拖鞋就在旁边，"我们在打麻将，莫青成在厨房做饭，别客气啊，声声，我马上就要大杀四方了，就不招呼你了。"

顾声"嗯"了一声，绝美已经非常不客气地又跑回阳台上，在麻将桌旁坐下来。

她换了拖鞋，就看见六七个人围着麻将桌，有参战的，有围观的，全部都很快和顾声打了招呼，就继续迎战。

大家都把她当作了老朋友对待，她瞬间倒也轻松不少。

就是……在去看他们打麻将，还是去厨房之间犹豫了几秒钟，也就是在这几秒里，就看到厨房的磨砂玻璃后，有个人影晃了出来。

莫青成竟然右手拎着一条鱼，就这么走到厨房的拉门旁，对她打了个招呼："怎么不先给我打电话？"

他的衬衫都挽到了手肘之上，两只手都水淋淋的，身上系的蓝色围裙，没有一处不在昭告着天下，倾国倾城的头牌大人正在做饭……顾声看得有些愣，这才记起他说过喜欢自己做饭："我到楼下碰到有人开门，就直接进来了……"

"这样多好，"风雅颂柔着声音，打了个哈欠，"客气什么啊？不用客气。"

"对啊，这天天客气着，怎么过日子？"Wwwwk拿过手边的遥控器，把温度调高了一些，"又不是外人。"

众人正调侃着，豆豆豆饼忽然就从头牌身后探头，推了推他的肩："头牌大人，快让开。"头牌错开身子，就看见她端着一盘鲜红的草莓走出来，显然是刚刚洗干净的，她边吃着，边走到声声面前，也拿起一个递到她嘴巴里："很甜。"

顾声正被调侃得尴尬，就势咬住草莓，"嗯"了一声。

是很甜。

特别特别甜……

豆豆豆饼笑了声："要看我们打麻将，还是去看头牌做饭？"

"我……帮帮他吧。"

让她无时无刻不受调侃，她可应付不过来……还不如去厨房对着头牌。

"嗯，去吧，"豆豆豆饼耸肩，"不过，他是大厨，根本就不用帮忙。"

顾声默不作声把自己的背包放在客厅沙发上，感觉头牌还站在厨房门口，立刻很有觉悟地挽起自己的衣袖，走过去："我来帮你吧？"

他盯着她看了两秒，忽然就笑了："不用。"

"比如帮你洗菜？切菜，我还是会的。"她求饶看他，想跟着他进厨房，不愿意去阳台被众人围观……

莫青成又看了她两秒，视线移到了客厅一角的冰箱那里："要不要喝水？我也有些渴了，把冰箱里的橙汁拿出来，我们一起喝？"

"好。"她转身，去开冰箱门，拿出一盒橙汁。

就听到身后风雅颂也凑热闹地呼唤："声声，我们也渴了。"

"冰箱里有四盒橙汁，自己去拿。"莫青成很简单地驳回申请，转身进了厨房，顾声果断选择没听见，也跟着他进了厨房。

他家的厨房很大，好像就是为吃货准备的一样。

器具一应俱全，厨房装修是以白色和暖橙为主，在灯光下显得特别温暖，她从杯架上拿下两个玻璃杯，各倒了半杯，自己先喝了一口。

冰凉酸甜，很舒服。

等到想要把他的杯子递给他，却发现他已经在水池继续收拾那条鱼，一丝不苟，也非常利索的手法……关键是，他没有手来拿杯子啊……

可是……他说……他渴了……

她纠结着，看着他的侧脸，犹豫了会儿，终于拿起玻璃杯走到水池边，轻声问他："你要喝橙汁吗？"

就这么几个字，心里就慌慌的。

竟然又怕他说不喝，拒绝自己，又怕他说喝，那么自己就要……

莫青成循声抬头，看了一眼她，又把视线移向玻璃杯，很简洁地"嗯"了一声。

……

她握着玻璃杯，慢慢凑过去，碰到他的嘴唇，然后非常谨慎认真地抬高玻璃杯底部，让橙汁慢慢地流入他口中。

她慢慢呼吸着……

努力只看玻璃杯，不看近在咫尺的脸。

手都软了，快拿不住杯子了……

"好了，谢谢。"

他不再喝，嘴唇离开了杯口。

"不用。"

顾声两只手握住杯子，把它放回到大理石台上。

头牌开始清洗那条鱼，放到了木质的案板上，从头到尾都是非常娴熟，顾声觉得自己完全在打酱油，非常不好意思地问了句："分配我点儿事情做吧？"

"真想做？"他笑了声，淡淡的尾音，销魂极了。

"嗯。"

莫青成边在鱼一侧打上了花刀，边对着外边的人吩咐了句："绝美，去收拾一下饭桌，要开始做菜了。"

绝美应了声。

"我教你做菜吧，"莫青成的声音，在她身边说着，"这道菜比较好做，糟辣脆皮鱼。"

"好。"

"像这样，在鱼身两侧，打花刀，"他在鲤鱼身体另一侧，一道道，斜着切下去，鱼肉被均匀地分开，却还连着骨，"然后把预先调好的鸡蛋芡粉调配好，加些盐，均匀涂抹在鱼身上。"

莫青成一边说着，一边拿起手边的碗，均匀涂抹着。

手法极其温柔细致。

这是他第一次面对面教她，而不像往常只是通过声音……如此美声、美食和……美人在面前教授，顾声觉得自己就是想要认真记住，都很难了……

尤其，他就在自己身侧。

"一会儿要做的时候，把整条鱼放到油锅里，炸到金黄，再捞出来，放到盘子里，"莫青成把鱼放在一侧，洗干净切菜板，把清洗好的鸡腿菇和花菜拿过来，开始准备另一道菜的食材，可是却仍在讲述这条鱼的做法，"锅里留些油，放生姜末和蒜末炒香，然后放高汤、盐、糖、酱油，还有超市买的辣椒酱，炒匀，和葱花一起淋到鱼身上。"

"嗯。"她也不知道自己记住没。

"记住了？"

"嗯……差不多吧。"

头牌已经打开了火。

"噗"的一声，火苗蹿了起来。

"我是个医生，你知道吧？"莫青成忽然就转移了话题。

"啊？"顾声满脑子还是鱼，不太跟得上速度，"知道……"

怎么也能猜到七七八八了。

"我父母也是医生，"他在锅里倒油，开始烧热，"平时都很忙，不太有机会互相见到，所以我无聊的时候，就开始配音。"

"噢。"她开始慢慢顺着头牌的思路，接受他的类似于自我介绍一样的话。

她怎么觉得，自己这个声声慢，在头牌面前永远慢半拍……

不过……好神奇。

这么个至今在二次元仍旧神秘的头牌，就在自己面前，边做菜，边说着话，还是那些她曾经也好奇猜测的话题……

"我没那么复杂，很简单的一个人。"他把鱼放到锅里，开始有条不紊地煎炸起来，扑哧扑哧的声音，还有抽油烟机的声音，交融着，让一切都变得那么现实……顾声边看着他煎鱼，边佩服他的手法娴熟。

很快，他就关上了火。

鱼被炸得金黄，放到了白色的瓷盘里："就是这样，金黄色，就差不多脆熟了，也别太晚捞出来，否则鱼肉就老了。"

"好。"她点头，表示自己记住了。

"声声？"他把锅里大部分油，倒在干净的白瓷碗里。

"嗯？"她应声，回忆做法，"该放姜蒜炒了？"

他关了抽油烟机，厨房忽然有了短暂的清净："我很喜欢你。"

她睁大眼睛，还没有从菜谱里跳出来。

他笑："做我女朋友吧。"

"……我们才见过几次……"

声声慢，你能不能不要慢半拍了……

"这种事，和见面次数，没什么关系。"莫青成轻描淡写地驳回。

"万一……不合适呢？"

"万一，合适呢？"

"……"

"不开始，就不会知道结局，对吗？"

"嗯……"

忽然，就听见又一声轻响，头牌又打开了抽油烟机，把姜蒜末扔到锅里，然后是那些调味料……顿时整个厨房，满溢着馨香："香不香？"

他的声音温柔而诱惑地问她，完全故意地压低了，经过修饰的声音。

难以抵抗，诱导她。

"香……"

"那一会儿多吃些。"

"嗯……"

所以，这……就算是谈定了……吗……

显然头牌已经觉得这个话题结束了，完全投入了做菜的氛围里。可她……觉得自己整个人都烧起来了，完全和那条刚被炸过的鲤鱼没差别了……彻底，没差别了……

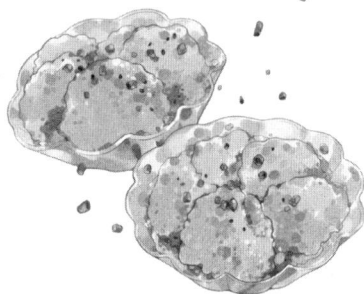

粉蒸牛肉盏

第九章

Really Really Miss You

很想……很想你。

"莫青成，你把人家怎么了？"有人影在门口靠着，是来催菜的风雅颂，他历来都是调戏死人不偿命的小公子音，此时刻意拿捏着，从上到下看顾声和头牌，"瞧声声脸红的啊。"

调料出锅，和着新鲜的葱花，淋在鱼身上。

当真是香气四溢了。

头牌这才端起自己的鱼，瞧了风雅颂一眼，后者立刻收起调侃嘴脸，乖乖入内端走鱼。这等日子，得罪大厨是没有好果子吃的……

风雅颂撤退后，整个厨房仍旧是抽油烟机的噪音，她觉得自己被噪声震得整个灵魂都已经出窍了，似乎听着自己喃喃了句："我先出去了，反正也帮不上什么忙……"

莫青成说了什么？

不知道。

她走到外边，客厅一角的饭厅里，众人都围坐在餐桌旁，各自挂着八卦的笑容，给顾声让个位置。完全因为风雅颂刚才在厨房门口那句问话，所有人脑子里都勾画出了不同的画面，但主旨都是相同的：头牌……一定干坏事了。

至于做了什么坏事……

众人眼睛瞄顾声，左边是喝啤酒的绝美，右边是拿筷子，正偷菜吃的豆豆豆饼，主角被保护得严严实实，完全不给调戏好吗？可就是这样，我们这位女主角，却一直在喝冰橙汁，还有越喝越脸红的趋势……

头牌做菜的速度很快。

完全是酒店大厨的效率，菜一道道端上来，胡椒猪肚鸡、鲜虾胶酿荷兰豆、鱼香千层茄、咖喱牛肉粉丝汤、香辣豉香花蛤、黑椒生炒小排、氽珍珠螺片……最后一道……腌笃鲜……这完全是两个人的相识回忆录啊……

其中一两道她还是试做过的，虽不至于惨不忍睹，但也完全没有现在面前的这些诱人，还没有试吃，她就敢断定绝对好吃。

"今天好丰盛啊，"Wwwwk看得眼睛都快直了，"光汤就两道……"

她喝了口果汁，也盯着满桌子菜发呆。

豆豆豆饼以为她是怕被大家调戏，清了清喉咙问："声声，你当初怎么进了古风圈？"

"我？"顾声从菜上收回注意力，"其实……就是一开始被我同学奴役，让我帮忙为一个曲子重新编曲，才知道这个圈子……"

"你会编曲？"豆豆豆饼很惊讶，"那就一定会作曲了？"

"做过一些，都不是太有名的人唱的。"

豆豆豆饼两眼放光。

她是身居古风和网配的，当然知道一个会作曲和编曲的人的价值："你还是歌手？声声，你原来是多功能一体机啊，难怪头牌这么喜欢你……"

斐少也是惊艳表情："古风圈，作曲编曲可都是横着走的，声声，好多小社团可是连一个作曲都没有，你们社长也太好命了吧？我做主挖墙脚了，声声，来我们社团。"

某人正挖墙脚挖得欢实，莫青成已经洗干净所有烹饪用具，走出了厨房间。

他把衬衫袖子放下来，立刻就从厨师变回了风流倜傥的头牌大人。他似乎对众人讨论的声声作曲、编曲才能并不惊讶，也不该惊讶，其实顾声早就和他说过，自己想要送他一首曲子。

他坐下来，就在顾声的身边。

众人面前的饮料各异，从啤酒到白酒，再到果汁，到他这里，就变成了酸奶……还真是万年酸奶控……

顾声发现自己在不受控制地注意他的一举一动，甚至他拿起筷子，这么个小动作，对她来说都能被放大无数倍。莫青成很自然地把鱼翅附近最嫩的肉，夹下来，放到顾声碗里："不是说很香吗？多吃些。"

"嗯……"她默默拿起碗，在众人不矜持的目光中，默默地吃自己的鱼。

然后……另一边的嫩肉，也被丢到她碗里了。

好吧……众人最眼馋的两块肉，都给金主了。大家唯恐头牌把整条鱼都给自家夫人，忙伸筷子，迅速把一整条鱼都瓜分了。

拜托，头牌大人可是很少做鱼的……

头牌大人做的鱼，可是最好吃的……

而头牌，则在众人抢鱼的时候，筷子已经伸向了其他的菜。总之，最好的都是给顾声的，她看碗里菜多，觉得实在不妥，就拼命吃。一个拼命夹，一个拼命吃，这开饭还没到十分钟，她就觉得自己吃饱了……

估计是看到头牌大人托付了终身……众人竟然不约而同追忆起当初刚入圈的日子，无比怅然。豆豆豆饼边吃着自己碗里的笋，边长叹："还是古风好啊，起码有一半粉丝是男的，'中抓'的粉丝，绝大多数都是女的，真心没有女 CV 的立足之地……"她边说着，边笑着看声声，"不过换我是男人，我都招架不住。比如……在座这几个大男人，每个都是几万的粉丝，却完全只有两类，一类是希望自己本命喜欢男人，另一类是希望本命喜欢自己……"

顾声"嗯"了一声，这绝对是常态……

其实……她哪类都不算，完全属于听到声音就满足的人。

至于为什么发展到现在这个关系，呃……

幸好，晚上还有个游戏的配音比赛，莫青成刚好就是评委之一，他需要先送顾声回学校，再回家上线。在半个小时后，顾声终于要交白旗，当真是一口也吃不下的时候，莫青成也放了筷子，留了一屋子的人，两人先撤了。

这个时间，刚好是路上最堵车的时间。

顾声本来说，自己要一个人回去的，但是莫青成已经带她走下了最近的地铁口。

她算了算时间，一共七站，来去一个小时就能搞定，刚好能赶上比赛……这才稍微安心了一些。地铁里空调很足，两个人站在站台上等车的时候，都各自抱着自己的衣服，她仰头看时钟提示，下一辆进站还需要两分四十八秒。

莫青成在接电话。

她眼睛飘着，去看轨道对面的广告牌。

刚好……就是那个游戏的广告。

"快，快，我要回去听比赛啊……"身后有个小姑娘十分焦虑。

"来得及来得及，"另外一个小姑娘安抚她，"今天这个角色，你本命不是没报名吗？他的应该是一周后的那个角色吧？"

"你……难道……不……知道……我的大本命……锖青磁……今晚……是评委……"

汗……

她没敢回头，但明显听出女孩子每个字都是从牙缝里挤出来的……

她去看头牌，后者非常淡定地"嗯"了一声，对电话那边说我知道，还说着什么进修之类的话题。不知道是真心没听到，还是已经听到没感觉了……反正她这种小透明是无法理解头牌这种早已封神的人的心理的……

"头牌是评委？头牌是评委？！啊啊啊啊，你怎么不早说啊，早说我就不吃什么咖喱鱼蛋了，可以少排队十分钟啊！"

两个铁杆粉……

两个小姑娘身边，还有一个显然是圈外的人，看到两个人这么兴奋地说起同一个名词——"头牌"，略好奇追问，立刻被进行了洗脑式的灌输。无一例外，都是头牌大人如何倾国倾城，网罗十几万粉丝，却低调，完全没有什么黑历史……

顾声继续仰望时钟提示，还有二十秒。

她怎么有种要保护头牌不被发现的心理，非常心虚地祈祷着，时间赶紧过去，赶紧上地铁。此时轨道的尽头，已经有强光出现，地铁终于要进站了。

"你知道，我什么时候开始喜欢头牌的吗？！很早很早，我是他的忠粉，从他开始配市丸银开始，我就爱他了！你回去一定要听！我发誓，你听了就立刻成脑残粉了，我当时听得都哭了……"

好巧。

我也是……

地铁门打开，车厢里人不算太多，也足够挤给那两个小姑娘和他们两个。莫青成终于挂了电话，把她圈在了两个车厢相连处的角落，他个子高，在外侧站着，挡开了所有挨近两人的人。

不过……这个手臂撑在两侧，圈住她的姿势也实在……

太让人不好意思了。

"你第一次听我声音，是什么时候？"莫青成的声音，压低了一些，是适合两人之间悄声谈话的音量。

他竟然听到了刚才人家说的话？

竟然如此淡定……果然是身经百战。

"也是市丸银，"她轻声说，有些不好意思，"你给市丸银的配音。"

"他啊，"莫青成笑了一声，"你没发现，我和绝美杀意的名字，都和他有关吗？绝美杀意，是市丸银的战斗招式，而锖青磁，是市丸银的羽里色。"

她当然知道……

锖青磁，是市丸银衣服内里的颜色……

而绝美和莫青成，都配过这个角色，只不过一个是前期，一个是后期……所以早就有粉丝扒过，解释得头头是道，不过能在多年之后听本人如此解释，还是非常圆满的。

她最爱的日漫。

最爱的角色。

还有最爱的配音来配，简直太完美了。

地铁开始报站，她却想起这个动画里，市丸银离开所爱的乱菊，知道自己要去做卧底，身陷险地时……非常无所谓，非常温柔地说的那句话。

顾声轻呼口气："我最喜欢的一句话是，银离开时，对乱菊说的那句话。"她才刚说了一半，莫青成就非常自然地接下来："再见了，乱菊……对不起。"

完全不需要酝酿。

完全到位的声音，立刻就能煽动人的情绪……

当初她可是戴着耳机，反复看这个画面十几次，只为听锖青磁毫无瑕疵的配音……如今，现在，眼前，耳边，这个声音……特意为自己如此……原音重现……

好幸福……

145

"下一站……"

地铁里标准的女声，在报站。

有人出去，有人进来，这一站是一个中转站，出了名的人多。车厢里瞬间就挤满了人，幸好她站的地方是个内三角的角落，有莫青成挡在外面，就不会真的被挤到。

只是可怜他……

她看到他身后黑压压一片人，不太好意思地扯了扯他衣服下摆，抬头说："往里站一些吧……"说完，尽量又往内缩了缩。

莫青成似乎还想给她留些空间，可真心是被身后人挤得又往前贴近了一些。

银的声音，还在耳边飘荡着……

他的人已经这么近……

顾声轻轻呼出口气："还有四站……"

"嗯。"

……

没话说了……

她忽然想到大二时候，宿舍另外两个人有了男朋友，曾经有的一次寝室夜谈。有个人说，就是因为看到他喝软饮料咬吸管，做题咬笔尾，甚至连喝瓶装饮料都咬瓶口，莫名觉得可爱，心动了……余下三个人感慨，好无厘头的感情开端啊。

可现在……

虽然她一直是声控，一直认为好声音好的普通话，是未来男友必备条件，可是……真的……就因此……完全因此开始一段感情。

好，玄幻。

到现在为止，他要她做女朋友，已经超过两个小时了。

女朋友……锖青磁的女朋友……

顾声下意识抿起嘴唇，视线仍旧平行地，从他手臂下穿过，盯着他身后人的书包拉链……只是为了不看着他，不让他觉得自己在看他。

其实余光什么的，真心拦不住啊……

一站又一站……上来的人越来越多，莫青成明显被挤得不行了，换成了手肘撑在她两侧，自然……离得又近了一些。

他的皮肤……真心好啊……

想不看都不行。

"一会儿到站，你下车直接上去，2号口走五分钟就是学校。"

"嗯。"其实她很清楚啊，都在这个学校三年多了……

"路上有陌生人搭讪，不要理。"

"嗯。"……这是把我当小孩吗？

"我就不送你回去了，要立刻坐对面的地铁回去。"

"嗯……"

"会生气吗？"

"啊？"她抬头，险些撞到他的鼻子，往后躲也躲不开了，只能眼睁睁地仰头看着那双近在咫尺的眼睛，那双好看得让人羡慕嫉妒恨的眼睛，回答问题，"不会生气，怎么会生气……你是官方活动，迟到就麻烦了。其实你不用送我，我也能自己回去的。"

差不多快要到站时，他终于半护着她，挤到了车门口。

两个人几乎是以打仗的架势下了车，等到车开走，四周倒是瞬间清静了很多。顾声抱着自己的羽绒服，和他说完再见，很快就走到上行电梯上。

电梯缓缓上行，头牌刚好也走进了返回的地铁。

呼……

终于……要回学校了。

她的眼睛最后瞄了地铁一眼，把书包里的交通卡拿出来，仍旧有些轻飘飘的，也不知道想什么，其实什么也没想。

回到宿舍，就只有她一个人。

看时间应该还有半个小时才开始比赛，她打开自己的YY，先进了比赛的频道，听到热场主持正在放歌。还有半个小时的时间，却已经有一万五千人在线了，好厉害……她从书架上随便抽下来一本专业书，翻着看。

莫青成的声音、神情，不断从脑子里蹦出来。

我很喜欢你。

做我女朋友吧。

万一，合适呢？

不开始，就不会知道结局，对吗？

不行，完全看不下去书了……

幸好，比赛马上要开始了。

她去搜锖青磁的时候，自己的私聊窗口已经蹦出来了。

锖青磁：顺利到家。

顾声：嗯。

锖青磁：自己玩，我开始了。

顾声：嗯。

她发现，自己完全继承了头牌的传统，"嗯"出习惯了……人家是没睡醒，很自然地用"嗯"来回答问题，她是……完全不知道该说什么。

"好的，各位，先介绍我们今晚的四位评委，"主持人的声音从耳麦里传出来，"分别是我们这款游戏的设计师沈名老师、音响师赵天一老师、配音演员张晓鸥老师、配音演员锖青磁老师。"

锖青磁的名字报出来，很多人立刻就激动了……

但是，他家养的粉丝却完全都是冷静状，顾声去看他家养粉丝，左侧名单拉下来，估计……来了上千人，十大管理员都在，完全严谨地控制着自家粉丝秩序。

托腮……

这就是个人魅力啊，公开场合就绝对不给自家丢人……到处刷屏招黑……

她竟然莫名其妙开始有了自豪感……

但是散粉可就控制不住了，总要让人家激动激动……

幸好是大场面，主持人非常能掌控住现场，很快借由现场高潮气氛，迅速引导到了比赛环节："好，现在我们正式开始比赛环节了。请将我们的第一位选手轻抱上麦——"

顾声莫名看了眼锖青磁的 ID。

然后打酱油一样，听着一个又一个选手的指定台词表演和自选台词表演，有紧张的，也有霸气外露的……正听着乐呵。

忽然就看到公屏有人刷出了她的名字：

"我看到声声慢了……""哪里哪里？""真的在啊，小金主来了啊啊啊啊……"

她心头一紧。

愣神的一瞬，私聊窗口，发来了一条陌生人信息：金主大人，快退出，换马甲进来……

这行字刚跳出来，已经来不及了。耳麦里狂风暴雨一样的提示音，绝对是狂风暴雨的加好友申请……电脑……瞬间……就死机了……

死机了……

她想退出已经没有机会，当机立断，直接重启了电脑。

完了完了，这样被刷屏……一定会给头牌招黑的啊，她急得不行，等着电脑一秒秒重启完，立刻换了一个小号，悄悄摸进会场。

幸好，完全被场控压制了下去。

也幸好……她的大号闪退，没有造成特别不好的刷屏场面。

她非常内疚，给头牌发去了私聊——

声声慢：我没经验……忘记换小号了……

这完全是头牌效应好吗……

她以前开着大号到处跑，根本不会有人在意好吗……

铛青磁：摸摸，淡定。

淡定不了……心都吓得要跳出来了……

而且……

看着这几个字，怎么有种心都软化了的感觉……

她手放在键盘上，想要回一句什么，主持人却忽然就说了一句话：

"下边，请铛青磁老师来为选手点评。"

顾声打字的手指立刻就顿住了。

耳麦里，传来他清晰冷静的声音，完全不同于社团内部的玩笑应对，或者曾经在 YY 粉丝活动里的温柔宠溺的语调。仍旧是他的声音，依旧是招牌式的，一开口就秒杀少女心的声音，却让人能感觉到专业态度：

"这是今晚第一轮选手，有几位语言感觉都不错，很有张力，也很会渲染台词，但为什么没有出现高分呢？我们几位评委的意见是相同的，大家的声音虽然都很好，但是对词句的演绎却过于表面了，"他略微停顿，"怎么说呢，我们这场比赛，是为一个游戏的角色配音，这个游戏角色，他有自己的感情，自己的成长背景，甚至说话时，会因为本身性格和立场，有自己的心理活动，甚至有说话的目的性。"

"当然，这些背景资料我们不一定会提供得非常全面，这就是你们发挥的地方。比如，"锖青磁的声音带着笑意，"我举个小例子。我们这个角色有句台词是：'刚才，我看到你跪在大殿里，忽然觉得，我上辈子是个懦夫。'我们有位选手是这样演绎的——"

顾声听得非常仔细。

到这里，忽然就安静了一秒。

然后就听到锖青磁忽然模仿了一位选手，语气哀伤而悲怆，特别华丽地念着台词："刚才……我看到你跪在大殿里，忽然觉得，我上辈子是个懦夫。"

尤其是最后两个字，悲痛至极，掷地有声。

太像了！

她刚才听过这个选手的话，虽然声音略微有差异，但是他模仿得语气感觉、断句什么的都太像了……

锖青磁的语气转换回正常的声音："是很悲伤很悲痛……但是，情绪太夸张，太想用自己的渲染，去感染受众了。缺少了能触动我们几位评委的感情，这个人物，有自己的感情，相信我，一个正常的人不会像演话剧一样说话。"

他略微停顿："这句话，每个人都可以有自己的诠释方式。你可以选择自嘲，早已自我厌弃。"

他用自嘲的语气念了一遍，语调起伏不大，却清冷。

瞬间就给人一种落魄男人依靠在寺庙大殿旁，冷冷自嘲的画面感。甚至眼神和表情，都能想象得出，对自己对未来已经完全绝望……

他清了清嗓咙，又说："你也可以是对过去愧疚，内心却仍有希望。"

他又念了一遍，这次却是深情满满。

此时，已完全是另外的一个画面感，一个高大的男人，面对自己心爱的女人，温柔坚定地看着她的眼睛……告诉她，自己的愧疚……还有眼神里许诺未来的坚定。

不愧是……自己那么喜欢，一直喜欢的锖青磁……

这下刷屏的不只是他的粉丝了，现场几万在线听众都爆掉了。

"这才是专业啊……""太良心的评委，太良心的评委了……""大人，您太优待后边的选手了啊，直接辅导啊，前面的太可怜了啊！""头牌大人太美了！我花开后百花杀啊啊啊啊！"

顾声也完全佩服得五体投地了。

头牌结束了点评，终于笑着，用特有的低音做了结语："没有给具体背景，就是想要选手自己诠释。无论哪一种都没有错，只要你能打动我们。"

头牌的点拨，的确有了很大的效果。

后来的选手，多少都受教了，很多悟性高的都临时做了调整，让这场比赛的欣赏价值高了不止一点半点儿。

差不多到晚上 10：30，正式比赛环节终于结束。

主持的妹子忽然长出口气，转化成了欢脱的语气："今晚的比赛就到此结束了，感谢我们各位评委老师、选手，还有工作人员。在五分钟之后，所有工作人员和评委退场后，会有一个神秘礼物送给大家，各位请先休息一会儿，稍后见。"

这一句后，所有麦上人都消失了。

只剩下主持在放着游戏的主题曲……

不知道谁先发现了蹊跷，在公屏上不停刷着："天啊，快看管理员列表……""嗷嗷，这是什么福利啊……天啊，我快要昏过去了。"

本来已经准备退出房间的人，都瞬间打了鸡血，立刻点击观看管理员。

只有锖青磁和主持人在，但是……管理员在不断增加。

一个，两个，三个……不断有黄色马甲进入房间。

绝美杀意、风雅颂、豆豆豆饼、小T，这是完美配音组的……

思无邪、小白、叠叠、浮生无梦、Wwwwk，这是流年之声配音组的……

斐少、北斗小星、弯弯绕绕，这是水墨音社的……

玲珑剔透、渐渐、小何、2月，这是古茶无香音社的……

两大圈子，最老牌的四个社团，都已出现。

我的天……

顾声看着这些名字，也几乎昏过去，这个神秘礼物实在太吓人了，她从来没见过这么强大的阵容。虽然因为锖青磁，完美的这些名人，她都见过真人，不会再像一开始那样被吓到，但对于YY上这些在场的粉丝来说……这些人还是非常神秘的存在。

主要是，几百个社团，这四个本就在金字塔顶端。

而身处顶端社团的元老，对自家社团新人来说也是神一般的存在……

这些人，全部都是对外不接新。

偶尔参加活动，还是要看至交好友的面子。

如此出现，这样出现，实在太惊人了好不好……

这个消息绝对是瞬间扩散出去的，房间的人数在迅速增加着，很多进来的都在公屏哭泣："终于刷进来了，快卡死了……""我的大本命啊，我的女神啊，我的男神啊……天啊……"

五分钟似乎过得很慢。

公屏已经要被刷爆的趋势，场控工作人员不断限制发言速度，也完全控制不了这种爆屏的情况，最后索性也就放弃了……

反正正式活动结束了，午夜场，本来就是让大家嗨的。

"好了，各位看出来了吧，"主持人也乐不可支，完全投入了声控的角色里，"我们两大配音组、两大音社，就是为这款游戏制作主题曲和预告片配音的主创。

今晚绝对是福利惊喜夜，也算是……迟到的情人节礼物吧，大家就当各位男神女神，今晚补了大家一个情人节之夜。我呢……就安心做个小粉丝，交麦了。"

主持人交了麦。

"大家……好久不见啊，"流年之声配音组的浮生无梦，用温柔得能掐出水的声音，先出了声，"我现在在机场，用手机上的 YY，一会儿表演时如果有什么音质不好的地方，多多包涵，见谅见谅。"

叠叠："没关系，无梦大人，来两声猫叫，就算是补偿了。"

"喵，你说什么？我没听清啊，喵。"浮生无梦笑了两声，软糯香甜的……公屏立刻就被"好萌！""大人，求嫁！"刷满了……

叠叠咳嗽了两声："我们说好的节操呢……"

"喵，你说什么？哎哟，机场信号不好，我交麦了。"

叠叠立刻笑了，她清了清喉咙，接过了主持人的任务："由于我们这些老朋友呢，只有我是兼职网络主持的，所以这午夜场，就由我来客串主持……今晚也算是不容易，除了一两位没有来的，基本全员到齐了。是吧，头牌大人？"

头牌是今晚的评委，自然是主角之一。

不过……

顾声总觉得……好像大家都很喜欢逗他啊……

淡淡地，只有一声："嗯。"

头牌还真是简洁明了……

完全没有了刚才做正式评委时，那么逻辑冷静的说话方式，又恢复了惜字如金的本质。但是，根本就不妨碍那些不再受管制的粉丝，排山倒海的表白……

"我觉得呢，一定是因为情人节第二天，大家都有空了，"叠叠继续俏声笑着，"是不是啊，头牌大人，昨天应该很多人都在忙。"

"应该吧。"锖青磁似乎猜到她想说什么。

"所以……锖青磁大人……昨天应该很忙吧？在做什么呢？"

顾声立刻就窘了……

153

几万人旁观……竟然还是被绕到这个话题了吗……

"我？"锖青磁笑了一声，回答得轻描淡写，却又昭然若揭，"在做应该做的事情。"

在做……

应该……做的事情……

这种回答方式，正应了昨天沐沐的微博，还有他发的那首歌……房间里几万人，麦上的锖青磁明显比她这个披着小号偷听的人淡定得多……

她用手指划着一页书，不停划不停划，想让自己能镇定一些，再镇定一些。

风雅颂忽然就开了麦："叠叠，你不够意思啊，这么多人，怎么眼里就只有倾国倾城头牌大人呢？哎哟，别说你暗恋头牌很久了啊。"

叠叠乐了："十个女孩有八个暗恋头牌，我这么特立独行，当然是明恋了。"

斐少也乐了："我还明恋头牌呢，别以为你霸着麦，就能随意表白了啊。"

众人嬉笑怒骂。

头牌身边最熟的人，明显有回护的架势。

幸好，叠叠也只是用头牌的人气热场，很快就转入正题："这个午夜场呢，开场的歌是串烧，怎么串烧呢？今夜最美的四位美人，会为大家来个最引爆现场的开场。"

一瞬的安静。

紧接着，是今夜最沸腾的高潮，所有人都激动了……

最让人热血沸腾的是，叠叠她就此打住，根本不说是哪四位。公屏上不断有人刷各位大神的名字，各有自己的粉丝，各自都像被打了鸡血。而且号称是今夜最美的四位美人，当然是自家大人最美！

当然呼声最高的，真心是四个社团里人气最高的男人。

锖青磁、浮生无梦、北斗小星和渐渐。

属锖青磁的名字刷得最狠……

叠叠笑了两声，什么也不说，放出了背景音乐。

四首歌曲的背景音乐早已剪辑在一起，第一首刚出现第一个音符，就有人刷出了名字《北城孤雁》，北斗小星的麦亮了，略带沙哑的嗓音唱出了第一句："残月又圆，北城墙下新添几具尸骨。魂留人间，若孤雁，盘旋不去天际远——"

果然……压中了。

而且没想到，开场选的就是残月古城，战场废墟、家国天下的歌。

完全让人沸腾的开场。

因为是串烧，每人都只唱半首歌。

很快，高潮转折，竟然直接切入《国破》的高潮部分。背景音乐剪辑得毫无瑕疵，完美得像是一首歌，一气呵成。

这次轮到渐渐：

"笑问苍天，可睁眼看这人世间，千里狼烟，生灵不眠——"

一首哀叹国破家亡的落魄帝王歌，让他唱得震撼人心。一寸寸的疆土城池都让人拿了去，这一国臣民都落入火海中，这个战败的帝王却什么都做不了，不甘，不愿，不舍，却无能为力。

渐渐的声音，特别清亮，完全不同于前一首歌的低沉，独有一份凄厉。

几万人听得都痴了。

"喵，好有压力。"浮生无梦偏偏还在此时卖萌……

显然，他就是下一个接唱的人。

果然，上一首歌高潮唱完，立刻就切入了《边关月明》的副歌部分。浮生无梦竟然真的就用手机，不知道在机场哪个角落唱了起来。他号称是自家社团的第一萌物，却也是唱歌最美的男人，一开口，小嗓子立刻就不萌了：

"这边关，月如钩，篝火烈烈，听有人谈白日厮杀，可有谁心无牵挂——"

大漠沙如雪，边关月如钩，浮生无梦的嗓子独有一种戏谑的味道，将战场惨烈，生生唱得洒脱起来……

三个人了……

三个人了……

所有人都猜到下一个是谁。

无论是人气还是唱功，除了锖青磁，没人能压住前三个唱将歌手……是什么歌？那个名字已在顾声脑海中呈现，呼之欲出……

只有他才能压住那三个人，唱出这首歌。

公屏上，不停刷着的除了锖青磁的名字，就是……

《帝王录》。

就在如潮的刷屏里，背景音乐终于切换到《帝王录》。

他开口，唱的第一个字，便已经是全曲高潮：

"北望河川，却望不见，与你走过的漫漫溪水……"

他的高音融在背景音乐里，轻易就唱出了坐拥江山万里、北望山河的帝王之风。

顾声听得不敢呼吸，所有的感官都被他的声音牵扯着，一瞬就跌入了这个悲伤的故事。很快，他一个人的声音，就和其他三个人重合在一起。

锖青磁的高音和渐渐的清亮嗓音，再加上另外两个的和声……

实在太完美了！

如此四人，如此四个华丽的声音，才真算是一场完美的结尾。

歌到尾声，就在最后的尾声，所有的声音却戛然而止了。

顾声愣了两秒。

忽然，背景音乐再次出现。

突然的静音，复又突然的高潮音乐，抓住了所有人的心。

他的声音终于出现，为这首歌做了完美的收尾：

"史臣笔墨记我此生杀戮，可余少许，让我殿内灯下画你容颜，如始如初——"

她忽然想到录音棚那日，他站在自己身边。

那双黑若点墨、美得让人窒息的眼睛……

锖青磁的声音实在太适合这种略有些苍凉的曲子，总能让人融入故事里，脑补出无数的画面……

"我不行了，"叠叠再开麦，声音绝对激动了，"豆饼，咱们换吧，拿我家无梦，换你家头牌？不，再加一个 Wwwwk，二换一怎么样？"

"那也太亏了，"豆豆豆饼"扑哧"一笑，"叠叠，你还是退社，加入我们完美吧？"

好吧……

连她都习惯了。

头牌永远是被调戏的主题。

锖青磁却始终没有出声，麦也是暗着的。顾声留意到了，有些奇怪……她给他发过去了一条私聊：你在忙？

锖青磁：嗯。马上就要下线，有些事情。

声声慢：那快去吧。

锖青磁：你先自己玩会儿，等我忙完打电话给你。

电话……

嗯，电话……好吧，才做了人家女朋友几个小时，觉悟还是要培养的。顾声很快打了个笑脸。

就看到头牌在公屏上留了句话：有事先走，各位先再见了。

麦上的人调戏他调戏得正嗨，主角却跑了。

"这头牌，还真是有帝王的脾气……就不负责这些后宫，自己跑了啊。"浮生无梦立刻就笑了。

幸好，今晚有这么多美人在，完全撑得起后边的午夜场。

顾声看他离开了，也自觉地退出了房间。

她无所事事，不知怎的就溜达上了微博。自从那次表达自己"好开心"，被广大人民群众围观过后，她就有了心理阴影，再没发过任何内容……

想起刚和头牌熟悉，她也担心过被黑被扒，后来想想，她不太现身二次元的世界，难得出现也是转个自己作曲或是唱的歌，应该没什么拍点……更何况，古风圈本就起步得晚，圈子小，即使有八卦也都集中在了名人身上，轮不到一个小小的作曲兼歌手。

应该……暂时安全吧……

那晚，她睡到六点多，才迷迷糊糊听到手机有微信的声音，似乎又觉得是梦到的，到早上看到，才发现是莫青成发来的：忙完了，时间太晚，就不给你打电话了。好梦，或者，应该是早安。

她眼睛半睁着，看着这条短信。

看了会儿，就用脸蹭蹭枕头，闷不作声笑起来。

也就这么一分钟，偏就被从床下走过、正在用毛巾擦着湿头发的庚小幸看到了，后者两眼放光地盯着她，立刻揭穿："天啊，你这是思春了吗……哦，不对，是思头牌了……"

枕头成功被扔下去。

她抱着另一个枕头从床上爬起来，却挡不住好心情。

说不出为什么，总之，就是想笑……今天这太阳真是好圆好漂亮啊……

她和庚小幸由于是保研的，非常顺理成章就在这个学期被系里的老师征用，开始为系里整理图书馆。这个图书馆是系主任亲自拉来的赞助，计划在下学期开放，所以这学期主要是整理工作，没有外人。

所以，两个人每天就混在系大楼的顶层，和另外四个保研的男生一起，两人一组，不停地拿着 iPad 核对每列书架上的书。

日出而作，日落而息。

莫青成是已经工作的人，而她还在学校，如此看来，似乎没有因为和他的关系改变，而有什么实际变化。

不过……才三天，能有什么变化……

完了，顾声你又走神了。

她悄悄看了眼庚小幸，想问她刚才统计到哪里了，但显然，那位也在不务正业，捧着一本书翻看得津津有味："我们系太开放了，还有青春小说专区……"庚小幸抿嘴，站在小梯子上，眼睛只盯着书，"这本我在网上看过完结版，这里有新加的番外，你等我看会儿啊，看完就去吃午饭。"

她饿得都快昏过去了，梯子上这个人竟然还要看言情小说的新番外……

她欲哭无泪，退出数据文档，用 iPad 上了自己的 QQ，想要查收一下自己的邮件，计算还有多少的曲子和歌的干音需要还，没想到，先看到的是走调儿发来的消息："小金主，你还好吗？"

怎么问得这么奇怪？

"挺好的啊，怎么？是要和我在 YY 换班吗？"

"我看你一直没发微博，还以为你是看到帖子受影响了。"

"啊？"

"树大招风，身为头牌的小金主，不被扔到油锅里炸几次，是绝对不科学的，所以……挺住，声声慢。"

"啊？"她有些不好的预感。

果然，走调儿很快就复制粘贴了一段评论。

完全是针对她刚入圈时编曲的歌，措辞狠厉，被批得一无是处……非常专业，专业得让她都汗颜。但话里夹枪带棒的讽刺，也非常明显，果然……还是有影响了吗？

顾声靠在书架旁，看着走调儿不停粘贴过来的话。

这个圈子小，能出名的歌，也大多是阵容强大，从编曲到歌手都是如此。所以如她过去做的那些歌，充其量能转发上两三百，就是非常好的成绩了，歌不红，自然不会有这么专业人来剖析……

自己的孩子，被扔进油锅炸，不难过是不可能的。

她看得默不作声，都没发觉庚小幸是何时从梯子上下来的。

"怎么了？不舒服？"庚小幸看她脸色不好。

"嗯？"顾声关掉 QQ，轻呼出一口气，"没有，就是饿了。"

吃饭吃饭。

吃饱能解万事忧！

她看庚小幸："你请吃饭，饿死了，我要吃肉末粉丝煲！"

"啊？"庚小幸完全跟不上她的节奏，自认为合理地猜测，"你和倾国倾城头牌大人吵架了？"

"……"顾声刚想说连面都没见，有什么好吵的，裤子口袋里的手机就响起来。

是头牌……

她"嘘"了一声，拿着手机跑到窗边，接起来。

"我到家了，"莫青成的声音，不太清晰，听起来很哑，"可能要多睡一会儿，大概两个小时后，再给你打电话。"

"你……生病了？"他这个声音让人听着，莫名就揪心。

"嗯，"他的声音忽远忽近的，似乎手机一直在移动着，"咽喉炎，可能有点儿发烧。"

"发烧了？量体温了吗？"

"嗯。"

然后……就安静了。

那两声应答的"嗯"，倦懒疲惫，听到她的耳朵里，更多了一些不安，一些心疼……还有一些急躁，她不敢一直追问他，怕他嗓子疼，可又不知道他到底"有点儿发烧"是烧到什么程度了……真是的，医生不是更该照顾好自己吗……

"我睡两个小时，再给你打电话。"莫青成的声音，真心是哑得不行了，沙沙地打磨着她的心，却还不忘重复自己什么时候会再联系她。

她觉得……自己的心被打磨得都快碎了……

电话挂断。

庚小幸走过来，看她脸色从刚才的落寞、难过，到现在……好像急了？真吵架了？她还没开口问，顾声就一把把 iPad 塞给她："我下午不来了，老师问起来就说我肚子疼……"

"啊？"

顾声拿着手机就往电梯那里跑。

"你不是……还要吃……肉末粉丝煲吗……"

庚小幸完全跟不上她的节奏，看着她就这么消失了……

到头牌家楼下，也才用了半个小时。

她只觉得绝美是要工作的，莫青成一个人在房间里如果高烧不退，肯定需要人照顾。可真到了又踟蹰了……仰头望着二十四楼，思考自己如何上去。他现在在睡觉吧？发烧不太清醒吧，这么被叫醒好不好呢……

"小姑娘，怎么了？"有个白发的老太太正拎着满满两袋子生活用品，放在脚边，摸钥匙，"忘带钥匙了？"

"啊？不是……我男朋友在睡觉，我……"

我其实想是不是要叫醒他，给我开门……

老奶奶在笑，开了门："先进来。"

她就这么顺势进了门，帮着老奶奶拎着个袋子，却没想到两个人都到二十四楼。她记得上次来，还曾感慨过这里格局好，每层只有两家住户……所以，这老奶奶就是……头牌家对门的邻居？

她拎着那袋子洗衣液洗衣粉什么的，这才想到这里，那老奶奶就笑了："真巧啊，你是对门哪个的女朋友啊？"

"我啊……是……"

她觉得手心有些发热，有一种被温和目光巡礼的感觉是怎么回事……怎么感觉不是遇到邻居，而是遇到家长了，果然老人家大多是热情八卦的……

"别说，让我猜猜。"

您老人家就别猜了……

"那个小医生的？不爱说话的那个？"

"嗯……"不爱说话？

他是配音演员，本来就是说话的职业啊……

"医生好，家里有一个医生啊，造福一家子人……哎哟，我好像说得太现实了，这孩子可严肃了，我带我孙子去医院，就碰到过他。那是我头次见他多说话，教育两个家长。那两个年轻父母，火气可大了，骂护士技术不好，在别的医院一针就打上头皮了，这里就怎么都找不到血管……那大嗓门，把我孙子吓的哦，撸起袖子就要打护士……哎……你说现在的医患关系啊，我上次看电视新闻……"

老奶奶绕着绕着，就不知道绕到哪里去了。

顾声听得好奇死了，忙把话题往回拉："然后呢？他说什么了？"

"哦，对，你家小莫啊，就说是不是孩子已经打了四五天头皮了，那两个父母不乐意啊，还吼着呢，说就是啊，都打了五天了，头一次出现这种事。小莫就说啊，打了这么久血管早就受不了了，回去切生土豆片，贴一下针孔，会加快血管恢复……我听得可认真了，还给我孙子试过，挺管用呢……"

原来……他是儿科的？

电梯门打开，二十四楼到了。

老奶奶终于热情地看着她站在门口，又慈祥地看了她好几眼，这才乐呵呵地进了自家门。顾声松口气，在无人的走廊里，站在门口，犹豫了一会儿，看看表，指针一跳一跳的，心跳很快就和它持平了……

这节奏，太让人紧张啊……

她轻轻呼出口气，终于按了门铃，才做人家女朋友三天……第二次见面……竟然又是到他家里，这是一种什么运气啊……

静候了会儿，没声音。

莫青成，你该不是烧昏过去了吧？

她又按了下门铃，焦虑一点点扩大，倒是盖住了刚才那么一点儿不好意思。

依旧……没有声音……

不会真昏了吧？！

她的心被提了起来，忽然，门就被打开了。

面前人明显还没有睡醒的样子，只穿着白色的短袖和运动长裤，单手撑在门框上，低头看她，眼睛似睁未睁的，似乎没有反应过来。她也吓了一跳，就顾着抬头去看他，两个人你看我，我看你，都很意外。

他抿着嘴唇，忽然就笑了："先进来吧。"

这回嗓子是真的哑彻底了，他转过身，慢悠悠地往自己房间里走，顾声忙关上门，自觉换了拖鞋，再转身，他已经进了自己房间。

还好……门是开着的。

她走进他房间，看到他正坐在床边，扯开一包药用酒精棉擦拭一根温度计，塞到嘴巴里，才抬头看她。房间里拉着窗帘，暗暗的，显然他真的是在睡觉，被她吵醒了。

她走过去，坐在他床边的小沙发上："很……难受吗？要不要去医院？"

他蹙眉，摇头。

看他额头的碎发，都有些湿漉漉的，应该是出了不少汗。温度计在他嘴巴里，怎么感觉像是咬着根棒棒糖……

"我帮你倒热水？你赶紧……"她指了指他的床，"躺着吧。"

要不然这么坐一会儿，又要着凉了。

房间里空调也没有开，很冷。

她思考，要不要给他开空调。

莫青成已经从床上摸出一个遥控器，打开了空调，蹙眉看她："你怎么穿了裙子？"含混不清的懒懒的，还有些责备的声音……

怎么感觉像对着个医生，难道是被刚才的老奶奶洗脑了……

"上午挺暖和的，我就穿了……"她脸涨得有些红，索性就站起来，走出去给他倒热水，"你快盖上被子睡觉吧……我就是来看看你，不用管我。"

身后静悄悄的。

她再端着热水走回来，莫青成真的就回到床上了，半躺半靠着，闭着眼睛继续和高烧作斗争。顾声看他额头都湿了，把玻璃杯放在床边的窗台上，走到床边，探身过去，轻声问他："你吃过药了吗？毛巾是什么样子的？我给你用热水浸浸，擦擦脸？"

她弯着腰，手是撑在床边的，为了迁就着和他说话。

本来觉得没什么。

可真的探身过去，就有些心慌慌的。

莫青成"嗯"了一声，那双因为高烧而水雾蒙蒙的眼睛睁开来，看了她一眼，继续含混不清地说着："上次就想和你说，以后冬天别穿裙子了。"

她有些蒙，怎么话题又绕回来了？

他伸手，从嘴巴里拿出温度计，低声告诉她："女孩子要注意保暖。"因为嗓子疼，语速极慢，自然也就掺杂了些温柔的暧昧的语气。

有怦怦的撞击声从胸口传到耳朵里，她有些慌，下意识就躲开来，和他拉开到最安全的距离……却忽然感觉，他用烫人的手指，轻轻地捏了捏自己冰冰凉的耳尖："记住了？"

声色沙哑，却又语调柔软。

不费吹灰之力，瞬间就摧营拔寨直入心底……

"你毛巾是什么颜色？"她猛地站直了，转身就往外走，分明是踏着自己的心跳，腿都软了……

"白色。"

她发现自己应该再多问几个问题，比如挂在哪里，毛巾大小……但等走进洗手间，发现这些问题都是多余的。浴室外挂毛巾的架子上，左侧一排大中小白色的毛巾，右边是一排大中小浅蓝色的，底下一排，各自又挂了两条。

分工很明确。

她想，上边一排小的是擦手的？

中间是擦脸的？

最后那个……

脑子里闪现出了浴巾的概念，立刻就躲开了那条，拿了擦脸的毛巾。水龙头是冷热水都有的，她把毛巾浸湿了，走回房间时，却发现莫青成已经睡得有些迷糊了。

他侧躺在那里，睡觉的姿势有点儿像小孩，枕着自己的左臂。

看额头的汗，应该已经开始退烧了吧？

自己每次发烧，都是要耗整个晚上，汗出了烧退了，汗退了又发烧……如此到早上才能好，再不好就只能去医院了。

她想起自己发烧时的难受劲儿，就觉得他可怜，把毛巾轻放在大理石窗台上，走到床边，慢慢蹲下身子，从他的枕头边拿起温度计，看了眼。

三十八摄氏度？嗯……那么刚才量出来，会比这个还高吗？到底烧到什么程度？他有没有甩过呢……她再去看躺在床上的人，思考了会儿，用手指轻轻捏住他压在被子外的那只胳膊，挪到了棉被里。

希望他天黑前能彻底退烧吧。

然后吃点儿饭，明天就能好了。

她看着他。

他在自己眼前，睡得这么深……因为出汗退烧，皮肤显得更加白而细腻，还有层淡淡的红晕。这种不太健康的红，竟给他的侧脸添了层柔和的美感……

她长这么大，也就进过表哥一个男人的房间，这还是她第一次面对一个熟睡的男人。尤其……这个人他是头牌，是网上随便发一条微博状态，都能让十几万粉丝激动得要死的锖青磁……

三天的时间……实在无法消去他是锖青磁的威力……

"人非木石皆有情，不如不遇倾城色"……这是她当初爱上他的声音时，曾写过的一条QQ状态，记忆犹新，不过也只是自己的一个秘密而已。

如今……他也当真配得上"倾城色"这三个字……

他睫毛动了动。

她心跳了一下。

然后……一切继续安静着。

呼哧，太挑战心脏的抗压能力了……

顾声觉得自己看着他这么睡觉，实在太变态，就走到了客厅里。

认真打量着他的家，现在仔细看下来，干净极了。一尘不染的房间，东西却大多胡乱丢着，从衣服到杂志，到光盘，真是够乱的。

她把沙发上的光碟还有杂志收起来，坐下来看自己习惯随身带着的书，看着看着就睡着了。再醒来竟然是因为胃疼，这才想起来，一路忙着过来，竟然除了喝水，到现在也没吃东西。

四点多了？

真要饿死的节奏了。

幸好，客厅的茶几上，摆着几个原木的食盒，都是打开来的，什么吃的都有。"我这么任劳任怨，耐得住寂寞地陪着病号，总不能饿死吧……"她边腹诽，边翻着，怪味蚕豆、原味扇贝、麻辣金针菇、小瓜子、鸭胗……

两个馋得要死的男人，竟然备了这么多零食，却没有一个能填饱肚子的……

拆开来一包扇贝，一口就吃没了。

继续下一个……

顾声低头吃着，简直是越吃越饿的节奏。

就在拆开第七包小吃时，才察觉，有个人影站在不远处。她吓了一跳，抬头，头牌正迷糊着，神色略困顿，却颇觉有趣地看着她吃。

顾声忙放下，站起来："你醒了？烧退了？"

头牌蹙眉："好像是退了一点儿，晚上应该还会烧起来。"

"我们去医院吧？"

"不用，习惯了，我每年都要发烧几次，只要过一晚上就好。"他摇头，彻底走出房间。她跟过去："你身上都是汗，我帮你把客厅空调打开吧？要不然立刻又感冒了。"

头牌摇头："不用。"

她发现他往厨房走："你是不是饿了，还是想喝水？"

头牌顿住脚步，低头看了身边的顾声一眼，看目光，似乎终于清醒了一些。

我太婆妈了？他怎么不走了……

他笑得有些无奈和好玩："我就想去一下洗手间。"

……

"你去吧……"

她看着他走进洗手间，关上拉门，忽然觉得自己其实没有什么大作用。头牌看上去是特别会照顾自己的人……其实她过来也就是怕他忽然烧太高了，陪他去医院，或者他饿了，能帮忙把他喂饱……前者似乎不会发生了？后者……好像她先把自己喂饱了。

呼哧。

顾声分析了下自己的处境，在头牌洗干净脸走出来时，问他："你晚饭准备怎么解决？想吃什么？我给你做？"虽然不如你大厨手艺，煮粥什么的还是可以的……

他未答反问："好吃吗？那些吃的。"

"嗯……"好尴尬，顾声点头，"挺好吃的。"

他笑，病恹恹地问她："喜欢吃哪个？以后我多买点儿回来。"

"扇贝挺好吃的……金针菇也不错……"顾声想了想，还是诚实地告诉他，"算了，以后还是我给你买吧，至少要准备一些能填饱肚子的。"

他"嗯"了一声。

然后……又回到了床上……

她自觉自发地又给他倒了杯热水，走进去，递给他："出了这么多汗，喝点儿水吧。"说完了，自己都有点儿不好意思，似乎对她来说，发烧就完全等于喝热水加睡觉。

莫青成接过水杯。

喝了一口。

……又喝了一口。

只有水吞咽的轻微响声。

她自觉探身，接过杯子，放在了床边的书架上。再回头，想要站直身子，却觉头皮有些疼。自己的头发，竟和他的腕表缠在了一起……

要命了……

她随手想扯。

头牌低声制止:"别用力扯,我帮你解开。"

声音就擦着耳边过去,她听到了,也就没再敢粗暴对待自己的头发,就如此凑在他身边坐下。

头牌拨开她的那些挡住视线的头发,顺着缠绕的发丝摸到表上,似乎解不开,索性就把表摘了下来,低头仔细看缠着的地方。

他耐心解着,手指绕着她的那缕头发。

她不敢动,迁就着坐在他身边,一只手还撑在他身子的另外一侧,以一种近乎诡异的姿势,半撑在他身子上方。稍有不慎,就会靠上他的腿……

快解开吧,拜托,快解开吧……

房间好暗……

她动了动,却碰到他的腿,立刻像被烫到一样,躲开来。

嘶……又扯到头发了……

"疼了?"他抬头。

"嗯。"

他叹气:"疼就别乱动了。"

"噢。"

他低头。

"那个……"

莫青成再次抬头。

"要不,我们先开灯吧……"

既然没停电,真心不用摸黑作业啊……

或者,直接扯断吧。

莫青成听到她这么说,神色略微困惑了半秒,然后是恍然……就在他要说话的一瞬,门口已经有人清了清嗓子:"两位……需要我帮你们关门吗?"

天啊……

顾声猛从床上站起来，险些哭出来。绝美为什么会在啊！！！

十几根头发尽数扯断，刚才的功夫算是……白费了。莫青成想笑，却咳嗽了好几声，声音倦倦又带着几分无奈地回答："你想帮我们关门，没问题，不过先帮我把灯打开。"

一只手伸进来，摸着墙壁，找到了开关。

"啪"的一声，一室明亮。

绝美这才探头进来，八卦地看了两眼，男女主角除了一个仍在低声咳嗽，另外一个跟偷了一百只鸡一样低头再低头之外，似乎……没什么异样？他抱歉，笑："原谅一个配音的想象力……比如'疼了？嗯……疼就别乱动了……'什么的话，"他又清了清嗓子，"你懂的，头牌大人。"

"你打完游戏了？"

"差不多，饿了，想出来翻点儿东西吃，要不然也不敢打扰你们。"

他一直在？

绝美一直都在家？！

顾声不可思议地看头牌，头牌似乎知道她想问什么，哑着声音告诉她："刚才你来，我给他发了个消息，让他就在自己屋里待着，不要出来闲走，免得你会不自在。"

现在更不自在了好吗……

顾声觉得自己再也不能这么站在他身边，让门口那位人高马大的男人围观了，挽起袖子就往厨房走，自言自语说："晚上就喝粥吧，好不好？家里应该有米吧？我再炒几个清淡的小菜……"

她话还没说完。

在床上靠着的人就悠悠地提出了异议："我想吃粉蒸牛肉盏。"

顾声茫然回头，生病不应该吃清淡的吗？

"好不好？"他竟然……又故意变了些声线，用绝对秒杀她的声音轻声问她好不好……顾声顿了顿，战胜完全被降服的自己，硬起心肠："改天吃好不好？今天你发烧……"

"准备好的材料都在冰箱里，"他说着，已经掀开棉被，从床上下来，光着脚穿上拖鞋，"现在好像烧退了些，我给你们做吧。"

她看着他穿着半袖，就有冲动把他埋到被子里，哪里舍得让他去厨房做饭？

顾声视线飘来飘去，特别无助，再次试图说服这个站起来比自己高一个头还多的男人："发烧吃清淡的比较好……你自己是医生啊……"

旁边这位人高马大的人，你就不能出声劝劝？！

绝美一副我真不会做饭的无辜表情，回视顾声。

她就如此看着莫青成把手表又戴上，坦然走到衣柜想要拿件运动外衣穿上，真就打算如此发着烧，去给他们做晚饭……

完全任劳任怨，完全……让人心疼的任劳任怨啊……

"我来做吧……但是你要少吃点儿。"

她投降了，五体投地……

既然答应了做粉蒸牛肉盏，她就只得按照他所说的找到冰箱里所有食材，发现竟然连蛋挞模都是现成的。天，他如果不是医生，一定是个举世瞩目的大厨师……

她开始回忆。

刚才那五分钟，头牌是如何和自己面对面，讲解这道菜的做法的。他说了两句，就开始低声咳嗽，还拿着水杯连喝了几口水。最后还是她不忍心，告诉他，还是自己去百度食谱，摸索着做吧。

希望……做得不会太让人失望。

牛肉已经被头牌切成了片。

手边的白瓷碗里，也早有大米、糯米和小米打成的米粉……

他是在中午到家时准备出来的……那个时候应该已经发烧了吧，果然什么都不能阻挡他想吃粉蒸牛肉的脚步吗……

她把牛肉倒入瓷盆里，加小苏打和料酒，努力搅拌……食谱也没说要搅拌多久，索性就卖力多拌了会儿，才放入葱姜水、生抽和橄榄油。

要腌制十分钟吗？

她看着瓷盆，看了看表。

"幸亏你来了，"绝美站在厨房门口围观，顺便感慨，"我越来越觉得他有女朋友，第一受益者绝对是我。你知道吗，如果你不来，这顿晚饭肯定是由我来做了……"

绝美完全不会下厨，平日被头牌伺候惯了，更是觉得做饭是第一可怕的事。

顾声笑："我也不太会做……但是比较有悟性，估计因为是女孩子吧，看一遍食谱就基本能做个八九不离十了。"

"他也是，"绝美深感佩服，"他大多数时候是逛超市，想吃什么菜和肉就买回来，然后再去研究食谱，琢磨怎么做……"

先买食材，再决定做法吗？

好……高级的吃货。

网络上不食人间烟火的锖青磁，其实更多是喜欢美食的莫青成。

天使跌入厨房间，越来越添了些真实气息。

顾声和绝美随便聊着，一边煮粥，一边去洗、切从冰箱里拿出来的蔬菜。她在家都不太做饭的……希望在这两个大男人面前不要太丢人。

"他淡出圈子有两三年了，"绝美忽然拐了话题，"不太有时间，所以也不太关心任何圈子的八卦。"顾声把电饭锅的开关打开，不太明白绝美真正想说什么，疑惑看他。

"你知道他以前，曾有的那个转发事件吗？"

"知道。"

那算是锖青磁唯一的黑历史？其实他也是好心，被人"@"了什么找寻宠物，随手帮忙转发了一下，最后却发现那个帖子不过是骗转发量的，而且所留下的宠物主人电话号码，也是个收费号码。

被证实后，他第一时间删了微博，还发了条道歉信息。

此举却挡不住大批的黑帖，将他从头黑到尾，最后还十分肯定揣测他就是整件事的策划人，甚至与那个收费号码平分获利……

整整三个月，粉丝和黑粉吵翻了天，还有不怀好意的路人添油加醋。甚至到现在，在各个论坛一有八卦二次元圈子的帖子，都会有人言之凿凿，提到这件事是真的……

有人的地方就有江湖。

人有多红，就会有多少眼红的人……

她喜欢他的声音喜欢得晚，知道的时候，已经是去年。

不过还是觉得，他真是冤。

她往锅里倒油，开始炒香菇菜心。

"所以啊，有一种恨，叫羡慕嫉妒恨，"绝美笑眯眯看她，"这种恨呢，是不可能争论出是非对错的，一切只能留给时间。"

绝美就这么溜达走了……

顾声愣了会儿神，忽然就明白了他想说什么。

是那些飘荡在网上的不好评论……她抿嘴笑笑，中午还因为这件事情绪失落，被莫青成发烧的事情一搅和，根本就不算什么事了……

人呢，躲在电脑屏幕后，说话都是不用负责的。

所以呢，关上电脑，就万事皆散了。

她把香菇菜心炒完，盛到瓷盘里，端到饭厅的桌子上。

十分钟差不多了……

接下来要做什么来着……

完了，又要去看网页了。她很郁闷地回到头牌的房间，抱着他的笔记本电脑，看那个打开的网页。她坐在沙发上，看到头牌又从床上走下来，真是头都大了："不要频繁起床……会感冒加重的。"虽然他刚才已经被自己强迫，穿上了长袖的运动服。

但是一个发烧的，这么走来走去真的不好啊。

为什么她面对他，会变得这么婆妈……

他拿了块润喉糖，含在嘴里，在她身边坐下来，指了指嗓子："不发烧了，只是嗓子疼，所以没关系。

"我以前发烧，都是一天没力气下床的。"

莫青成不太在意地笑了笑："我曾经上午发烧，下午就被叫去工作，一直工作到第二天早晨。"

……这是不要命的节奏吗？

顾声蹙眉："你爸妈不心疼吗……让你这么工作。"

"还好，他们一个在肝移植中心，一个是心外，两个人一星期能坐下来吃两顿饭就很不错了。所以才让我选了个比较轻松的心内科，应该……不会觉得我辛苦。"

不是儿科吗？

对门老奶奶的情报真心不可靠啊……

可是涉及心脏，真的是"比较轻松"吗……她对医院的了解，仍旧和普通人民群众没什么区别，偶尔也吐槽人多，医生态度不好什么的。虽然自从知道他是医生，就觉得白衣天使可爱多了，可是……还是不了解。

她只能含糊"嗯"了一声，继续低头去看菜谱。

接下来就好办了，把他准备好的米粉和牛肉拌匀，放到蛋挞模里，蒸12分钟，再淋上烧热的香油，就可以了。很好做的一道菜，大部分前期准备工作，其实都被他做完了。

莫青成吃着润喉糖，偶尔有糖轻撞到牙齿的声音。

她记下来，刚想把电脑放到一边，就感觉肩膀一重，他的下巴就如此猝不及防地放在了自己的肩膀上……声音就凑在耳边，低声说："辛苦女友大人，为我做晚饭。"

呼吸的温热气息，还有声音……

她最难抵抗的声音……

他的声音，含混不清，而又十分温柔地继续说着："谢谢你来陪我。"

她轻声应着："我怕你自己在家……万一没人照顾……"

那么几秒的安静。

她仿佛感觉到，似乎他想……

她浑身的血再次涌上来，脖子都红透了，立刻就放下电脑，跑了："我去做饭了。"

这一钻进厨房，直到饭做完出来，才看着两个早已坐好，吃小葱拌豆腐喝粥的男人，她默默坐在了莫青成身边。两个人正在随意闲聊着，绝美说着说着，就说到了完美即将到来的周年庆，绝美一本正经："你到那天，一定要把嗓子养好。"

莫青成用筷子一口口夹豆腐吃："吃饭不谈工作。"

绝美"哦"了一声，笑眯眯地看了顾声三秒，看得她毛骨悚然，才继续去问莫青成："我刚才没破坏什么好事吧？"

顾声正喝了口粥，险些呛到……

"别太过分啊。"莫青成眯着眼睛，继续一口口吃豆腐，吃得那叫一个快意恩仇……

绝美哈哈笑着，话题很快转到了自己的年度体检，他说着，就去把体检报告拿来，递给了莫青成，莫青成翻了翻："没什么大毛病，就是平时吃得太好了，再不注意就该脂肪肝了。"绝美叹口气，看顾声："你说，守着他，估计谁都能吃出毛病来。"

顾声觉得这话说得也有道理，点头："要荤素搭配，偶尔吃吃粗粮什么的，比较好。"

绝美："争取吧，他不在家的时候，我都吃玉米粥。"

顾声"扑哧"笑了声，低头继续喝粥。

岂料这刚喝了一口，绝美又语重心长补充："所以你以后嫁给他，也一样要注意。"

一口粥就卡在了喉咙里。

烫得她眼泪都下来了……

椒盐蘑菇

第十章

Really Really Miss You

很想……很想你。

绝美不愧是完美的老大，调侃人的功夫绝对是黑山老妖级别的。

她一顿饭吃得是兵荒马乱。

莫青成心心念念的粉蒸牛肉盏，吃了半口，就接到了医院电话，诊室的病人要做手术。不得不说，他真心是个工作机器，放下碗筷就走了。

她可不愿和绝美一对一吃完饭，也放下碗筷，跟着他就出了小区。后来回到学校，才发现自己中午没吃饭，晚饭也吃了几口就跑了，饿得前胸贴后背，就站在校门口买了个山东煎饼，一边啃一边往宿舍走。

忽然，身后就有人拍了肩膀。

"我听说，你今天被绝美撞破床戏了？"庚小幸也拿着个煎饼，啃了一口。

顾声差点一口血喷在她脸上……

"这样吧，我试一试，如果觉得理念不合，我们可以随时解除合约。"

这是她思考了两周后，终于在整理图书的间歇，给了玲珑剔透答复。

在她被狠狠"批判"的时期，忽然冒出和玲珑剔透的合作消息，绝对又是一个大八卦。她猜……可能会有人说，是头牌从中牵线搭桥，才能让她有此机会。

所以她连常规的预付款都没要，直接说，先出曲。

她站在图书馆的小扶梯上，手拍在书上，一本本轻拍过去，心猿意马地抽出了一本书，翻看了两眼，已经开始自动切换到作曲的频道。

旋律在脑子里飘着飘着，头牌的电话就来了。

他约了她今天吃午饭，在她的学校，可是比约定的时间竟然早了一个小时？顾声把手机拿起来，看了看附近在劳作的同学，轻声问："我还在图书馆呢，你到了？"

"美女，"电话里，竟然是……墨白的声音，"我求了头牌半个小时了，终于能和你说上话了，先让我哭一会儿……"

顾声有些窘，也有些蒙。

他这是带着亲友团来和她约会吗……怎么会有墨白……

"我来拍片子，在你们学校，初音你知道吗？"

"嗯……"她记得她还翻过几首初音的歌呢。

"我们要拍十四个初音妹子的合照，可是有个妹子爽约了，到现在还没来，有个妹子病了，我急着出东西啊，"墨白尽量简洁明了，生怕头牌不给他说话的机会了，"你能不能……帮个忙，顶上一个？"

"你要我 COS 初音？"她不太确定。

墨白非常愉快地确认着。

这个忙倒是不难，就是有些突然，顾声倒是没有什么可推托的，问清楚了他们在学校的位置，很快就去了。

他们学校的建筑很漂亮。

这才刚春暖花开不久，就总有各种社团，或者爱好者在某个角落里拍片。

尤其是周末，教学楼没什么学生，最适合取景。

果然，她按照墨白所说的到了东区教学楼顶楼，就发现除了墨白他们，还有另外一组人在打光板，正拍着。

莫青成和墨白站在顶楼的大露台边，闲聊着，看风景。

她顺着楼梯走上去，明显发现，这两位俨然已成了众美眉眼中的风景。两个人都差不多的身高，墨白因为穿着 COS 的衣服，就靠着顶楼的栏杆，莫青成则索性就坐在了栏杆上……从她这个角度看过去，他背后就只有蓝天白云，如果现在有人按下快门，这就是一幅完美构图的作品了。

当然，除了他手里拿着的那杯还没开封的珍珠奶茶。

她看到他的同时，他恰好也看到她，对着她的方向，招了招手。

一瞬间所有人都看向这边。

这就是头牌的魅力……虽然她相信，99% 在这里的人，并不知道他就是锗青磁。顾声走过去，刚想说话，就看到墨白忽然瞪大眼睛，然后立刻就哈哈大笑起来……笑得非常夸张，连莫青成都忍不住，弯了嘴角。

她下意识回头。

顿时就明白了笑点。

一个绝美佳人也刚从楼梯走上来，她戴着初音标志性的蓝色长假发，瓜子脸，浓妆，在披着的外衣下，俨然穿着非常凸显身材的露脐少女装。露台上远近站着十几个服装不同的初音，这个绝对是极品……问题是……这个"她"是沐沐……

她忍不住想笑，这位沐沐大人还是刚出道时才COS女人，没想到这次不但肯屈尊了……竟然还穿得这么十八禁……

沐沐披着衣服，走过来，忍不住揉了揉眼睛，嘟囔着："这个美瞳戴着不舒服……"

说完，蓝色瞳孔的大眼睛才默默地看向顾声："你男人说，你不能穿这么暴露的衣服，"沐沐觉得自己的露脐装实在有些不舒服，非常郁闷地双臂抱着自己的腰，"所以就只能我穿了。"

顾声"扑哧"一声就笑了。

莫青成扶住她的肩膀，把她轻轻带到自己身前，顺手就把手里热乎乎的奶茶递到她手里："天气太冷，女孩子不能穿露脐装。"

墨白鄙视看他，分明左眼写着"封"，右眼写着"建"。

沐沐苦着脸，也看头牌，那双蓝色大眼睛里也分明写着：我才不相信你。

顾声在顶楼的洗手间换了唯一一套长裤衣服，化妆师一边笑着夸她皮肤和沐沐一样好，一边给她认真上着妆，两个人聊了没两句，就听见外边有人在笑骂，听着声音，是个男人的声音。

"哎哟，都追我到这里了？"

"我找不到你，哪里都找不到。"是个女孩子。

"这不找到了吗？我难得陪朋友出来，你倒是消息够灵通。"

"你不是说不玩了吗……"女孩子已经开始哭，"你不是说不再和阿玉她们混了吗……"

"我和你熟吗？"男人笑了两声。

就隔着一面墙，想不听清都不行。

接下来就很模糊了。

她眨了眨眼睛，有些为那个女孩子不值。

以后可长点儿心吧，唉……

"别眨，睫毛膏还没干，我再给你涂一层，"化妆师继续给她摆弄着，"那个男人是个人渣，我认识他的时候，他还没什么名气，现在小有点儿名气了，就开始到处花小女生。唉……"

"你浑蛋！"

忽然一声哭骂。

顾声吓了一跳，化妆师也吓了一跳，睫毛涂在了她眼皮上。

"我本来就是浑蛋，你不就喜欢不是东西的浑蛋吗？"男人笑，"你找我也没用，我又不念书，又不工作的，我没钱，你自己想办法吧……你都过了十八岁了，就是你爹妈去告我也没用，知道吗？嗯？"

人渣……

顾声听得咬牙切齿。

"啪"的一声，非常清脆。

她和化妆师同时睁大眼睛，动手了？

然后就是人撞到墙面的声响。

坏了……

小姑娘和男人打，是要吃亏的！

她也顾不得什么化妆了，立刻就跑了出去。

未料，走廊里竟然不止两个人，而是四个？！

刚被打的女孩子，正被沐沐单手护住。

而视线的焦点处，竟是本该在露台上的莫青成，就在她跑出的瞬间，他已经一拳挥了出去，"砰"的一声，拳头撞击骨肉，毫不留情。

被护着的女孩子蒙了。

化妆师蒙了。

猛摔到地上的男人，也彻底蒙了。

他半蹲下身子，俯视着那个目瞪口呆的人渣："连个小姑娘都打，你不太算是个男人。"

顾声睁大眼睛，不可思议地看着面前的莫青成。

好意外。

好惊人。

好暴力。

好解气……

这种温柔医生一扯领带，一秒变硬汉的既视感……

实在是……太帅了……

"你，他……"男人过了两秒，终于满血复活，疯了一样爬起来，往后退了四五步，才看清面前这些人。

沐神？怎么把这尊大神招来了……

他啐了口，感觉嘴巴里有血腥味，立刻就怕了。

这不认识的男人，下手太狠了……

莫青成直起身子，没有再动手的打算。

他今天本来就是结束了研讨会，特意来陪声声吃饭的，所以自然穿得道貌岸然，这么一动手，被衬衫和西裤束缚着，实在很别扭。

他轻轻活动了几下手指，把自己的领带正了正，人渣惊得又退了两步。

莫青成看人渣那样，微微蹙眉，上扬的眼角似乎又抬高了一些。

男人不敢再靠近莫青成，只能对着沐沐破口大骂："沐神，你牛！别以为你入圈早，你大神，就可以随便打人……"

沐沐那双蓝色的大眼睛看了眼莫青成，又去默默看人渣，脸上分明写着：你瞎了？打你的又不是我……有本事你骂头牌啊……

当然，他可不敢说这人就是锖青磁。

身后那堆coser，有大半是头牌粉……他可不想场面太混乱，今天都白干了……

这么一骂，倒是把顶楼露台上的人都招来了。

墨白一向是个护短的人，听到有人喊沐神，立刻就提着衣服跑下来，看到挨打的是这位人渣，兴致勃勃凑过去，搭住沐沐肩膀："怎么着，动手了？你也真敢啊，你那单手劈砖的功夫，不怕一拳把人打残了啊，这货色留给我就够了……"

沐沐默默回看墨白，很诚实地指了指头牌。

分明是他陪着头牌溜达来，想看看顾声准备好没有，碰到小姑娘被个人渣打……见义勇为的是头牌大人，他完全是陪衬，陪衬。

人渣一见人多，就觉得底气足了些，毕竟墨白和沐沐都是有头有脸的人物，总不能当众真把他怎么样："别以为你们是大社，就能欺负人，我告诉你……"

墨白倒是出乎意料，"哟"了一声："就欺负你了，怎么着？"

"……"

男人还真被噎住了。

墨白挽起自己衣服袖子，走上去。

男人硬着头皮，坚持站在原地："怎么着……想三个打一个？我告诉你墨白，打人是、是犯法的……"

那么多人看着，他就不信这两位真敢动手，实在不行，豁出去了他就报警……

墨白笑了声，凑过去，随手拍了拍他的胸口，低声说："犯法？我们这是见义勇为，懂不？我还真不是吓唬你，我家沐神没事儿闲得无聊，抽个人渣怎么了？你瞧这万里无云的，不抽个人渣实在对不起这么好的天气——"

墨白仍旧笑吟吟对着他，他左后不远处就是沐沐，右边是莫青成。

平日里面瘫又有些慢三拍，此时此刻如同个女神站在那里，纤腰长腿让人羡慕嫉妒恨的沐沐真是美丽又正义！

太让人想尖叫了！

还有墨白，还有那位……那位不知道是谁的……实在太养眼，太让人热血沸腾了……

沐沐没吭声，算是默认了，虽然……他还没毕业……

人渣只觉得自己一对三肯定会被打残，捂着脸，啐了口："墨白，这么多人看着呢，你敢动手，我就敢曝光你今天动手打人……"他就不信，这些早就走上神坛的人，真不爱惜羽毛……

"我们几个，还就喜欢'仗势欺人'。"墨白笑。

"大不了豁出去退圈，我也要黑死你们……"

后半句明显心虚，弱了几分。

墨白"扑哧"一笑，又上前两步。

他压低了声音，用着只有临近人才能听到的声音，说："我告诉你，刚才打你的那位，你敢黑他，他粉丝一人一口吐沫就能淹死你，不信……你就试试，看看自己还能不能继续混下去。"

他声音很低，远处那些站在楼梯口围观的妹子，完全听不到，看墨白笑吟吟的侧脸，猜不透他忽然说了什么。

那男人捂着脸愣了几秒。

"好了，赶紧滚蛋吧。"墨白拍拍他的肩。

报警没戏，闹大没戏，还真像墨白说的，他这种人没什么正经工作，口碑也不好，再真得罪了各路神仙，就真的没混头了……

他啐了口，灰溜溜就走了。

那个被护着的女孩子，沉默了好一会儿，也不敢靠近自带"生人勿近"气场的莫青成和沐沐，反倒是小声对墨白说了谢谢。

"没事没事，"墨白不太在意地拍拍手，对着众人："都散了散了啊，我美丽的十四位初音，快点拍完，我请你们去麦当劳喝咖啡……冻死我了，是谁选的天台啊，真是……"

"我穿露脐装的，还没说冷呢……"

沐沐实话实说，飘飘然走了。

后来整个拍摄进行了两个半小时，终于在莫青成近于黑脸的情况下，搞定了，连顾声这唯一穿长裤的都有些冷了，毕竟除了手套，上半截手臂都是露在外边的。所有的coser都挤在顶层下边的那个女洗手间卸妆。

181

顾声对教学楼很熟，看大家都挤在里边，索性就带着莫青成去了教师楼层的洗手间。

她给这里的老师做过劳工，对这里最熟。可没想到，当她在楼梯处望了几眼，竟看到几个老师走过……她这一脸浓妆，蓝色的齐腰假发还戴着，绝对不能让老师看到。

去了别的楼层也是朵被围观的奇葩……

算了，还是回顶楼吧。

她回身对着莫青成"嘘"了一声："完了，我老师都在，我们还是回顶楼吧。"

说完，就跑上去十几个台阶，到了两层中间的拐角处。

"别的楼层没有能换衣服、卸妆的女厕所？"他跟在她身后，因为腿长，很自然地一步两级台阶，三五步就赶上了她。

"有，"她坦诚告诉他，"但是我不好意思穿成这样……去别的楼层，在顶楼有一堆人和我一样，也就不显眼了。"

毕竟不是专业 coser，她还做不到太坦然。

莫青成笑了声："其实挺好看的。"

"啊？"

"我是说，你的初音装，挺好看的。"

又来了……

又来了……

她越是难以抗拒他声音的魅力，他就越是喜欢用她最喜欢的腔调，和她低声说话。

这个楼梯不太有人常走，在教学楼一侧，而不是在封闭的教学楼内，所以光线自然极了，还有风慢悠悠地从脸颊边吹过，触动了一些情绪。

她看着他在日光里的脸和眼睛，忽然就轻声说："你刚才特别帅……我心都快跳出来了……"

"是吗？"

"那种人就该打，虽说他不犯法吧，却绝对人神共愤，"顾声坦言，"我以为你应该是挺……那什么的一个人，没想到你还会打人。"

她记得在医院外那次，也是他挡在女孩子面前，但并非是打人，而是替人挨了打……

莫青成看着她义愤填膺的表情，忍不住笑了一声，开玩笑说："现在医患关系这么紧张，总要先有防身技能，才敢拿手术刀救人。"

他这么说，倒让她想到很多新闻："……我见过你替人挨打。"

"在医院大门？"他略微回忆。

"嗯。这种情况很多吗？"

"很少，那次碰巧了。"

她靠在墙上，松了口气："那还好。"

"担心我了？"他声音又低下来。

太阴险了，又来了……

她终于忍不住控诉："你知道我声控……还故意这么说话。"

"有吗？"他声音越发低缓而温柔，直入心底。

她轻呼出口气："你就不怕……我喜欢你的声音，胜过喜欢你这个人吗？"

"你喜欢我哪部分，不都是在喜欢我吗？"他低声笑着，点破这个道理，"喜欢声音没什么不好，总好过没有任何地方吸引你。"

她分不清，自己是被语言蛊惑了，还是被声音诱惑了。

总之……又开始不能思考了。

有风吹起她脸颊边的蓝色头发，挡住她蓝色的大眼睛。视线里的他，分明就在靠过来，靠近了，不说话，只是笑。

现在……

他真的要……

每一秒都被无限拉长了。她不敢动，就在他碰到自己的一瞬，彻底闭上了眼睛。

温热、柔软的一个吻。

却只有几秒的碰触，他就离开了。

就……这样？

她紧张得心都快跳出来了，立刻就睁开了眼睛看他。

莫青成用拇指拭了下自己的嘴唇，果然看到了自己指腹上有一抹嫣红："口红涂得太重了，如果吃进去，对你身体不好，我倒对这个无所谓……"

吃进去……

对身体不好……

你还敢说得再具体……再认真点儿吗……

莫青成说完，直起身子，示意她赶紧去洗手间卸妆换衣服，毕竟初春还是很凉的。刚才那些玄妙的感觉还在两人周围蔓延着，顾声甚至不敢认真去看他，可在两人走上教学楼顶层，已能看到远处嬉笑打闹的同伴时，她却忽然顿住了脚步。

"莫青成……"她忽然跑到他面前，转过身看他。

他疑惑看她。

她看着他，看得有七分忐忑……还有十分的不好意思。

他越发疑惑，眼角眉梢都挂着笑。

顾声最诱人的地方，就是她的满腹情绪，都能毫无保留挂在脸上，放在眼睛里。二十二岁了，她是怎么如此坦荡、平安无事不被人陷害地活到二十二岁的呢？

他忍不住微微笑。

她似乎终于下定决心，伸出手，轻轻擦了擦他的嘴唇。

他懂了，很安静地低头看她，任由她毁灭证据。

一下，两下，横竖好几次才算是彻底擦干净。

口红……果然很重……

"擦干净了？"他低声问，声音带着笑。

"嗯。"她装着若无其事地转身，继续往前走，一脚深一脚浅地……往前走，纵然是亲自擦干净了，仍旧觉得心虚，唯恐他嘴唇上还留着什么……

"声声，你还没卸妆呢？"化妆师站在走廊上和人闲聊，看到她过来，立刻拿出了卸妆水、洗面奶递给她，"怎么口红掉了这么多？自己吃了？"

"啊？掉了？"顾声用手背抹了下，佯装淡定。

沐沐看了她一眼，非常专业诚恳地说："这东西吃了不太好，以后要少吃。"

各位能不能不要讨论吃与不吃的问题了……

众人就着顾声嘴巴上的口红是如何吃掉的，延展到吃口红是非常不好的一件事，再延展到有一些口红是植物系的，吃下去似乎也无妨……最后到……以后应该开发一个口红系列叫"情侣口红"，专门用来吃……

她就在厕所里，在化妆师的帮忙下迅速卸妆，隔着墙壁听话题延展到如此程度，默默忍到几乎内伤不治……

莫青成似乎心情不错。

除了她在天台拍照时脸是黑着的，比平时都多说了两句话，不过也仅限于是对墨白和沐沐，对其他人……他绝对是天生的异性绝缘体质，只可远观，无人有机会靠近搭话。

这个……为什么她认识的头牌永远都是和蔼可亲、主动万分的呢……

最后在墨白软磨硬泡的坚持下，两个人的晚饭彻底变成了麦当劳和K歌，还是聚众。几个小时前还是陌生人，在经历过一起拍照一起吐槽一起换装一起在麦当劳对着几盘子薯条神侃后，很成功地熟悉了。

不过，两个人在包房里，不过听人唱了一个小时歌，就听到"锖青磁"这三个字十几次的时候，她终于发现了十分不妥的地方。

她是声声慢，身边是锖青磁。

她是古风歌手，头牌是比歌手唱得还好的配音演员。

虽然一开始就和沐沐、墨白串通好了，隐去了两个人在二次元的身份，但一旦对着麦，会不暴露吗……她瞥了一眼身边的人，吸了口奶茶，珍珠从吸管顺利滑到了嘴巴里……

"我要唱《万骨催沙》！"有两个小姑娘挤在点歌台那里，还有两个站在后边，指挥着。

"唱得上去吗？"

"没关系，我就是为了要纪念我家头牌大人第一首歌。"那个点歌的小姑娘立刻露出了自己资深"瓷碟"的身份……

顾声顺利……咽下了两颗珍珠。

莫青成一如既往地淡定。

"想听我唱歌吗？"身边的声音，忽然就提出了这个美妙而又危险的建议。

想……是当然想的……

她在不断闪动的舞台灯光里，有些忐忑地看他，想了几秒，还是伏在他耳边轻声问："铕青磁，你不怕被发现啊？"

他笑，压低了声音："声声慢，作为一个配音演员，多元化声线是基本素质。"

……好吧，她被戳到痛处了。

"铕青磁"这个名字，从出道以来最令人称道的，除了一击命中红心的本色声音，自然还有他声音多元化的天分。只要不是太离谱的角色，他都能驾驭。

怎么就忘记了，他是铕青磁啊。

在众妹子搞定自己的歌曲后，他走过去挑歌。

就在他站在点歌台前，低头翻看歌曲时，大半人都亮了双眼，帅哥谁不喜欢，帅哥敢上去点歌就说明他一定唱得不会差啊！关键对着这一屋子有半数的声控的妹子来说，简直就是巨大的诱惑啊……

而且……

众人瞄到他在挑选的那些名字，立刻就燃血了。

竟然是中国风！这位帅哥居然是同道中人！能唱好流行歌曲的满天下都是好吗？能唱好古风歌简直就是稀有珍宝好吗？你以为谁都能唱古风歌吗？让你身边的男生试试就知道了！"那个……我能弱弱问一句，大人，你会唱《万骨催沙》吗……"

资深的铕青磁粉丝，忽然突发奇想，十分期待地邀歌。

他笑，摇头。

这个KTV还没有那么与时俱进，网络古风歌很少，大多是流行歌手推出的中国风歌曲。最后他随便挑了一首《红尘客栈》，刚选定，那些之前选歌的妹子立刻非常慷慨地表示：请把我们的先跳过，优先帅哥……

结果他才点罢的歌，就被如此提到了第一个。

顾声咬着奶茶吸管，听着前奏渐起，微微敛住了呼吸……在YY上对大众唱的那两首歌，用的就是自己的本音，所以连她也禁不住好奇，他用另外的声音唱歌会是什么样子……

186

直到开麦。

直到第一个声音出现，直到她咬着吸管，彻底被惊艳了：

"檐下，窗棂斜映枝丫，与你，席地对座饮茶，我以工笔画将你牢牢地记下，提笔不为风雅……"

敛去《万骨催沙》的气魄和帝王风，他的声音完全变了，不管是声线还是演绎的感情，都完全融入这首歌。

退去华丽，完全干净的声线。

远离人间尘嚣……

美极了，她忽然就想到了一个词：颠倒红尘。

他唱，她听，余下的都不过是旁观。

听的人全被吸引，却没人能听得出他是锖青磁。

甚至在他唱完了，那些声控都不忘记追问他是否想要做 CV，或者想去做翻唱。完全跟发掘了人间至宝一样兴奋，墨白旁观得都快笑出内伤了，忙把他塞回顾声身边。他倒是看了看表："这里空气不太好，要不要出去走走？"

这里闹得正嗨，两个人走应该没什么吧？

她把奶茶悄悄放在桌子上，轻声说："好，我去下洗手间，你在大门那里等我吧。"

她说完，拿起包就先跑了出去。

不得不说，KTV 装修风格还是很欧式，洗手间正对着一整面墙的镜子，往外走，有不同的门通向不同的走廊，隔着门，也能听到此起彼伏唱歌的声音。她迅速洗干净脸和手，将头发整理整齐，走出来，对着大镜子瞄了两眼。

眨眨眼睛。

嗯，状态不错……

她刚想转身，就从镜子里看到莫青成站在通往大门那个走廊上，双手插在口袋里，微笑着看自己……显然发现了她照镜子的小心思。

看了多久？

不知道……

其实自己也没照多久是吧？

两个人乘电梯下楼，他习惯性地吃了颗润喉糖，似乎很多 CV 和歌手都有这个习惯。其实……她想说，经常吃不好吧，只怕会形成依赖……

这里虽然是闹市区，但 KTV 却在闹中取静的商厦顶楼，所以出来也没有太多的人。

人少，车少，却灯火通明。

她走出去的时候，恰好就经过风口，冷飕飕的。

正在四处张望哪里有最近的公交车站时，有两个少妇推开了玻璃门，他拉住她躲开那层透明的玻璃，温热的手，就这么攥着她的手腕，靠在了玻璃墙上。

背后是灯火辉煌，勾出她的轮廓，照亮他的脸。

因为冷还是什么，她觉得这么靠着玻璃墙，而他挡在身前，变得暖和多了。

就是这姿势……

她看了眼另一侧玻璃门内的保安大叔……有些心虚，回头问着不相干的问题："你知道……这里有什么公交车到我们学校吗……"或者，地铁也可以。

她还在找公交车站，而他就如此毫无征兆地低了头："知道。"

鼻尖碰到了鼻尖，就这么顺理成章地，也就寻到了嘴唇。一秒，两秒。

哪里有缓和？

他呼吸灼热，她大脑发昏，这次真是……真的了。

她就这么被他抵在玻璃墙上，被迫仰起头。

润喉糖的味道，薄荷的清香，他是故意的……吗……零碎的念头，拼命在脑子里想要连成一条线，却被他引诱得溃不成句。

如此亲密接触，却意外在这里。

混了车来车往的声音，还有马路边树木的味道……

"那里那里……"远处有人说话，激动得像是看偶像剧。

她分明听到声音，猛地推他的胸口。

推是推开了，可他又就势把她的头按在自己肩膀上，如此抱住了她……黑亮的眼睛分明弯起来："你刚才问我什么？"

心就飘在胸腔里，晃晃悠悠的。

她把脸埋在他肩膀上，鸵鸟一样藏住自己的嘴巴和鼻子，只勉强露出一双眼睛看两个经过的人渐渐走远，低声喃喃："你不是说知道吗……"

初吻啊……竟然是在大庭广众下，还被人围观了……

"知道？"他略微思考，又从口袋里拿出一颗润喉糖，扔到嘴巴里含混不清地说，"噢，是说公交车……这里没有直达的公交车，只能坐地铁。"

那你为什么还说"知道"？

难道是未经思考，随便说说的吗……

过了一会儿，他拍拍她的后背，意思是可以走了。

顾声马上恢复了健全心智，从他怀里钻出来，只想快点儿从这里离开，管他是坐公车坐地铁还是坐飞机……他要是一个高兴再来一次，万一楼上众人也觉得无聊要提前离开，她就彻底不敢再见他那两个朋友了……

顾声和莫青成在如火如荼地恋爱着。

可是在互联网上，两个人都不约而同选择了彻底神隐。声声慢因为和锖青磁在一起，消失了，没有张扬，没有晒恩爱……确切地说，声声慢从头到尾都没有晒过任何恩爱，自从那句"我好开心"被广大人民群众排队围观后，她就消失了，除了转发好朋友的歌，就是转发自己的歌，搞得像是广告微博……

低调很好，低调不会出错。

这要换作一般人早就恨不得天天蹦跶来蹦跶去，360度无死角晒恩爱了。所以头牌的一部分粉丝渐渐也觉得，偶像眼光真是不错啊。

当然另一部分还是把她当作不存在的……

山不转水转，万一哪天分手了呢？

头牌就又是大家的了。

当然，有圈子就有是非。

不知道是完美社团哪个新人传出了锖青磁在完美周年庆后要退圈的消息，瞬间就是各种衍生的传言。虽然他已经淡出很久，但每年都会为完美在一部剧里"打酱油"，虽然没有时间主役，但也绝对是每年最受关注的大戏。

但如果真退圈，就真心只能在商业平台听到了。

所以，大家又沸腾了，认为是声声慢太爱吃醋，影响了头牌大人，让大人决定退圈了。江湖传闻真可怕……

顾声关掉 QQ，还是决定不看走调儿和社长发来的帖子了。

其实她倒是无所谓，头牌更无所谓被黑……她怕的只是玲珑剔透请自己作曲这件事，一定会在歌发出来的时候引起轩然大波……

她塞上耳机，决定先做出来再说，余下的……再说吧。

手机里存着很多古风曲子，她边看词作者已经写好的词，边找作曲的灵感。有温柔的风从敞开的车窗吹进来，竟然一眨眼就初夏了……因为头牌大人极繁忙的工作性质，她和他的约会生活竟然很快就走入了一个轨迹。

每周要去他家吃两次饭，俗称"开荤"。

然后他开车送她回学校，当然这是他不忙的时候，忙的时候她就慢悠悠坐公交车回学校，然后等到他好不容易有半天空闲的时候，两个人就去……嗯，四处淘好吃的。

好和谐的恋爱生活……

她到他家的时候，习惯性去按门铃，等到铃声响了很久，都不见有人开门，这才想起来莫青成是给自己新配了一把钥匙的。从包里拿出来，打开门的一瞬，她竟然有种做贼的心理，毕竟绝美还住在这里啊……

谁知道，门一推开，绝美已经笑眯眯递上了一杯橙汁："头牌大人不让我开门啊，他说你每次都不用钥匙，需要养成习惯。"

好吧，厨房里有热油溅开的声音。

她接过橙汁，对绝美笑笑，立刻就非常乖地跑进了厨房。

她进去洗干净手的时候，头牌正在用凉水冲凉已经用热水煮熟的蘑菇，他边等着蘑菇凉，边说："在给你做椒盐蘑菇。"声音淡淡的，飘飘荡荡地就进了她的耳朵。

顾声"嗯"了一声，更加乖顺了。

这种一听声音就摇尾巴的感觉是怎么回事……

难道一辈子都这样了吗……

她站在他身边，看着他把撕成条的蘑菇攥去多余的水，然后在瓷盆里加了一个鸡蛋和一些面粉，和蘑菇搅拌均匀："加五香粉，喜欢吗？"

"嗯。"她继续摇尾巴。

看着头牌又加了五香粉和鸡蛋，继续搅啊搅，搅啊搅……

这种只看着蘑菇糊糊就觉得口中生津的感觉是怎么回事……

难道真的一辈子都这样了吗……

"呼"的一下，火被打开了，油热，下锅。

蘑菇很快就被炸熟了，盛到了盘子里，莫青成打开玻璃柜，从一排十几瓶调味瓶里，拿出椒盐的瓶子，均匀撒在了蘑菇上。

OK，完成。

顾声非常满意地端起盘子，吸了一口气，好香啊。

她眯起眼睛，满意地转身，想要往厨房外走的时候，忽然就被身后的头牌拉住，用低而又低的声音告诉她："允许你偷吃两口，刚炸完的最好吃。"

不厚道吧……

可怜的绝美。

还没感慨完，头牌竟然没拿筷子，直接就伸出手，用中指和无名指夹起了一块蘑菇，这么堂而皇之地递到她嘴边……顾声有些心虚，立刻吃进嘴巴里。

"好吃吗？"他轻声问。

"好吃。"她眯起眼睛，还想吃……

头牌果然又喂了一块。

好好吃……

她舔了舔嘴唇，想说没想到蘑菇也能这么好吃的时候，就看到莫青成随便把手指凑在嘴边，舔去了椒盐："不错。"

这种吃任何有调料食物后舔手指的习惯，她也有……

他看了眼蘑菇，似乎觉得自己舔过手指，再去拿不太好。

顾声被他看得心都软了，也偷偷捏起一块，递给他吃。

手指凑到嘴边。

蘑菇吃下去了，她收回来，看了看自己手上的椒盐。

还没犹豫完，就被他捉住手，拉回到嘴边，轻轻用舌尖扫过她的指尖："味道不错，不能浪费。"声音轻柔的，销魂极了。

指尖像触电一样，麻麻的……

心也麻麻的……

"想我吗？"莫青成继续悄悄问她。

"嗯……"

他蹙眉，意思是答案不对。

"嗯，想……"

"有多想？"他继续诱导她。

完了，所有的形容词都已经从大脑离家出走了。

"很想很想……"

他笑："想谁？"

"你……"

"连起来说呢？"他又压低了声音，连尾音都拐了个小弯……

"……很想很想你。"

哪有逼别人说甜言蜜语的……

实在太坏了……

莫青成似乎非常满意自己的调教成果，终于开始做下一道菜，让她端着椒盐蘑菇出了厨房。直到彻底吃上饭了，她还在深度思考一件事：

你说，为什么头牌人前人后完全两个样呢……

锦绣梅菜扣肉饭

第十一章

Really Really Miss You 🔀

很想……很想你。

吃完饭，她把冰箱里的水果拿过来，该洗的洗干净，切好，随手插上牙签。一小盘递给完美，另外一大盘拿到了莫青成的房间。

顾声进去的时候，他已经坐在台式电脑前，戴着耳麦。每次他一戴上耳机后，就有习惯只开着一盏台灯，仿佛这样就能把他整个人投入另一个世界里，心无旁骛。

暖橙的灯光，把他整个人的影子投在墙壁上。安安静静，波澜不惊。

他戴耳机是真心帅啊……

顾声默默花痴了一下。

此时，莫青成已经察觉到她进来，侧过头看了她一眼，然后用食指抵在了嘴唇上，比了个噤声的手势。她点头，悄悄走过去，把盘子放到他面前。

她指了指盘子里的水果，示意他抽空吃。

他颔首。

顾声随手拿了一颗草莓，塞到嘴巴里，在他身后的沙发上坐下来，打开他的笔记本电脑，开小号进了YY房间。

今晚是配音大赛决赛名单揭晓的日子，说白了，就是所有的优胜者集体谢幕，做一场谢幕演出。这些能最终取胜的都已经不是小透明，甚至不少都是红极一时的人，之前在各场比赛里都是亮点，如今齐聚一堂，就不只是亮点，而是一大片星空了。

而他，今晚是旁观的评委，可只要锖青磁那个ID安静地挂在房间里，就足够了。

他下边自然有几千粉丝十大管理员陪着，不吵不闹，安静陪着他听。

而她，只要进入二次元的世界，就立刻成了他的铁杆粉丝。

对着锖青磁那个 ID 就心跳加速，仍旧是那个声声慢……这种感觉，真的很奇妙。

耳机里，十二个获胜者之一的女孩子在唱歌，她边听着，边用手撑住沙发扶手，去拿果盘里的草莓。手越过他身前，刚才碰到一颗，他就发觉了，微微笑着，从果盘里挑出最大的一颗，放到她的手心里。

她吐了下舌头，退回来，继续咬着吃。

吃了两口，那个女孩子就唱完了。

真心唱得不错。

她默默点赞。

"恭喜我们的锦绣如灰，"主持人笑着接话，开始串场，"那么……"

"我可不可以和评委表白一下？"女孩子忽然打断主持人。

主持立刻就笑了："完全可以哦，我还在想今晚怎么没人表白呢，难道是我太严肃，大家都忘记怎么掉节操了吗？"

女孩子咳嗽了一声，有些不太好意思："因为锖青磁老师只做了两场比赛的评委，我就没有碰上……"

"是啊，锖青磁大人太忙了，"主持人开玩笑抱怨，"我们从预赛到决赛，跨度四个月，只约到他两天的时间，幸好幸好，今晚最后一场他来了。妹子加油表白吧。啊，不对啊，我记得头牌已经有小金主了，表白需矜持哟，亲。"

从人家点名锖青磁开始，公屏就被刷了，没想到主持还当着几万听众，提到了"小金主"，简直是唯恐天下不乱……

"不是，不是，"明明挺有名的一个 CV，也免不了提到偶像时紧张，"很正经的表白，完全不掉节操。"

主持人笑，示意她随意。

顾声听着，耳麦里有几秒的安静，她悄悄瞄了眼头牌，被表白的人很淡定嘛……

"是这样的……呃，先问下，锖青磁大人，你在听吗？不会挂机了吧……"

"我在。"他的声音不高不低，语气平静。

"是这样的大人。我从小就喜欢听广播，一直有一个播音梦，想做个专业的播音或者是配音演员，但是因为一些阴错阳差，考大学时错过了相关的专业院校，所以……一直都觉得很遗憾，"女孩子的声音甚至有些微微发涩，"后来我一个闺密知道我这个梦想，就告诉我，说她经常会在网上听一些广播剧，虽然都是业余性质，但也有几个非常优秀的人最后都转为了商业配音。说实话，我开始挺不屑的，觉得这些都是哗众取宠的东西……直到我闺密给我听了你的作品以后，我彻底折服了。所以我想说的是：头牌大人，谢谢你将我带入这个圈子，并成为我的目标和理想。"

顾声咬着自己手里的草莓，迟迟没有继续吃。

其实锖青磁这个 ID 的主人，就背对着自己坐在那里，触手可及。可这个名字却仍旧有着巨大的诱惑，这个名字代表的是他所演绎的人物、录制的作品，是很多没有经过专业学校，却怀揣着配音梦的那些孩子的耀眼日光。

你不能因为那些乱七八糟来混着玩的人，就否定那些真心喜欢配音的人。

这些人，或者很多只有几十个粉丝，不像那些大牌那么耀眼，可只要喜欢，没什么不能做成的，比如这个女孩子。

她忽然很受触动。

她理解这种感觉，就像自己听第一首古风歌，也是惊艳不已。

那一瞬的惊艳，就能彻底改变一个人的生活轨迹。

他改变了多少人？

数字应该是非常可观的。

"谢谢你，祝你成功，"他淡淡地笑着，"能比我更成功。"

温柔而又蛊惑的力量成功穿透耳麦，传入每个人的耳朵里。

就这样而已吗……

我都被感动了好吗，你就和别人多说两句不行吗？

不过，他在公众面前历来如此……

等到下一个人表演时，她看到锖青磁关掉了 YY 的麦，终于知道自己能出声了，立刻就放下电脑，撑着沙发扶手去拍他的肩。面前人转头，摘下耳机，目光略有疑惑。

她看他。

她看他那双漂亮的大眼睛……

默默给自己洗脑，这是莫青成，不是镜青磁……

"我刚才听得特别感动，"她仍旧觉得心里满满的都是想说的话，也拿起一颗草莓，递到他嘴边，"你怎么不多说两句呢？"

莫青成笑着，张嘴，咬住她递来的草莓："习惯了。我说多了话，反倒对她不好。"

她恍然，他指的是他的一些粉丝，肯定会觉得头牌格外厚待这个妹子，引来大范围攻击什么的……或者说这个妹子假意表白，真心抱大腿？

她想起了可怜的被黑到死的 ID：声声慢。

莫青成忽然想起什么，从桌上拿起手机，手臂从她身后绕过，把她半圈在怀里，刷开了微博。留言的功能区，瞬间刷出无数的留言，基本……都是表白，各种表白，含蓄的激烈的温柔的直白的……"我平时是不接收陌生人'@'的，只能接受好友的，私信也是关闭，这个留言区好像是新功能，你看，我总收到这些，"他低声解释，"我以前就想，我要是有女朋友，看到这些估计会和我翻脸。"

好吧，她已经有一点点吃醋了……

"所以……"他笑，刚想说下去，就停住。

恰好就刷到了"@"，她看了眼名字，是个非常有名的画手，也是镜青磁的朋友，竟然手绘了一张 Q 图，图上是镜青磁戴着耳麦，捏着一颗草莓，在喂怀里的……一只金色的小猪……

画手还不忘调侃一句："世上锦绣万千，头牌独爱那只小金猪啊小金猪……"

为什么成金猪了……

不对，怎么这么巧喂的就是草莓……

她还没思考完，镜青磁已经惬意地按下转发，顺便"@"声声慢：谢谢，不过小金猪不胖，算是……盈盈一握那种瘦。

真有这么瘦?

等等……

你什么时候握过……

"所以,我一定要很明确地让别人知道,我已经有了女朋友,"莫青成把手机放到一边,做了总结性发言,"会省掉很多不必要的问题。"

所以才这么高调吗……

真是一个体贴的人。

每个女孩子恐怕都会有这个梦,就是你喜欢的人,是个别人眼中的明星,而他却很平淡地告诉所有人,他已归属于你……女人晒幸福会让身边的女人嫉妒,而男人晒幸福,却会让全天下的女人嫉妒……

其实,男人真的很少晒幸福。

她还感动着,就觉得腰上温热,莫青成竟然真就顺手丈量了一下:"的确,和我想的一样,盈盈一握。"

以手量腰。

完全暧昧的动作,如同肌肤相亲……顾声还陷在暖融融的情绪里,下意识就抬头,去看着他,眼睛那么黑,映着台灯的光,而鼻梁和下颌的线条竟也如此流畅,仿佛一笔勾勒。

美好得不像话。

她看他,也被他看着。

然后就被他笑着,塞了塞式耳机到右边的耳朵里。

他打开手机里的音乐,熟悉的旋律就如此开始。

唱的人就是他自己,倾国倾城的头牌大人,轻声哼着《慢相思》,温柔如斯,慵懒如斯,仿佛就是为了唱给她听:

"笛声远近谁能辨,晨钟过后有暮鼓。慢相思,相思慢,直道相思了无益,却觉相思已入骨……"

她眼前有画境,因歌而生。

青石小径,晨钟暮鼓,水雾弥漫,笛声悠悠。

"你什么时候录的……我怎么不知道呢?"

他低声笑："前几天。"

"是社团活动，还是生日祝福……"

"送你的，"莫青成忍俊不禁，"除了完美的周年庆，我已经几年都不接任何活动，也不录生日和活动祝福了。"

是啊……

她都忘记了。

胸口似乎有什么在慢慢地散开，温暖得让人忍不住笑。

"录了十首，"他继续说，"都是古风的。"

她"嗯"了一声。

想了想，伸手去摸草莓，喂到他嘴里："奖励你的。"

莫青成咬着草莓，忍俊不禁，含混不清地抱怨："只有一颗草莓？"

顾声也觉得自己吝啬，马上补充："我明天给你买好多好吃的……"

话未说完，声音已散。

他连着草莓一块喂到她嘴巴里，半强迫她吃下去，甜腻香甜的味道在两个人唇齿中蔓延开。他最后离开她的嘴唇，还忍不住舔了舔嘴唇："这草莓不错，很甜。"

根本都是她吃掉的好吗……

顾声咬住嘴唇，看了他一眼，拿起盘子去厨房，准备把冰箱里剩下的都洗干净，拿来给他吃。莫青成也随手戴上耳机，继续旁听那场决赛的表演场……

她一走进厨房，绝美就从房间里跑出来，把自己的小空盘也放在台子上："小金主，我也吃完了。"顾声恍然，一定是绝美吃着草莓，随口八卦给那个画手，才促成了那幅画。

这种全民围观头牌谈恋爱的风气，到底是谁先掀起来的……

外边忽然就起了风。

她把新添的草莓放到头牌手边，已经由狂风转为了暴雨。

莫青成听到雷声，才想起自己的车被Wwwwk借走了，看着大风大雨的，去坐地铁和坐车似乎都不太方便，他看顾声，似乎在思考什么："这么大雨，回去不太方便，今晚住这里？"这不太好吧，她思考另一种方法……

"如果十点还下这么大雨，就住在这里吧，"莫青成继续说着，"你睡我房间，我和绝美睡一起。"

似乎……还是不太好……

她继续挣扎。

"我明天要起得很早，你睡醒了，可以自己回学校。"

嗯？要早起？

对啊，他要早起，我这么晚回去他一定会送，来来去去，大风大雨的多费体力。

"放心，我什么也不做。"他甚至下了保证。

顾声挣扎了会儿，答应下来。

当你要睡在一个房间里，这个房间对你的意义就绝对不同了。

比如，她看着淡蓝色的被子盖在莫青成身上，和自己要躺在里边，就是完全不同的感觉……顾声兵荒马乱地洗完澡，穿着他给自己拿的衬衫和运动裤，袖口和裤脚都挽了三四圈，就这么站在床边，对着那张床愣神了很久，才慢慢坐上去。

软软的，一躺就陷了下去。

他喜欢睡软的床垫？以前怎么没发现……其实这样对脊柱不好吧……顾声乱七八糟想着，竖着耳朵听隔壁的声音，静悄悄的。

应该已经睡了吧？

不过他们这里隔音很好，就是没睡也听不到吧？

她关上床头的壁灯，房间漆黑一片，只有窗外暴雨的声音，吸了吸鼻子，被子上是他的味道。淡淡的，有些香。一想到这张床是他的，她就莫名紧张……尤其还穿着他的衬衫和运动裤……

根本就睡不着好吗……

她就在"坐起来玩电脑"或"别闹了还是睡觉吧"这两个念头里挣扎着，迷迷糊糊就睡着了。因为认床，睡得并不是很踏实，刚才做了几个浅显混乱的梦，就忽然被什么惊醒了，仔细感觉，好像有人进了房间……

她立刻就绷紧神经，轻轻翻了个身，给自己壮胆。

"被吵醒了？"莫青成的声音，就在床边，他人俯下身子，轻声解释，"绝美睡觉太吵，还踢人，我就回来了……"

"嗯……"她轻轻攥着被子。

"你继续睡,我睡沙发。"他低声笑着。

看不见太细节的表情,只有黑暗里一个轮廓,这样的时候,他的声音更显得低迷而诱人,带着显而易见的困倦,诱人极了。

那么近了。

近得都让人不敢大声说话。

"要不然……你睡床,我睡沙发吧,你明天还要上班,睡沙发太累了。"她轻声提议。

"不用,"他摸摸她攥着被子的手,"快睡吧。"

像哄小孩一样的语气。

他说完,就去衣柜里拿了多余的被子和枕头,睡到了沙发上。

至于他什么时候睡着的,她就不清楚了,她只知道他回来睡以后,自己睡得更加紧张了。那种唯恐睡相不好看,睡觉发出怪声音的紧张感持续到天亮……莫青成的手机闹钟一响,他就马上关掉,坐起身。

同一时间,她也终于解脱一样,坐了起来。

"刚五点,"莫青成看她的模样,被逗笑了,"你不是没有课吗?可以睡到自然醒再走。"

顾声窘死了,辩解说:"我想给你做早饭……"

他笑,不再拆穿她。

他要换衣服?

我也要换衣服啊……

她脑子里冒出这个念头,立刻抱起枕头边自己的衣服,打开门,准备去洗手间换。

可没想到,这么一拉开门……

Wwwwk 正站在厨房边,捧着一大碗面,用筷子挑着吃。沙发上,绝美咬着面包片,在用剪刀剪开一袋牛奶,而他身边就坐着斐少,戴着耳机,拨弄着 DVD 机……所有人的动作都很安静,悄无声息的,像是无声电影……

她无语，看他们。

他们也察觉了，回看她。

"被我们吵醒了？"Wwwwk继续吃面，非常内疚地对顾声点头，"不好意思啊，打扰你们了。"

斐少也摘下耳机，干笑了两声："别介意啊，声声，我们两个实在不知道你昨晚住这儿，通宵看完电影想来补觉，没想到啊，没想到……你说怎么就这么巧呢？就让我们撞上新鸳鸯蝴蝶梦了……"

斐少继续干笑。

绝美实在看不下去了，严肃训斥那两个油嘴滑舌的："以后想来都先打个电话，头牌也是有主的人了，床只能让老婆睡，知道吗？"

顾声彻底石化了……

身后，莫青成的手已经搭上她的肩："不用理他们，先回房间换衣服。"

她如被大赦，窘得低头，从他身边钻回房间，反手就关上了房门。

明明什么也没做，怎么就这么心虚呢……

在完美周年庆的前一天，她终于交出了曲子。

邮件发送出去的一瞬，她终于暗松了一口气，接下来就会是漫长而又折磨的过程了。其实她很享受和志同道合的人一同合作，慢慢把一首歌磨出来，然后看着歌发布……太美妙的过程了。

或许真的只有纯粹爱好的人，才能这么纯粹地享受这种事。

她估摸着最快也要有几天，才会有意见答复，就收拾东西回了家，岂料到了家还没坐稳，就被老妈发配到超市帮忙。

超市的周末，真心忙啊，尤其还对着一个医院。

她坐在收银台后，看着表哥和董一儒眉来眼去的，顿时觉得自己错过了什么，想要再探究竟时，手机忽然就提示，有一封微博私信。

玲珑剔透？答复得好快……

声声，我听了一遍，觉得很有感觉，当然，我还会有很多修改意见。

因为我明天要出国进修，会忙两个月的时间，很难时时沟通。为了避免耽误进度，我想今晚和你见一面，大概半个小时的时间，我们当面沟通一下，效率会高很多。

另外，我今天就会把预付款给你，你可以今晚就把账号发给我了。

玲珑剔透

见面？今晚？

这种商业合作，如果方便的话，当然是面对面比邮件沟通好。虽然她早有觉悟，一定会和玲珑剔透至少要有三次元的通话，或者，在一个城市的话，也会和她见一面……

问题是……

今晚？

她怎么知道，我就和她在一个城市呢？不过也有可能，玲珑剔透和头牌本来就是朋友，所以自己的事，她应该会知道？

顾声尽量让自己往好的地方想。

毕竟玲珑剔透在圈内的名声，是非常好的，人品也是公认的好……

还没有纠结完，私信又闪动了：

我就在莫青成的那间医院，你应该来过。

不是那么巧吧……

顾声想了想，回复她：我现在就在医院对面的超市，如果你方便，我们可以约在现在见，你告诉我你在哪里，我过去找你。或者我们约在医院外的"永和豆浆"？

玲珑剔透：你可以先来，因为我不太保证我是否现在能出去，我可以在空的时候和你聊聊……

顾声：好，那我就过去找你吧，告诉我楼层，我大概十分钟后就能到。

玲珑剔透很快发来她所在的楼层。

顾声立刻对表哥说："我先出去一下，半个小时就回来。"她说完就从柜台下钻了出去。表哥龇牙吓唬她："快点儿啊，你妈今天有事，没法接我的班，我就等着你回来才有空去吃晚饭了。"她"嗯"了一声，跑掉了。

周末的医院，人依旧是多得吓死人。

说实话，她还真的没有为头牌来过这里。她按照玲珑剔透说的楼层，走出电梯，竟然发现无数大肚子女人、小姑娘、老阿姨等走来走去，竟然来到了妇产科？

玲珑剔透来这里……产检？

她窘了下，没有继续想。

左手边是妇科，右手边是产科，她就只得站在当中，拿着手机准备发私信。还没有打完字，就被人拍了下肩，她愣住，回头。

一个女医生对着她笑。

是那种我认得你的笑容……

"声声，你好，"女医生非常亲切地揽住她的肩膀，"我是玲珑剔透。"

"你好。"她再次惊讶玲珑剔透竟然也是个医生，而且她怎么会认得自己的样子？难道是头牌告诉她的……

"不要站在外边，跟我来。"玲珑剔透笑着招呼她。

她"嗯"了一声："我还以为你是来看病，没想到你也是医生。"

难怪她也早早地隐退了，红了这么多年也只筹备了这么一张专辑，原来也是做这么忙的工作。

"我们家有很多医生啊，"玲珑剔透笑，"你家头牌大人，只是其中之一而已。"

她把这句话仔细解剖开，更惊讶了。

难道他们两个是亲戚？

这不可能啊，为什么头牌的那些朋友完全不知道？玲珑剔透示意她跟着自己走到妇科走廊的尽头，她自己的那间房间。此时已经接近门诊结束时间，她这里没有病人，她走进去，玲珑剔透才继续笑着解释："我和我堂弟早有个君子协议，在二次元互相不能承认是姐弟……其实我是怕他的一些粉丝通过我找他，好可怕，是不是？"

她笑。

顾声也笑起来。

绝对是要保密，否则万一谁说漏了，粉丝找上门是挺可怕的……

"不过绝美知道我是他堂姐啊，他没告诉过你？"

"没有。"她摇头，绝美你个大腹黑……不光没有说，还借机制造误会……说什么玲珑剔透暗恋头牌……实在太坏了，人家明明是亲戚啊亲戚……

顾声忽然联想到什么："所以你找我做歌，不会因为我和莫青成是……"

"怎么可能，我才不会拿自己的专辑开玩笑，"玲珑剔透立刻否认，"这张专辑，我很重视的，算是对在这个圈子的一个纪念。"

她"嗯"了一声。

这种心情她懂的。

玲珑剔透坐下来，没有再说什么闲话，当真就是单刀直入开始和她聊起了那首曲子。她绝对是一个御姐型的人，完全掌控着整个交谈的节奏，顾声也觉得很开心，和她聊着聊着就畅快起来，在曲子方面有种遇到知音的感觉。

"你知道吗，我几年前听你作的曲子，就想约，"玲珑剔透笑着肯定了她这种知音感，"可是那时候我正是最忙的时候，没时间啊，幸好几年后再找你，你还在这个圈子里。"

"那时候啊……那时候我还没入圈，"顾声回忆，"好像是偶尔帮帮同学，也不知道还有个圈子专门做古风音乐。后来做得渐渐多了，也就有感觉了……"

"那次特别巧，是别人约我唱那首歌，"玲珑剔透，"我听你哼唱主旋律的录音样带，就觉得很好听，还在想这个女孩真厉害，作曲、编曲，哼唱得也好听。"

顾声特别不好意思："谢谢，其实我只是随便哼的，没想到你过了那么久还能记得……"

玲珑剔透还想继续说，电话就响了，她接起来，"嗯"了两声，忽然就笑："你女朋友在我这儿，下来看看？"

就这么一句，挂断了。

就这么过来了？

她本想和玲珑剔透见过面以后，再告诉他自己在他医院，要是他有空还能见一见……这回更简单，直接被玲珑剔透叫下来了……

当莫青成站在门口时，她正在和玲珑剔透商量下一步的计划，顺便约好下一次修改后，发给她的时间。门口传来一声轻咳，她马上就看过去，然后就被惊艳了。

他已经换了便装，难得穿了一次白衬衫，配着淡蓝色牛仔裤，完全就是一个高挑清俊的学生模样。他又清了清嗓子，有些想笑又有些无奈地走进来，对玲珑剔透说："所以说，你还是在出国前和声声见面了。"

"那当然，"玲珑剔透扫了他一眼，"你藏得太深，我只能主动出击了。"

莫青成走过来，拍了拍声声的脑袋，笑了声。

潜台词很明显：我老婆太好骗了，早知道当初根本不该用迂回政策。

玲珑剔透看了看表，觉得自己也该继续去忙了，毕竟明天真的就要飞走，还有一些事需要交接。她招呼两个人和她一起出去，正巧有个护士跑过来说什么，顾声和莫青成就站在一边等着……

等着……

等着……

莫青成就接了个电话。

一个在打电话，一个在和护士说话，顾声这个唯一不是工作人员的人，就这么站在三个人中间，眼睛随便往走廊另一边看过去。

那个大肚婆的轮廓好熟悉……

身边那个更熟……

能不熟吗？二十多年前那个人就在这里生下她的好吗……顾声的娘亲看看她，也觉得不可思议，看看这里……没错啊，妇产科，我闺女来这儿干吗来了？和一个年轻男人一起，还对着白大褂的女医生？！

老妈迅速去看她身边的莫青成。

刚好他就挂了电话，用手背碰了碰她的脸："怎么？看见谁了？"

顾声明显看着老妈的眼睛瞪大，低声喃喃着："我妈……"

妈你千万要思想纯洁……

我就是来妇产科和我男朋友他堂姐谈如何修改编曲的啊……

她眼看着娘亲的脸已经变色了，觉得自己真心要昏过去了。身边莫青成倒是很镇定，从身后推了下她的后背，示意她带着他去拜见伯母。

我……还完全没有心理准备啊……

她心里默默流着泪，走上去，低声叫："妈……那个……这个是我男朋友……"

不敢看娘亲的脸，完全不敢看啊，有没有……

"伯母，您好，"他的声音完全就是立刻变了一个人，完全没有刚才的宠溺调侃，只有淡雅和沉稳，让人的心立刻就静了下来，"我叫莫青成。"

"嗯……你好。"完全零下三十摄氏度的声音……

"您不用误会，我是这家医院的医生，"莫青成微微笑着，直接挑破这层尴尬，"我只是带声声来看看我堂姐，她明天要出国进修。"

"啊……医生，"呃，已经升温到零上三十摄氏度了……"小莫，你也是妇产科的？"

怎么就小莫了……顾声终于敢直视母亲和她身边来产检的小阿姨，小阿姨正非常八卦地直勾勾地看着莫青成……

"不，是心内科，"莫青成眼睛漆黑透亮，明艳不可方物，"在七楼。"

"心内……心内好。"母上大人声音的温度直线飙升，眉开眼笑，指着身边的孕妇，"这是你小阿姨，我来陪她产检的，你啊，不用客气，直接叫小阿姨就好。"

"对对，别客气，"小阿姨含笑，完全满意的表情，"直接叫小阿姨。"

怎么就直接叫小阿姨了……

果然是倾国倾城吗……随便倾倒两个老阿姨完全没问题的节奏啊……

就在此时，玲珑剔透也完全了结了自己的工作，看到这样的画面，马上心领神会，快步走过来："您是声声的母亲吧，伯母你好啊，我是他堂姐，也是这里的妇产科医生，"她边说着边看挺着大肚皮的小阿姨，"这是该叫姐姐，还是……"

立刻降了一辈。

小阿姨都笑成一朵花了，这不明显夸她年轻嘛，这未来侄女婿的家人可太会说话了："叫阿姨吧，随声声叫，虽然我比我姐小了十几岁。"

"那就叫阿姨了，"玲珑剔透立刻握住小阿姨的手，"真不好意思啊，阿姨，我明天就要出国进修了，照顾不了您了。我给您介绍个医生，特别有经验。"

"哎呀，真是麻烦你了。"

"这有什么麻烦，一家人。"

怎么就一家人了……

头牌和玲珑剔透这对姐弟，完全是一唱一和配合无间，最后哄得老妈已经伸手，握着莫青成的手就不肯放了。顾声很窘地品尝着她人生的第一次见家长，觉得过往看到的那些小说桥段简直弱爆了好吗，有在妇产科门口见家长，最后还三言两语搞得像是失散多年的儿子一样的吗……

最后他将她和母亲、小阿姨送到医院大门口，招手拦了辆出租车，同一时间还从钱包里拿出一百元，塞到她手里："我马上要去分院，替我好好照顾你妈妈和小阿姨，安全送到家。"她"嗯"了一声，攥着钱……

"伯母，"莫青成的声音越过她，直接对着她妈妈说，"这次见面实在太仓促，不过我对声声非常认真，是完全以结婚为目的相处的。所以，下次我一定会正式登门拜访。"

以结婚为目的什么的……她和他才刚开始啊。

难道不是吗……

这种一步步被蚕食的感觉，真的不是错觉吗……

那双眼睛微微上扬着，挂着笑。

"好，好。"母上大人高温一百摄氏度，完全降不下来了。

这未来女婿，说话太中听了！

完全跟不上任何的节奏，偏想找他说话，他还一直在分院忙得根本无暇顾及她。她就如同在沸水里游泳的水饺，上下翻腾着，最后直接就漂在了沸水上。

漂漂荡荡，漂漂荡荡……

就如此到了第二天晚上，到完美周年庆快要开始前五分钟，他依旧还在忙。

"你家头牌不来了？"庚小幸用 YY 私戳她。

"嗯……应该会来吧，就是不知道什么时候……"

他忙起来，的确属于谁都顾不上的那种。

如此大社的周年庆，光叫得出名字的 CV 就已经有二三十个，这次又是和庚小幸的网站合作，还请来了不少外援嘉宾。即使锖磁不到，这么多人也完全能撑得住场，她默默围观着，围观着，到十一点多了，他还是没来。

"看来，我们的头牌大人真的来不了了。"绝美杀意轻咳了声。

"今晚是他的谢幕演出啊，"风雅颂幽幽怨怨地叹了口气，"谢幕哦。"

风雅颂刻意停顿了几秒。

今晚是完美周年庆，今晚也是锖青磁的正式谢幕。

似乎没有潮水一样的刷屏，都不太对得起倾国倾城的头牌大人……

就在这十几秒，整个公屏已经刷过了几百个留言："不要啊头牌大人……""真的要谢幕吗！真的要退圈吗？！""大人不要退啊，哪怕不出剧，只要让我们知道你还在就好啊！""此人心已碎成渣渣，此人已彻底死透透……"

绝美和风雅颂绝对是故意的，故意让这种如潮水一般的刷屏，为锖青磁做一个完美的告别。她看着屏幕，从读得想笑，到最后根本就看不出来有什么字，就如此如乱码一样飞速从眼前不断滑过，再滑过。

有种鼻酸的感觉，眼睛也酸酸的。

好感动。

她正沉浸在自己的情绪里，忽然就听见有人放了一首歌。

太熟悉了……

那天她和头牌翻唱完，就总习惯性听这首歌。

天啊，竟然用这个做最后谢幕的节目吗……

她觉得整个人都烧起来了，那种常年积压在胸口对二次元这个圈子的喜爱情绪，还有那种这么多年从耳机里听那些歌、那些剧的情绪，都一拥而上。

"百年后史卷书家国天下，换不回你手奉一盏清茶……"

他的高音忽然就撞入她的耳中，让她想起，在录音棚的那次初见。他是如何站在录音房的隔音玻璃后，看着自己，告诉自己，他是锖青磁。

此时此刻，忽然就有人私戳她。

她点开，是刚刚上线的锖青磁。

"这段话稍嫌煽情，我用文字说比较好。

"刚认识你不久，我问过你一个问题，问你爱不爱我？你的回答是，我爱你的声音。这是个很奇妙的回答，我想，我能体会你的感觉，这世界上有无数的好声音，却只有一个声音让你听到会觉得，这就是我喜欢的。

"在几年前，我在玲珑那里听到一个录音样带，有个声音在轻声哼着节奏，没有任何歌词。她循环了三遍，告诉我这个小女孩好有才，会编曲会作曲，声音也好。我也这么认为，当然，还有她没有体会到的，怦然心动。

"那时候，这个声音不叫'声声慢'，甚至没有署名，直接就是'sheng'。

"后来，我找到她了。"

她看着这段文字。

甚至感觉不到，自己的心跳是否还存在……

她一直觉得不会有人理解，她对他真的是一听钟情。

却没想到最理解她的人，就是锖青磁。

很快，他又发来一段字：

"我新学会一道菜，锦绣梅菜扣肉饭，下次你来，给你做。"

她忍不住笑，又是菜……

从开始就拿菜谱引诱她，其实美食再诱惑，也抵不上他声音的吸引力。

你相信不相信，这世界上总有一个声音，会让你听后怦然心动？

那一瞬，就这么愣在那里，听不见自己的心跳。

只有呼吸，轻微的呼吸，怕打扰这个声音，想要继续听下去，一直听下去……

耳机里的声音渐入尾声。

她分明听见了他的声音，在做着最后的念白：

"十方不再，四海无存，乃敢与尔绝。"

这句话，是他单独加上的念白，除了那天在场的人，没有其他外人听过。不光是公屏的粉丝沸腾了，连请来的嘉宾也都加入刷屏大军："不如不遇倾城色啊！大人你走了，我的世界彻底变成无声电影了啊！""求大人不退！！"

不断有黄色马甲的 ID 在公屏上冒出来。

就连风雅颂都忍不住刷着："头牌大人，我当初就是因为你入圈的，请看我诚恳的眼睛……你就是我的梦想啊……"

顾声"扑哧"一声笑了。

锖青磁的麦终于亮起来，仿佛才到来："不好意思，各位，我从昨晚到现在一直在忙。"依旧是淡淡的声音。

如果你不认真听，是不会感觉到他声音里难得的那么一丝波动。

他为了控制一些情绪，清了清喉咙，沉吟了一小会儿："其实……也没有所谓退圈不退圈的说法，在这个圈子里，有人因为倦了，有人因为是非，也有人会因为现实的工作，都会陆续离开……"

他说话的时候，总是不紧不慢。

温柔却也清冷，让人爱，也让人难以接近，或许这就是他为什么走到今天的原因。

他永远都知道一个道理"君子之交淡如水"，也永远都能把这个道理贯彻下去，不管有多少赞誉，也不管有多少诋毁……

锖青磁。

是一种非常淡雅略带着暖意的颜色，如同他。

"这几年因为工作关系，我总在拒绝着各种策划，有些是老朋友，有些是新人。我相信每个人都很难做到公平对待，人情世故在所难免，所以，"锖青磁笑了一声，"我今晚只想说，从此以后希望老友们都放过我，新人也都请给更多 CV 机会，能够慢慢把我忘了。"

他说得很婉转，也很诚恳。

可……如何忘得了呢？

虽然任何一个圈子在发展中都有起伏波折，却并不妨碍它发展得越来越好。而那些最初伴着圈子出现而扬名的人，也一定会被写在这个圈子历史的卷首。

锖青磁虽然说得很委婉，但也很明确地说自己因为工作原因，将不会再接任何网络策划的邀请。以后想听到他的声音，恐怕只能在主流平台了。

或许……主流平台听到的机会也会越来越少……

顾声也有一种好悲伤的感觉，仿佛今晚就是在告别那个有锖青磁的时代。

忽然揭秘般的一段平淡表白，然后又是一场向整个网络圈子告别的话。她的心真是随着头牌忽上忽下，比坐过山车还要精彩跌宕……

她以为他会如往常一样，闭麦离开。

却未料，背景音忽然响了起来，他竟不同于往常，在这个谢幕的夜晚，毫无预告地送出了这首歌。

没有任何开场的寒暄，没有任何多余的话。

他十年来始终如此，无须争论无须炒作，一切用声音说话……声始出现，就已让人心悸，完全不同于那些他曾唱过的歌。

这是《百年梦去》。

好配他的一首歌——

他的声音大气磅礴，凌驾在整首荡气回肠的曲子之上，仿佛真曾踏遍洱海苍山，阅尽八千里路云与月，真曾见过紫竹潮影，听过那一曲大慈大悲咒。

百年梦去，退尽铅华……

她听到曲终，已有悲伤，你真的是在告别——

"美哭了！给跪了！头牌大人……我是风雅颂的脑残粉啊！怎么一首歌就转性了……头牌求嫁啊！""大人退 CV 圈不要紧！古风圈欢迎你！""好主意！求头牌进军古风圈啊！"……

在歌曲尾声，头牌竟然破天荒有史以来第一次使用管理员的权限，禁止了公屏的言论和鲜花。

留言区暂时恢复了几秒的安静。

很快，就出现了几个字，他用特有的颜色说：谢谢各位，再会。

然后，人很快退出了房间。

这是……他在 YY 第一次公屏留言，竟是为了说"再见"。

他离线的时间是晚上十一点，后来那晚，一直延续到第二天整个白天，都让人觉得非常玄幻。因为有太多的大小画手，知名的，不知名的，他的朋友，或者只是他的路人粉丝……都像是说好一样，纷纷画出了告别图。

各种风格，从 Q 版到唯美，日漫到古风水墨。

无一不在画上注明了"锖青磁"三个字。

发布画作时的留言，也无一例外，都是描述自己当初听到头牌声音一瞬的感觉。

顾声看着微博和贴吧里，那些不断刷新出来的图，真心觉得，他真是一个完美的神话。他淡出后，或许粉丝会渐渐离开圈子，或许声音也慢慢变得不再如最初那样美好……

但锖青磁一定会是一个难以超越、不可遗忘的名字。

由于下一周都没有图书馆整理的任务，她也就没有返校。

周二恰好是他的休息日，他有游戏的录音工作要收尾，等于又牺牲了难得的整个白天，只能约她差不多晚饭的时候见面。

这个录音棚她是第二次来，可是那两个在前台忙碌的女孩子，已经完全把她当作了熟人。甚至在她等在大厅的无聊时间里，那个知道她和头牌真正身份的女孩子，还特地从冰箱里拿出给员工吃的冰激凌，硬送给她吃。

她咬着自己的塑料勺，默默地刷着微博。

关键字"锖青磁"一输入，就有无数养眼的画出现。

如果把这些画存下来，给他打印一份画册收藏也不错啊？

她脑子里刚有这个念头，已经看到头牌后援团的微博在今早发出的最新消息……人家已经着手做了。果然粉丝力量是最强大的……

"在看什么？"有一双手撑在她身后的沙发靠背上，低声问她。

"嗯？"她偏过头去看他，"在看那些画手给你画的东西……我还想着给你做一个册子做纪念，不过你粉丝们比我更爱你，已经开始做了。"

他笑，视线移向她手里的冰激凌。

不要这样，你一个正牌粉丝正直勾勾看着呢。别以为你退圈了就能随心所欲了啊，我的头牌大人……

而且不只你的粉丝，明显前台晃悠的几个人都在看你啊……

可被美人盯着手里食物的滋味，也实在太难过……

她犹豫了好一会儿，横下一条心，彻底忽视了四周的那些暧昧眼神，挖了一勺，递到他嘴边。奶褐色的冰激凌被他吃到嘴里，他似乎还很满意地品尝了会儿，口齿不清地低声说："朗姆算是烈酒，这个口味的冰激凌在制作时，多少都会掺一些酒，味道很不错。"

这浑然天成的诱惑声音，录下来完全就能给冰激凌广告代言了……

她倒是真有印象，他的确最爱吃朗姆口味的冰激凌，最不喜欢巧克力味。

好像是他几年前被网络电台采访时，提到过。

说起来真是好巧，刚好今天吃的是朗姆口味……

他俯下身，和她随口闲聊着："吃这个就是有一点比较麻烦，它真的是有酒精含量，吃了会被交警测出呼气的酒精含量。"

"你碰到过？"好神奇？

"没有，是我那里新来的一个研究生看到我吃这个口味的冰激凌，说他做过一个有趣的试验，测试什么东西会让你被误会是'酒驾'。"

"有什么？"真心好神奇……

"漱口水、藿香正气水？还有这个，朗姆口味的冰激凌，"他略微回忆，"不过，只要过几分钟，口腔里的酒精含量就会降低，所以纯粹是个试验而已，不会有人那么倒霉真的一边吃着冰激凌一边被临检。"

她给自己挖了一勺，吃到嘴巴里，点点头。

长知识了。

"莫老师喜欢吗……这个冰激凌？"那边竖着耳朵听的小姑娘已经趁着倒水，近身到两人身旁，完全一副捧心状，"冰箱里还有很多，都是我特地买的，您可以尽情吃。"

汗……

这明显是滥用职权，让所有录音室的人陪他一起感受朗姆口味啊……

"谢谢你，很好吃。"这位让人羡慕嫉妒恨的男人，却回答得格外礼貌。

顾声咬着勺子，非常暧昧地看了他一眼。

头牌大人。

我发誓就是你退圈了，粉丝也会满心满眼只有你，盯着"锗青磁"这三个字就心满意足再无杂念了……

"我想起一件事。"他忽然又低头看她。

"嗯？"

"五一假期，你准备怎么过？"

"五一？还没想过。"其实大四这最后半年，她真心和放了半年假没什么区别，这种有工作的人才会考虑的假期……她真没考虑过……

"我几年没有休过年假，这次终于被特赦休假，但是假期短，不能走太远，"莫青成若有所思状，"东南亚随便挑个海岛，可以吗？"

出去旅游？和男朋友？

她好意提醒："我爸妈挺保守的……"

他略微沉吟。

她虽然很想去，但一想到爸妈平日里的教育，还是偃旗息鼓了。

"这个我也想到了，"他非常体贴地把她的疑惑拆开揉碎，提出了一个方案，"我会先安排我父母和你父母见一面，把关系确定了，会方便很多。"

她看着他的眼睛，竟找不出任何有效可行的拒绝借口。尤其他那位粉丝还完全一副粉红心爆表的神情，一眨不眨地盯着他们，显然已经偷听到了所有的对话。

要她怎么当着他的死忠粉拒绝他，太有难度了……

可在一起才两个月，真要这么快就见双方父母敲定下半生归属问题了吗……

"你近一点儿……"顾声眼神示意他离自己近一些。

莫青成就势低头。

她灵机一动，忽然问："上次你说的那个锦绣梅菜扣肉饭，怎么做？"

"锦绣梅菜扣肉饭？"莫青成似乎看清了她的用意，倒也不急着戳穿她，"这道菜有些复杂。把带皮的猪五花肉煮到八成熟，擦去肉皮上的水分，趁热抹上酱油。然后在锅里倒油、烧热，把五花肉皮朝下，在油里炸成深红色，捞出凉凉，皮朝下放在砧板上，切成大概5毫米的厚片。"

她心不在焉地"嗯"了一声。

怎么办，要找什么借口好呢……

怎么才能既出去玩，又不用见家长呢？

莫青成似乎觉得有趣，继续看着她魂游天外的脸，随口说着："把泡好的莲子卷到肉片里，竖着、整齐码在碗里。把梅干菜切末，加鸡精、白糖、酱油，和煮熟的糯米饭一起趁热拌匀。"

"然后呢？"顾声假意追问。

多说一些……

我还没想到办法啊……

"然后？把拌好的梅菜饭均匀盖在肉卷上，放到锅里蒸大概三十分钟到肉软烂，取出来，把碗里的饭倒扣在盘子里，那些裹着莲子的肉就露在上面了。"

顾声完全没有在听的节奏。

"步骤复杂，很容易做不好，"莫青成看了她会儿，笑了声，"想到办法了吗？"

她被识破，终于示弱，可怜兮兮地看他："让我再想想好不好？"

这一瞬，竟让他想起初次听到她哼唱时的感觉，如此熟悉。

其实他最开始入圈，从电脑里听到自己录下来的声音，并不觉有什么特别，甚至有些怪异。当时他只觉得这不像是自己的声音，好听与否，他没有概念，人对自己的声音怎么会有感觉？

直到听到她的声音。

淡淡的慵懒，小小的沙哑。

丝丝入扣，让他的心很快就软化下来。

"好，"莫青成破天荒让了步，只不过附赠的是更加缠绵悱恻、如耳鬓厮磨般的低语，"快些决定，我好做安排。"

于是……

十天后，旅行阵容就演变成了这样：

绝美、庚小幸、风雅颂、豆豆豆饼、斐少及老婆、Wwwwk 及女友、墨白、沐沐……还有一对完全圈外人，表哥和董一儒，这两人的随行，完全是顾声为了让爸妈安心放行，不得不答应的条件。

起初她只是想到，如果说是和同学毕业旅行，不就什么都解决了？

于是她求救于庚小幸。

庚小幸非常够义气地答应下来，然后和绝美合计了几天，决定当作两人第一次从二次元跨向三次元的会面。实在太有勇气了，第一次见面就去旅行吗？比起来自己和头牌的录音棚奔现，实在太保守了……

绝美知道了，所以大家都知道了。

不知不觉，阵容就比她原先设想的大了几倍……

尤其是董一儒第一次见到头牌的激动，真心让顾声这种自诩是头牌粉的人汗颜。

那种站在机场大门口，捂着脸，双眼热泪盈眶却不敢上前一步……激动了半天才抹抹眼泪，梨花带雨，颤颤巍巍地说："头牌大人，我粉了您整整九年，终于见到了，实在太激动了。对不起对不起，您无视我就好，我就是粉丝见偶像太激动了……"

连莫青成都不知道说什么了。

估计他真的是第一次见到这种纯粹的粉丝，而不是那种合作关系，或者是录音棚的那种工作人员。

幸好，董一儒已完全被表哥降服，也就激动激动，也没真想做什么……

整个旅行团也不过二十几个人，他们就占了半数，导游发现都是相熟的一堆人，倒是觉得好办了，起码不用每次活动都一个个去找人通知，找到一个就找到了所有人。

"大家都知道啊，最近那个国家和我们关系不好，所以最好什么都和我在一起，不要去玩自由项目，也千万别和当地人争吵，宁可吃亏一些……"导游把墨镜架在脑袋上，巴拉巴拉说得非常起劲，眉飞色舞，把那个国家说得像是巴以冲突的中心地带一样危险。

豆豆豆饼去那个国家本来就忐忑着，是越听心里越打鼓，抓着绝美问："为什么我们一定要去这么危险的地方？是度假，又不是大冒险……"

绝美杀意倒是觉得导游夸大其词，指了指头牌："莫青成说，既然现在关系这么不好了，那就一定要去一次，免得以后没有机会再去了。"

好吧，绝美这个解释更吓人了。

庚小幸非常温顺地站在他身边，还沉浸在第一次见面的紧张里，努力让自己表现出最好的一面。顾声看着笑死了，对她做了个表情：小样，你也有今天。

导游继续吓唬着，估计是真的怕这个团有这么多男人，会和当地人惹出什么问题，最后过了海关还在语重心长提醒："记得啊，飞机落地了不要叫我导游，就叫我组长。拜托各位了，免得别人觉得我们是旅行团。"

最后沐沐都忍不住了，低声吐槽了一句："导游，发不发枪防身啊？"

"枪？当地随时就能买到，"导游把脑袋上的墨镜拿下来，"落地了你们就知道了，星巴克门口都是拿着冲锋枪的人。"

所有女孩子都默默地往身边的男人身上靠了靠。

豆豆豆饼本来独自站着，看了看四周，忽然就盯住了沐沐，默默地走到他身边。沐沐匪夷所思看了她一眼。"记得到时候要保护我。"豆豆豆饼很简洁地解释。

"……"

于是乎，导游的威胁恐吓起了一个奇妙的作用。

那些带着女朋友的男人，立刻就显得高大威猛，有用武之地了。

因为飞机是夜航，第二天一到达，下午就会有旅行社的活动，所以很多人都抓紧时间睡觉。顾声也坐在头牌旁边，闭上眼睛，再睁开，再闭上，去看他……他还是拿着一本书在看。她忍不住轻声问他："你不困吗？"

"还好，"他笑，"习惯晚睡，或者日夜颠倒了。"

她轻呼口气："我也是晚上才有灵感做事情，所以现在很清醒，可是不睡的话，明天早上到了会很累吧……"

"累了可以睡，"莫青成的声音低下来，"本来就是度假休息，如果累了就睡，醒了就去玩一会儿，不需要跟着导游的安排。"

她"嗯"了一声。

忽然身后就凑过来风雅颂的声音："不对啊，明明是你们两个安排的度假，不会就真的在房间里累了睡，醒了玩……不理我们了吧？"

明明一样的话，怎么让风雅颂一重复，就这么……婉转暧昧。

"你想跟着我们一起玩吗？"头牌声音一转，倒是把问题丢了回去。

"不想，完全不想……"风雅颂继续戴上眼罩，睡觉。

明明很普通的话，让他们两个这么一说……怎么就如此暧昧了呢？

果然什么话让专业人士的声音一润色，就立刻变味了……

顾声继续闭上眼睛。

睡不着，就只能闭目养神。

偶尔能感觉到他动一动，或者翻一下书页。

没过一会儿，他就把她头上的灯关掉了，她身上一重，被他盖上了空姐拿来的毯子。

如此折腾到了海岛的酒店，顾声和庚小幸住在一起，头牌自然也就和绝美在一个房间。众人一副"你们明显掩耳盗铃"的表情，纷纷进了房间，准备补个午觉，再一起去沙滩上走走。

她和庚小幸的房间，就在头牌的隔壁，他们住着的酒店就在白沙滩边上，酒店大门和海就隔着细白的沙滩和一排酒吧。

光看着那么近的海，那几个小时夜航的困意，从机场折腾到海岛上的两个多小时的劳累，全不见了。

头牌订的又都是海景房。

四层、五层的几间房，都共用一个开放的露台，正好适合认识的人一起出来度假。

才进了房间，庚小幸就拉上窗帘，立刻开始翻找各种色彩鲜艳的衣服："我带了两套游泳衣啊，一套比基尼，一套保守点儿的……穿什么好呢……"

顾声只是换上连衣裙："……两套？"

"是啊，我不知道大家都穿什么……不行，我从飞机下来就一身汗，我先去洗澡。"庚小幸抱着衣服，紧张兮兮冲进洗手间。

顾声刚把自己连衣裙侧面拉链拉上，就听见阳台门被人敲了敲。

她拉开窗帘，头牌就站在玻璃门外，黑色的沙滩裤，深蓝色的短袖，站在那里，就几乎把整个碧海蓝天的背景都遮住了。他戴着顶蓝色的棒球帽用来遮阳，一双眼睛在帽子的淡淡阴影下，显得更漂亮了。

她刚要开口说话，就看到他弯下腰，从玻璃门下给她塞进来一张便笺纸。

她不解，拿起来看。

纸上竟画着一个戴着大草帽的小女孩，潦潦草草，却很可爱。

底下一行字：很热，穿得越少越好，但草帽一定要戴。

越少越好……

她再抬头，莫青成已经比了个噤声的手势，两根手指悄悄比画着"走"的动作。

悄悄走？

顾声有些疑惑，但还是很配合地拿着自己的房卡和大人的草帽，在庚小幸洗澡的水声里，偷偷溜了出去。直到钻进电梯，出了酒店，还有种悄悄跑出来偷情的错觉。

外边正好在下大雨。

"没带伞，怎么办？"顾声看着雨水，有些踌躇。

"没关系，这种海岛一天好几场雨，很快就会出太阳。"

两个人光着脚，各自拎着拖鞋，走过面前的露天酒吧，果然，不到五分钟，雨就变成了暴晒，连沙子都迅速干了，在烈日的暴晒下变得细软滚烫。

她一脚深一脚浅地踩了会儿，就开心了。

"开心吗？"

她点头："非常非常。"

脚心被滚烫的沙子烤着，舒服极了。

阳光沙滩，还有身边的头牌……她用脚踩了踩他的脚背，他就停下来，她按着草帽，抬起头，就在他低头的瞬间，迅速去亲了亲他的嘴角。

他垂了眼看她，笑起来。

她很快用草帽挡住了自己的脸，指着远处的海："导游说我们一会儿出海钓鱼。"

头牌淡淡地"嗯"了一声，温柔极了，轻易就绕到了她的心尖尖上……

呼哧，青天白日吃豆腐，果然需要非常强大的心理。

身边人来人往的，刚才怎么没在意有这么多人呢……

椰子饭

第十二章

Really Really Miss You

很想……很想你。

结果因为日头太烈，长达三四个小时的出海钓鱼，被改成了一个小时的帆船出海。

　　当所有女孩子站在及膝的海水里，看着十几米远的帆船，都踌躇了。

　　这里的水深已经及膝了，再往前走必然会到腰，岂不是短裤和裙子都湿了……虽然里边穿的都是泳衣，但当着这么多男人的面，真的湿透了下身的衣服，也太不文雅了。

　　身高限制啊……这就是……

　　顾声去看头牌，没想到后者更简单，直接对她伸出手："我抱你上去。"

　　啊？这么多人……

　　她犹豫了一瞬，莫青成已经一把把她抱起来，走在越来越深的海水里，第一个往帆船那里走。顾声起初还不好意思，最后搂着他的脖子看身后那堆人，立刻就笑了。

　　斐少和Wwwwk也有样学样，抱着自己老婆或女朋友跟上。

　　庚小幸简直脸都快红透了，最后才点头让绝美把自己抱起来……只有豆豆豆饼，看着余下的三个男人，哭的心都有了，最后心一横，把裙子绑在腰上，自力更生了……

　　由于头牌的这个霸气抱女友渡海的行为，让所有的男人都近乎颜面扫地，绝对可以载入完美配音组的史册了……不过也只有元老能看到。

　　白天玩够了，真正到下海玩的时候，已经是晚饭后。

　　他们的酒店有专属海域，人不算多，人都到齐后，头牌才和顾声姗姗来迟。

　　长灯笼飘飘荡荡的，到处都是音乐，就因为这里最近关系不太和谐，所以华人还是偏少的，充斥的都是各种口音的英语。

顾声竟然是唯一没有穿泳衣的，她在女孩子扎堆的躺椅上坐下来，喝了口还没人动过的芒果冰沙。豆豆豆饼才刚从海里上来，看她，好奇地问了句："声声不方便啊？下不了海？"

她摇头："没……莫青成说，女孩子别在晚上下海，对身体不好。"

"头牌太体贴了。"董一儒几乎都快替顾声泪目了。

豆豆豆饼龇牙一笑："明明是尽量让人少看声声吧。"

男人那边也在笑，不知在说什么，就看见绝美被众人嘲得都有些受不了，先把沙滩裤脱下来扔到长椅上。好身材啊……众女孩眼前一亮，其实这些男人身材都不错。不过，不得不承认这里边身材最好的绝对是绝美杀意和镨青磁。

谁让这两位个子最高呢。

所以在绝美以后，所有人都等着真正看看脱了衣服的头牌是什么样子……拜托，这种机会，除了顾声，其余人就只有在海边度假才能看到好吗……

一个、两个、三个、四个……

到最后就剩了莫青成一个人坐在躺椅上喝水，似乎不着急下水，连顾声都被大家眼睁睁看着头牌的样子逗笑了，有种特别不好意思的感觉。幸好身边这些人不是镨青磁的多年好友，就是各自有主的女人，只是好奇八卦于这个戴着光环的男人……的……身材。

顾声装着很淡定，继续一小口一小口喝着冰沙。

她只见过他穿居家服的样子，充其量被他抱着的时候能感觉到他身材……很好。

绝美忽然就在海里叫了声，招呼他下水。

莫青成终于站起来，随手就把上衣脱下来，那比女人还要漂亮的锁骨是怎么回事……那种没有多余一丝肉，若隐若现能看到腹肌，却完全没有因为肌肉而影响美感。

超级性感，超级健康好吗……

于是乎，众人更好奇了，继续脱的话会是什么样呢……

这种海浪声里，月光交杂灯光的气氛下，好奇度已经直飙 120……

顾声觉得这种男友被众人疯狂期待的感觉，实在太让人尴尬了……她在盘算着是不是要在头牌继续脱衣服的时候，找个借口把他制止算了。

然后……

然后……

她就松了口气。因为他直接穿着沙滩裤走到海边，下了海……虽然也有很多男人习惯在海边穿着短裤下海……但是……

豆豆豆饼长叹口气："他真的是医生吗？声声？"

"啊？真的……"

"医生怎么就这么保守呢……"

"……"

最后莫青成上岸也比别人早，他拿着酒店的浴巾擦着头发，浑身还带着水，就这么站在顾声面前问："我去换衣服，陪你去吃宵夜？"

顾声看着他这种打着赤膊、短裤湿着的样子，真心比穿泳裤还要诱人……忙不迭就"嗯"了一声，赶紧和他回去换衣服才是第一要紧事啊……可真到了房间里，他换了衣服倒是不急着出去的样子了，关上房间的灯，随手从冰箱里拿出两听可乐，又拿了两个杯子，和她上了露台。

因为所有人都还在海边，四层和五层的房间都暗着灯。

他往杯子里倒上可乐，递给她。

顾声接过来，看着他没穿上衣的上半身，真心脸热，喝了口可乐，就靠着围栏去看下边灯火斑斓的一整排酒吧。

沙滩上除了散步的人影，就剩下当地人安排的表演。

有很多非常美艳的人妖在耍着火球……

而后则躺在了藤制躺椅上休息，她看着正高兴的时候，就听到头牌叫了自己一声。她回头看他，露台没有开着灯，所有的光都是从下边的酒吧照上来的，映在他脸上，衬得他的眼睛水光潋滟。

"过来坐一会儿。"他的声音在光线暗淡的地方，总有一种魔力。

她"嗯"了一声，把杯子放到藤椅旁的小桌上，想要坐在另一张躺椅上，却被他握住手腕，带到了他那里。

猝不及防地就如此靠近了他。

他低笑了一声："躺我身上。"

……顾声完全呼吸不畅，咬着嘴唇，不好意思摇头。

"乖，"莫青成的声音又暗哑了几分，轻声劝导，"让我试试你多重。"

她脸发热，身上也烫起来，不知怎的就被他的手臂带着，半抱到他身上。幸好……之后也没有什么进一步的动作。他就这么斜靠在躺椅上，顾声整个人的重量都在他身上，躺在他怀里，身体压着身体，腿压着腿……

穿得少，根本就是皮肤贴着皮肤……

她觉得鼻尖都开始渗汗了，轻轻动了动："你不嫌重啊……"

他的声音，在耳边笑了声："不嫌。"

她感觉他的手搭在自己腰胯上……她穿的是短裤，其实稍微移下去一些就是大腿了……她清了清喉咙，轻声说："那天，你最后唱的那首歌，特别好听。"

他轻描淡写地"嗯"了一声："很喜欢？其实那天唱得太正经了。"

……还有不正经的唱法吗？

他手滑下来，托在她的大腿下，把她整个人都往上抱了抱，轻声又给她唱起来。只不过这次没什么大气磅礴，反倒是婉转清冷。他的声音就是有这种力量，屏蔽掉所有的杂音，那些海滩上的喧闹都立刻黯然失了所有颜色。

她想起，那晚。他谢幕那晚的感觉。

然后悄悄抬起头，看他。

楼下已经进入最热闹的时间，不断变换的深浅交替的红色灯光，把他的轮廓勾勒得特别有棱角，而且有那种特别清冷又夹杂明艳的感觉。

他嘴角扬起来。

不知道是她先凑上去，还是他就势碰上她。顾声只觉得自己仿佛要被他吃进去的感觉，不断沉浸在他的吻里，起初她还躺在他身上，最后她整个人被抱起来，放在了他身下的躺椅上。她的手攀着他的脖颈，被太久的亲吻弄得呼吸困难，有些意识涣散。

他忽然离开。

顾声吓了一跳，似乎也听到有什么声音，好像有人回到房间了。

果然，四层最角落的房间亮起来，斐少和老婆回来了……她刚想坐起来，就被他横抱起来："嘘……"他直起身子，抱着她直接进了房间。

225

才刚关上门拉了窗帘，就听见有斐少的声音，在露台上奇怪问了句："有人回来了？没看见有房间开着灯啊？"

顾声在黑暗里，被他放在床上，心跳得都快出来了。

她竖着耳朵听，外边的斐少似乎觉得露台风景真是好，也决定就在那里晒月亮了。

这次真心尴尬了……

要等一会儿才能开灯……否则就真的昭然若揭了……

不过也不对啊，我们其实就是在露台上坐了会儿，怎么让他这么一声不出躲进屋子，反倒成了做坏事一样？

"还想听我唱吗？"莫青成倒是也不急着开灯，侧躺在她身边，轻声问她。

"嘘……"这次是她制止他。

稍有不慎，就能被人听到好吗？

她的注意力还放在玻璃门外的露台上，莫青成已经伸手把她捞到身子下，虚撑着手臂，低头继续刚才未完成的事情。因为是比较宽的单人床，两个人平躺还可以，但真得如此折腾就真的不够空间了，其实只是亲吻，只不过他总喜欢把她抱到身上，不一会儿就又滑下来……

到最后她都开始轻轻喘气，迷糊着，被他折腾得有些困了。

整晚的夜航后，就是整个白天的行程，她真心没有闭上眼睛睡过。

房间又是暗的，虽然外边有吵闹的音乐，还有斐少偶尔的笑声，似乎还有别的人回来了，在闲聊着什么……总之，在这种乱七八糟的情况下，她仍旧没有战胜疲劳……

真就在他的不作为下，彻底睡着了。

第二天早上六点多忽然醒过来。

房间里微微有些凉爽，并非是那种空调的凉，而是有海风吹进来的感觉。她坐起来，从不断扬起又落下的窗帘缝隙，看到头牌和绝美坐在露台上，似乎在边吃着早餐边聊天。

真的在这里睡了一夜？

那庚小幸呢……

她忙从床上爬下来，仍旧穿着昨晚的衣服，悄悄从半敞开的阳台门探头出来，看了看四周。好像真的只有他们两个？

"醒了？"莫青成很轻易就听到动静，没回头。

"嗯，嗯……我回房间去洗漱……"顾声见自己房间的玻璃门也是打开的，忙走进去，关上门，"唰"的一声拉上了窗帘。

庚小幸躺在床上，还抱着被子睡得香呢……

她也……太大方了吧……真的见面第二天就和绝美睡在一个房间？

比起来自己是不是太……

庚小幸翻了个身，强撑着眼睛，瞄了她一眼，立刻就嘟囔着埋怨起来："你个重色轻友的，害死我了……我差点困死……"

"你一夜没睡啊？"顾声更惊讶了。

绝美大人的速度实在太惊人了……

"我是一夜没睡……走了一晚上的沙滩，天快亮了才回来……"庚小幸虽然困得想杀人，但还是忍不住抱怨，"昨晚想回来睡觉，你家头牌大人给绝美打了个电话，说他老婆睡着了，让他自己找别的地方去睡……让他找什么地方啊，我们两个人第一次见面，我怎么也要矜持点吧……"

于是……就走了一夜沙滩？

绝美大人你实在太君子了……

果然绝美不是吃素的，打击报复心理是绝对厉害的……到中午一堆人坐在海边，看着大风大雨吃海鲜火锅时，绝美吃完芒果，放下手里半块芒果皮，打了个哈欠："那什么，豆饼，你不是一个人住吗？"

豆豆豆饼"唔"了一声："怎么了？"

"一个人住不安全，"绝美一本正经，"让庚小幸去和你睡吧？两个女生一起互相照顾着好。"

"啊？"豆豆豆饼显然脑子没转过来，"那声声怎么办啊？"

众人沉默。

但是每个人脑子里都开始慢慢勾出了一幅超级活色生香的画面……

豆豆豆饼咬着自己手里的半个芒果，终于恍然。可是过了一会儿，她又觉得不太对："绝美，你和小幸熟吗？不是都刚认识的……"好奇怪啊，怎么特意安排别人睡在哪里……

众人再次沉默。

我们平日里超级识时务的副组长去哪里了……

下午，那个习惯于吓唬人的导游再次出现，非常生龙活虎地给众人介绍这个海岛最有特色的节目——山地卡丁车。顾声终于明白为什么男人们会选择这个地方了，整个岛就是一座高山，在环山的狭窄公路上，从山下开到山顶，再从山顶开到山下……这种刺激的地图真心不是任何度假的海岛都具备的……

男人们摩拳擦掌，女人都胆战心惊了。

这可是完全在颠簸的山路上，毫不避讳当地车辆和行人的……山地卡丁车啊。

光是仰头看山顶高度，她就觉得好危险。

虽然她们都被事先提醒没有穿裙子，都穿着短裤，不会怕被海风弄得走光，可是骄阳烈日，山地密林的赛车……斐少的老婆直接变脸了，一定要留下来。

顾声倒是不太害怕，估计是看到莫青成完全一副熟练车手的架势，稍许的顾虑也被打散了。最后几个男人，除了斐少被老婆威胁恐吓，留下来，余下的都坐上车，排成了一队。因为开起来速度太快，所有人都拿方巾绑在脑后，遮住了半张脸。

莫青成先一步绑好，拿着一块粉色的方巾，直接对着叠成三角，替她遮住了眼睛以下，很仔细地在她脑后打了个死结。

她觉得有些闷，把方巾往下扯了扯。

却听见他笑着阻止自己："一会儿速度很快，风和烟尘都会飞起来。"他说话的时候，因为是隔着一层方巾，声音被稍许遮盖掉，有种与平时不一样的感觉。

当所有男人都坐上驾驶座，女孩子都坐在他们身边后，顾声明白了这种不一样在哪里。她紧紧抓着自己的安全带，下意识去看头牌，因为遮住了脸，只露出一双眼睛，他立刻就显得比绝美他们醒目了很多……

顾声非常不厚道地想：果然眼睛长得漂亮太重要了……

莫青成这么握着方向盘，和绝美他们讨论赌注的时候，眼睛时而眯起，时而轻瞥，完全沉浸在这个游戏里……最后，他用食指敲了敲方向盘，笑出了声：

"好，就这么定了，最后那一辆车上的人，就在今晚吃饭的时候，当众唱《夏花戏秋月》。"

……这样真的好吗，你们一帮大男人不觉得太幼稚了吗？这种在异国他乡，在烛光晚餐的地方唱《夏花戏秋月》，真的好吗……

那可是一首欢快风流的……小男小女调情的古风歌啊……

"沐沐，你可千万别输啊。"豆豆豆饼拉着沐沐的胳膊求饶。

她可不想这么丢人……

沐沐终于忍不住，幽幽地看了她一眼："我也不是万能的……"

导游坐在自己的车上，呵呵笑着，戴上墨镜："我说啊，想要比赛啊？你们这些小年轻就是喜欢逞强，我可是每隔一个月都要来一次，每次都玩这个，都好好跟着我的车，别跑丢了……"

导游话还没说完。

一阵猛踩油门的声音，所有车都冲出去了。

果然很惊险……

山路非常狭窄，还不断有当地人的电动车经过，所有人想要超车，都是见缝插针，趁着转弯的时候越过别人……

顾声捂着自己脸上的方巾，在刺激和惊险中，没来由觉得热血沸腾。

身边是一人高的铁丝网围栏，这样看过去，就是碧海蓝天，非常清晰的海岸线。

毒辣的阳光、海风、沙尘，还有不断地加速和转弯，她的心都飞起来了，甚至还兴致勃勃，回头去看。绝美和Wwwwk是豁出去了，紧咬着头牌的车尾，随时都想要找机会超车，余下的那几个已经不见了影子。

"我们赢了。"莫青成忽然说。

声音瞬间就被风吹散了。

一个转弯，视线豁然开朗。

车已经开到了山顶，放眼望去，整个岛都尽收眼底。

他将车平稳停下，和顾声走下车，随手把脸上的黑色方巾拽了下来，他头发都有些被汗浸湿了，在阳光下，能看到脸颊边也有汗水的痕迹。

"热不热？"他问她，声音因为高度的刺激比赛，而变得有些发涩、暗哑。

"还好。"

他忽然伸手，插到她的头发里，顺着滑下来，轻声说："出了好多汗。"

　

后边的卡丁车一辆辆开上来，各位男人无不用专业配音的声音，哀怨表示，根本就不该和头牌这个卡丁车爱好者比赛。在绝美的抱怨里，顾声才知道，莫青成大学就在郊区的车场放了一辆卡丁车，有空闲了就去开一个小时。

只不过工作忙了，很少去，就把车转卖出去了。

难怪……他刚才赢得如此轻松。

　

"头牌大人，我不想唱《夏花戏秋月》啊……"豆豆豆饼最后从沐沐车上跳下来，都快哭了，"我发誓，我自己开都比他快……沐沐你说实话，你是不是什么车都不敢超……"

豆豆豆饼在女孩子里绝对算高的，和沐沐站在一起，也还是矮了半头。

她和沐沐跳下车，不断抱怨，沐沐倒是觉得安全第一，不用为了逃避一首歌就拼命加速……况且，他还非常诚恳地交代："我驾龄很短，不怎么熟练……"

"早知道让墨白坐你的车，你们好兄弟一起唱就够了。"

沐沐继续实话："墨白还在酒店睡觉，他只做 SPA，不想赛车……"

豆豆豆饼简直拿沐沐一点儿办法都没有，先跳下车，沿着石梯，往山顶最高的木屋爬。

　

莫青成去给她买水，带队导游这才姗姗来迟，跳下车后，非常不好意思地"哈哈"了两声。然后立刻摸出一个本子，和当地的地陪导游一起，开始统计一会儿海边 SPA 的人数。到了她身边，导游非常善解人意地说："我知道，你们是一起的。"导游指了指莫青成买水的背影。

"嗯……"和 SPA 有什么关系……

导游又去问庚小幸。

庚小幸猛摇头。

然后……导游走了。

结果等到众人被车送到海岛的另外一侧，看到一排排小木屋，然后被导游分别分配了房间之后，顾声终于明白了，到底和SPA有什么关系……除了那两对夫妻，大家都是两男，或者两女一个木屋。

　　她推门进到木屋里，看到房间的一半是对着海的落地窗，一个小型的温水泳池里不断有热水流淌的声音，而房间的另一半有两张按摩床，不管地面还是泳池，甚至是床上都铺着一层层花瓣……最让人尴尬的是度假村的老板用非常娴熟的中文告诉他们："你们可以先一起洗澡，然后在温水里泡一会儿，甚至睡一觉都可以。随便什么时候，想要按摩了，就穿上短裤按铃，会有两个女孩子进来为你们服务。"

　　一起洗澡？

　　一起泡温水？！

　　"另外，蜜月愉快。"然后老板就出去了。

　　蜜月……愉快？！

　　"你先去洗，我坐在这里看会儿海。"他的声音在她身边，轻易就拨开了尴尬的云雾。顾声马上就抱起衣服，进到浴室冲洗干净，等到出来的时候只能穿着度假村提供的纱笼，用系在脖颈上的方式，当作半身的连衣裙穿。

　　她用吹风机吹干头发的时候，莫青成也去洗完，穿着自己的运动短裤就出来了。

　　她从镜子里看着那个温水泳池，看着他光着上半身走向自己，看着他脚踩在地板上的水印……忽然就有些莫名的紧张……明明昨晚一起在房间里，躺在他的床上睡着了，都没有这种特别忐忑不知所措的感觉。

　　"吹干了？"他手放在她肩上，"不想下泳池了？"

　　在刚才洗完澡马上就要做SPA的环境里，是没有游泳衣这种东西的存在的……这是要赤裸相对的啊头牌大人，还是不要了吧……

　　"不用了……"她开始脸红了……

　　"不用也好，我也怕不卫生。"他笑了一声。

　　声音依旧是那种不矫揉造作的魅惑……不知道是因为在异域他乡，还是因为房间有着无数花瓣和熏香的铺垫，或者……他根本就故意让自己的声线低下来。

　　她继续拿着吹风机，随便吹着自己的长发。

　　落地玻璃能看到外边所有的沙滩和海。

她虽然明知道外边看不到这里，却还是有种奇异的感觉。

莫青成的手解开了她系在脖颈上的活扣。

她觉得整个人都要烧起来了，没来得及关上手里的吹风机，裙子就顺着胸口滑了下去，后背贴上他的身体，有些湿漉漉的，原来他出来并没有擦干身上的水。

他左手托着她的下巴，让她仰起头，吻住了她。

而右手已经自然滑了下去。

最后两个女按摩师进来，顾声分明就已经和烧熟的虾子似的了，手臂身上都泛着红。

按摩师倒是习以为常，蜜月夫妻嘛……反正老板是这么交代的……

因为不限制时间，所以大家各自离开的时间不同，头牌和声声出来的时候，正好墨白和沐沐、庚小幸和豆豆豆饼差不多时间做好，大家都在海边等着车来接。

于是四个人就在碧海蓝天、海浪席卷的背景下，非常暧昧地看着莫青成和顾声笑，然后又纷纷都露出"我什么都懂"的表情转过去，继续看海捡贝壳踢沙子……

到晚上，输了的豆豆豆饼才真正是抓了狂，因为沐沐他是美轮美奂让人馋涎的 coser……他不会唱歌……真的不会唱歌……

让豆豆豆饼这个曾经叫"墨墨儿"的大神歌手，如此给沐沐做伴唱，她真心想死的心都有了……偏巧我们的沐沐大人还特别遵守约定，拿着临时抄写的歌词，跟着手机公放的伴奏，唱得一板一眼的……

最神奇的是，当晚，庚小幸竟还被分配和顾声住在一起。

以至于到最后墨白都忍不住在露天酒吧，边喝酒边偷问绝美，追问是不是顾声和莫青成闹什么矛盾了？绝美不可思议地看他："怎么可能？"

"那怎么不住在一起呢？"

墨白若有所思……

回头偷看躺在莫青成肩膀上，和他低声耳语的顾声，好像真没什么问题……

"困了？"莫青成低声问她。

明明很简单的一句话，却显得特别温柔。他的手去摸摸她的手臂，轻轻在她皮肤上滑动着。她蜷着身子，抱着自己的膝盖坐在他身边，头靠着他的肩。

下午被他那么折腾过，再被那个女孩子非常尽职尽责地按摩过，浑身都有种说不出的酸软和懒散，有些累，也非常舒服。

头牌……

销青磁……

莫青成……

一个个名字合在一起，都是他。

即使他就在身边，呼吸可闻，却还是有种非常奇妙的感觉。让她不断想要和他说话，哪怕漫无目的，或者不断想要接触，哪怕只是牵牵手。

好像是……闭上眼睛，就会开始想念他的脸。

听不到声音，就会想念他的声音……

她觉得好奇怪，也有些忐忑，如果真的回国了，回到以前那种一周见一两次的节奏，是不是真的会相思成灾了……

脑海里反反复复重叠着奇怪的念头，无论想到什么，都会慢慢回到下午在那个临海的小木屋里，和他如何亲近的画面。从一个声音的诱惑，到爱上他，再到完全坦诚相对。

直到最后，他非常理智地停下来，而之前……两人真没什么保留了。

顾声想到他在自己耳边，近乎诱惑一样的声音，时而低迷温柔，时而又喑哑宠溺的声音……不觉动了动身子，脸蹭了蹭他的肩膀，心又开始跳得没节奏了。他最后按铃叫按摩师的时候，才玩笑说他不保证每次都能忍住，还是不要住在一间房间……

不能忍住什么的……

真有那么难吗……

幸好，次日的活动非常简单，就是海钓和潜水。

除了太阳过大，晒得人睁不开眼，略有些受罪。

他们这一团一共两艘船，光是他们这帮一起的就占了一艘。分别从船长那里领了简易的钓鱼线，本以为会是电影里那霸气地甩出去十几米的海钓竿，其实到手就是好长好长的线绕在瓶子上而已。

表哥和他们混熟了，互相吐槽着，根本不太懂这些二次元早已封神的诸位高手的厉害，都当作了普通好友，甚至到最后开始非常热情洋溢地说起了《剑网3》。倒是董一儒对着自己的大本命销青磁和coser本命沐沐，却是全程放不开，完全一副太多八卦难以消化的表情……

众人坐在船两侧的木板上，穿着救生衣，脚就浸在海水里，懒洋洋地抖着鱼线。

顾声和头牌坐在船尾，她捏着自己的瓶子，一会儿就感觉咬了线："好像鱼上钩了？"

"有感觉吗？"他看了眼她手里的线，果然绷紧了。

"嗯……"

一瞬间，她脸红了。

这句话他那天下午也问过，怎么现在想起来了……

莫青成倒是没察觉，只是伸手帮她去逗那条鱼，不断扯一下，再放一下鱼线。她看着他的侧脸和那上扬的眼角……微微一分神，就被风吹走了遮阳的草帽。她下意识去抓，没抓住，自己却摇晃起来，险些落到海里，幸好被他一只手抓住了自己救生衣。等到草帽落到海里，她才发觉刚才自己做了一个十分危险的动作。

而她的那条鱼也被自己弄跑了，鱼线还缠在了小腿上……

顾声把脚从海水里收回来，脚踩在自己坐的木板上，解鱼线，细线绕了好几圈，还打着结，再加上太阳还晒得睁不开眼，真心各种倒霉啊……

"别用力扯，我帮你解，"他边说着手已经伸过来，可没摆弄几下，就笑了一声，"我怎么总是帮你解一些东西，比如第一次是头发，第二次还是头发，这次还不错，换成鱼线了。"

为什么又要脸烫了……

顾声你到底在想什么，怎么总能想起少儿不宜的画面……

"在想什么呢？"他的声音低低的，尾音还有着打趣的味道。

"没什么啊……"她尴尬地收了收脚，想要离开他的手指。

被识破了……太窘了……

"船夫把你帽子捞上来了，声声，"墨白拎着顾声水淋淋的草帽，忽然从船舱探头出来，正好看见头牌握着她的小腿，立刻笑了，"你们两个在船尾要小心啊，动作太激烈会掉到海里的……"

墨白这么一嚷嚷，众人个个都不乐意了。

本来都悄悄看得很开心好吗？

你这么一吓唬，十有八九就没得看了……

晕船到几乎想要跳海自尽的沐沐也非常虚弱地嘀咕了句："有人晕船到死，有人在船尾调情，我们都是救人积德的职业，怎么差别这么大，老天太不公平了……"

只有导游站在船头，摘下墨镜，挥挥手："我说你们，怎么就喜欢围观人家小夫妻，有什么稀罕的？都钓了半个小时了，还没有人钓到鱼，实在太逊了，完全是我带团有史以来最差纪录啊。"

导游刚说完，立刻收到董一儒飞刀一样的眼神。

有什么稀罕的？！

非常稀罕好吗！不要打扰我这个脑残粉看大本命调情好吗！

导游背后一冷，继续招呼大家钓鱼。

这边，线已经解开。

船长把顾声的帽子放到船顶晾着的时候，头牌忽然就"嘘"了一声，把自己手里缠着鱼线的塑料瓶递到顾声的手里，她还没反应过来，就看到头牌拎着鱼线，拉上来了一条色彩斑斓的海鱼，在日光下不停翻着尾巴，闪着水光。

"啊，钓上来了。"她惊喜地叫了一声。

"谁？谁钓上来了？"导游兴奋地摸出相机，狂奔向船尾，立刻对着顾声说，"快摆个姿势，我要给第一个钓上来的美女照张相。"

顾声举着鱼，没来得及解释，已经被认定是第一人。

头牌微微一笑，倒是不在意谁是第一。

天大地大，哄老婆开心最大。

众人折腾了半个小时，最后还是船尾这里的人钓了上来。就像是开门红一样，十分钟内，接二连三不停有人拉上来各种模样的海鱼，扔到船舱的桶里，不一会儿就凑了十几条。墨白非常兴奋地对着桶拍了半天，等到收船时，才依依不舍地把鱼又都放生了。

因为没有草帽的遮掩，顾声的脸显然被晒得有些伤了。

她回到酒店房间，对着镜子哀怨地看着自己发红的脸，这次不是被色诱得发红，而是真心晒伤褪不下去了。

左思右想了半天，还是放弃再出去玩了。

她要休息半天，嗯。

庚小幸跟着绝美不知道去哪里淘好吃的了，她在等头牌洗澡的时候，举着手机在自己房间无聊刷网页，却根本刷不到信号，最后索性拿着门卡关上房门，坐在了四层的大厅沙发上，终于搜到了信号。

同样和她坐在沙发上的一男一女，也都拿着手机，全部都在搜索 Wi-Fi。

没想到，打开许久没上的微博，竟然刷到的第一条好友消息就是墨白的：

海钓，某人老婆拔了头筹，开门红啊开门红，这一会儿就十几条了。哈哈。

配图自然是刚才拍的鱼。

说得很含蓄。

可就因为含蓄，太容易猜到是谁了好吗……

最狠的是……刚才还悄悄围观的众人竟然无一例外，全部点赞，看着这么多头牌身边人的赞，傻子都知道这个"某人"是谁了……

锖青磁仍旧是锖青磁。

你不在江湖，江湖却仍旧有你的传说。

不再网配？毫不影响粉丝的爱……真的是偶尔点滴消息，就能让大家满足了……于是除了墨白的粉，头牌的粉也立刻现身了，非常非常兴奋地留言：

"求某人背影照！"

"墨白大人，求多发某人的相关微博啊。"

"大人，求某人近况！"

"楼上的都好含蓄……我们头牌不会闪婚蜜月了吧？！大人求回复啊！"

闪婚……

蜜月……

她捂了捂自己的脸，有点儿疼，情绪太激动了估计……

这还在感慨自己晒伤的脸，还有墨白那条微博带来的反应，身边已经有人俯身下来。才刚洗完澡的莫青成，头发还滴着水，凑在她身边问了句："要不要去睡会儿午觉？"

"睡午觉？不要先吃饭吗？"她握着手机，有些没反应过来这个逻辑。

下一秒，已经被头牌整个人都抱起来，当着两个仍旧举着手机找信号的男女的面，堂而皇之抱回房间了。

那一男一女侧目看了眼，虽然半裸日光浴、比基尼，日光月光下激情四射的有的是，这不算什么，但还是不得不赞一下被抱走的女孩子的品位。

房间里，还有浴室里传出的沐浴乳的味道。

淡淡的牛奶味，他身上也是。头发上滴的水，落到她身上和床单上，湿漉漉的，却不觉得不舒服，反倒有一种特别的亲昵感。

窗帘是拉上的，只有一条非常微小的缝隙，让刺目的一线日光，落到床上。

"一会儿想吃什么？"他继续吃她，顺便顾及下这个饿着肚皮的被吃者。

"海鲜？BBQ？"

"好主意，"他咬着她的锁骨，轻声说，"这里的BBQ不错。"

"嗯……"

当她戴着新的草帽，坐在BBQ的露天餐厅，面对着他，拿着叉子不断蹂躏自己的各种烤肉，就像他刚才吃她一样，横竖掂量，就是不下嘴。过一会儿就扯一下自己的裙子，或者领口，唯恐露出来什么。

太折磨人了，这么热的海岛，要穿得这么多……

原来他所谓的要忍住，只是保留最后的……余下的绝对吃得毫不留情……

怎么能有那么多花样呢……

实在太难以启齿了……

众人离开海岛那天，他们是中午去的机场，正在唯一的中国餐馆吃饭的时候，当地陪了他们四天的地陪导游，忽然拿出来一个礼物，递给声声，说是"送此团唯一一对新婚夫妻的礼物"。

顾声正在吃着蒜泥空心菜，弥补这两天根本没吃到青菜的营养不均。于是那个礼物递上来的时候，这桌上所有人都乐了。

他们是陪头牌及小金主来度蜜月的？

原来如此。

她就一直如此窘了一路，窘到了上海……

最后到上海已经是深夜，头牌开车把她和表哥送到了顾声家楼下。表哥下车去拿行李时，她想说再见，却忽然有些舍不得。从小到大她还是第一次和一个男孩子如此亲近，似乎完全习惯了睡着前、醒来后都能看到他的脸，听到他的声音。

不过……好像所有热恋中的人都会如此吧？

不要扭捏啊，声声慢。

"我走了，你到家给我打电话。"她终于横下心，告别。

"好。"那双漂亮的眼睛就这么看着她，然后握住她的手。

在她还在伤感时，他亲了亲她的手心，轻声说："忽然有些舍不得让你走。"

……完了。

刚才狠下心告别的感觉都没了。

他的声音就像渗到她心底，她真心是说不出再见了。

……不要，不要再用这种声音和我说话了……

"要不要我陪你上楼，见见你爸妈？"他忽然问。

她被吓了一跳，第一反应就是猛摇头，把手抽回来说再见，顺便再加了一个晚安，就逃下了车。等匆匆回到家，冲了热水澡跳上床，蒙上被子才终于像是松了一口气……心里却也空空落落的，她又一次拒绝头牌了吗……

可是听到"见父母"就觉得很可怕，虽然已经非正式地见过了，可是他所提出的明显是非常正式的要求。而她，好像还没有做好心理准备。

时间太短的原因吧……可是……她手伸到枕头下，把整个软绵绵的枕头都抱在了怀里，可是已经很亲近了，几乎毫无保留，万一以后有可能……分开？

她抱紧枕头，马上过滤掉这个想法。

太可怕了，只是想想这两个字就觉得会难过……

这就是所谓的患得患失吗？

如此睡着了，可还是睡不踏实，总是在内疚自己接连两次拒绝了他。也不知道睡到几点，大概是天才刚刚亮起来的时间，就听到手机在不远处响起来，她摸到亮光的手机，接到耳边，"喂"了一声。

"我不太睡得着，直接去医院了，"深夜时分，比电台 DJ 还要磁性温柔的声音，"昨晚睡得好吗？"他似乎真的在室外的地方，隐约还能听到车来车往。

她"嗯"了一声，过了一小会儿，又轻声说："我想你了。"

"有多想？"他笑了一声。

"很想……"她索性投降，直接说到了最终答案，"很想你。"

她想念的，想到睡不着的人，自然是他。

"我改天去超市逛逛，看看有没有卖椰子的，"他似乎心情不错的样子，"你不是一直想吃椰子饭吗？"

是啊，可惜那个海岛的芒果很好，椰子却不太好吃，就没有如愿。

"好，"她声音软软的，是真的累了，"你不需要睡一会儿吗？这么早就去医院了？"

莫青成很轻描淡写地说着不累，大概是说自己之前有个什么病人装心脏起搏器没多久，就去热带雨林玩了……结果感染了，正好他回来了，就去医院看一下情况。她听了会儿就觉得真心困了，被他哄了一会儿，就拿着手机这么睡着了。

等到第二天中午醒了，又回忆了一会儿他说的话，似乎没有什么特别的。

呼哧，她终于不再纠结见家长的问题了……

离开了这么几天，毕业生晚会的组织老师终于发觉古筝表演的人不见了，于是火急火燎把她召集回了学校，开始了紧锣密鼓的彩排。这么被老师一追杀，她倒是终于有了从度假里回神的时间，可是还是会在礼堂彩排时，走神，去猜想他在干什么。

从此以后，锖青磁对于她来说，真的只是莫青成了。

是莫医生。

所以，莫医生你每天都在做什么呢？

三次元的他，对她来说竟然还有很多未知的谜团。比如……其实她只知道他父母都是医生，可是在哪家医院？她也不知道，该不会都在超市对面吧？那岂不是以后他父母想要见她爸妈只要过条马路就可以了……

好窘。

他走下神坛，在她面前推开的是另一扇门。

而门那边的世界是什么？那边的真实的他，从小如何长大，都经历过什么……她都想去了解，慢慢一点点地去了解。

很神奇是不是？

可是很多她所知道的二次元发展起来的情侣，甚至最后结婚的人，似乎都更在乎在互联网之后彼此的爱好、特长、性格、名声，这些现实的反倒显得不那么重要了。因为其实……退去光环，大部分人都是普通人。

可他……

她手指轻轻拨弄着古筝，他在任何地方都不会普通。

反正彩排也结束了，这里又有免费空调，如此安静，最适合闲聊八卦。身边合奏的人也在说着话，话题扯着扯着就扯到了市第一人民医院，说到前几天接了一个病人，带了流行性病毒，搞得那一科室的医护人员都不得不暂时留在医院，间接被隔离了。顾声心头一动，这不就是头牌的医院吗？

她忙着追问了句，岂料小姑娘也只是因为家里人闲聊，知道了而已："哪个科室啊？不知道……"话没说完，顾声已经扔下古筝，跑了。

好像他这两天确实很忙，忙到都没怎么和她联系。

都怪自己，之前熟悉了他的工作繁忙程度和颠三倒四的作息，也习惯了他在自己睡熟了发来短信，或者一段微信，然后偶尔一通电话……而这次更是联系时间短，她以为是因为几天的假期之后工作太多，来不及处理，自然联系就少了。

好像他是说过……说做椰子饭……不对，是说有个病人去了热带雨林？

然后感染回来了？

好像的确是那之后，就联系少了？

不会真的是他那个科室吧？不会吧？

偏巧，打手机还是关机。

她打了几通电话，都是您拨打的用户已关机，这种关键时刻怎么能关机呢？她去拨绝美的电话，竟然也是拨不通的状态，感觉一夕之间，那个房间的两个人都从这个世界消失了？！

算了，直接去见一面，比较踏实。

她抱着自己的包，站在地铁站，甚至地铁进站了都在发呆。等到身边人纷纷进入，她才后知后觉进去。地铁坐半个小时是他家，坐四十五分钟就是医院，应该去哪里呢？

……怎么乱七八糟的呢？

她抱紧自己的背包，前所未有地混乱。

天昏地暗，已经彻底没有逻辑思维了……

饭票
有效期：永久

长期饭票

尾声

Really Really Miss You

很想……很想你。

关心则乱。

一站一站地开过去，地铁特有的铁轨摩擦声，还有地铁车厢里特有的空气味道，都让她越来越觉得，不知道该坐到哪里。幸好最后拿着手机的时候，想到了庚小幸，本着能找到一个是一个的心理，她将电话打给了小幸。

显然这个保研的孩子，比她还要清闲，接起电话时一副没有睡醒的样子。

还有一种悄悄说话的感觉……

"你找得到绝美吗？"顾声实在没心情追问她为何要一副做贼的低声悄语了。

"他啊……不一定找得到，有急事？"

"嗯，"她长话短说，"他手机关机了啊，不知道怎么了，我想找他找不到……不知道去医院还是去家里好。所以就想问问绝美，他在不在家。"

绝美本身就是个在家办公的人，自然问他是最妥当的。

"找头牌啊，说不定他一会儿就开机了……"

庚小幸的声音拖长了，不知道在想什么……

"可我现在都在地铁上了，"顾声轻呼出一口气，"下站都到他家了。"

"啊？这么急？怎么了？"庚小幸也发觉她似乎情绪低落。

"没什么……就是正好听说他们医院有什么传染病人，好多医护被暂时隔离了，本来就有点儿担心，偏偏还找不到他……正好算着时间他应该是休息，索性就来看看。"

"头牌那么好，怎么会这么倒霉呢，是不是？"庚小幸压低声音，"我保证，头牌绝对好好的呢，说不定是忘记给手机充电了……"

顾声终于发现，庚小幸有些不对劲，凭着同屋四年的熟悉度，绝对哪里不对！

"你怎么保证？"她开始掉转矛头，问庚小幸。

"反正……"

"你看见他了？"

"……"

"庚小幸？"顾声声音严肃。

"败给你了……你过来吧，我在绝美家，头牌好像在睡觉……"

果然啊！

刚才那二十几分钟的忐忑和心慌，都一瞬间一扫而空，她也顾不上八卦庚小幸是怎么和绝美杀意暗度陈仓都已经到了在家里约会的地步了。正好地铁到站，她拿着包就跑出去，刷卡，出站，过马路，进小区。

一路飞奔，等到摸出钥匙打开头牌家的大门，额头已经出了些汗。

客厅安安静静的，好像没有人，她看了眼绝美房间的门，关得紧紧的。现在先不管你，哼哼……她走到头牌房间门口，却听见洗手间那里有水声，又转身，循声而去。

头牌正拿着白色的毛巾，擦着自己的头发和脸。

他的习惯，喜欢每天睡醒，洗脸的时候顺便把头发也洗干净……

所以，又是一副头发水湿的懒散模样。

看到人了。

忽然心就飘了起来。

离开度假村后那晚的告别，已经三天没有见了……

三天，好漫长。

"刚才绝美把我叫醒，"他有些困顿地把毛巾重新挂好，伸手去摸了摸她的头发，"说你过来了。怎么了？忽然找我？"边说着，边和她走出洗手间，回到自己的房间。

他反手关上门。

顾声却还没想好怎么解释自己过来的问题。

现在回想起来，过来的原因其实有些傻……就是那种有千分之一概率会发生的事，她都会联想到他，真是难以启齿的傻啊……

她随口说："你手机……是不是没电了？"

"没电了？"莫青成把手机从沙发上拿起来看了眼，"好像是没电了。"

他拿出充电器，插好，开机。

这才有些清醒了，坐在床上，对她伸出手臂。

顾声走过去，他就自然地抱住她的腰，脸埋在她胸前，轻轻吸了口气："真想每天睡醒都能看到你。"好柔软的声音，毫不掩饰的想念。她"嗯"了一声，刚才心情大起大落了一回，他又忽然这么煽情，搞得她彻底没有招架之力了……

"还是有点儿困……"他似乎真的是很累的样子，估计又是到家没睡两三个小时就被吵醒了，刚才洗脸稍微清醒了一会儿，这么一抱着她，闻到她的味道就又觉得困了，"陪我睡一会儿？"

"……好。"

她很听话地脱掉鞋子和外衣，穿着短袖和长裤，钻到他的被子里。她决定先哄他睡着了，再告诉他为什么自己会忽然跑过来……

他很自然地把她整个人都搂在怀里，过了会儿，却感觉他不困了，既然不困了，那就要开始吃东西。

现在莫青成的食欲似乎更偏向于她，而不是那些薯片、酸奶、扇贝、牛肉，还是什么鱼。她被他弄得立刻就浑身发热，怎么都感觉自己是亲自蘸了调料送上门来给他吃的……到最后她手攥着棉被，忍不住把头探出来抗议。

身上都湿透了……

"冰箱里有买好的椰子，等一会儿给你做椰子饭吃。"他忽然说。

她还没有跟上他的节拍，喃喃着："真的买到了……够不够四个人吃？"

"不是四个人，只有你和我。"

嗯？

绝美和小幸要出去吃饭吗？

"声声？"他叫她。

她看他。

莫青成就这么慢悠悠地，转开了话题："想不想经常看见我？"

"嗯……可是你忙，也没办法。"

再说，她还在念书，虽然……其实这学期大部分时间挺闲的。

他继续问："想不想，随时能找到我？"

当然想……

"想不想，即使我晚上不在，也能睡在我们的床上，等我天亮回来？"

他的意思难道是……

他声音柔和下来，已经有些沙哑魅惑的质感："想不想，每天……都能听到我的声音？不管多晚，我都会哄到你睡着？"

"想……"她终于投降。

你见过有谁，是在床上求那什么的吗……

他笑了一声："你想就好。"

所以，这就算……

真的就算是……

他的声音又压低了，告诉她："所以，从今以后都只有你和我，我只会做饭给我老婆吃。"

这分明就是最明显的声诱，就像故事回到最初，是她用声音诱惑了他，而他也用他的声音让她眼中再没有别人……

你不在的地方，仍会不断有你的传闻。

即使没有网络为载体，你仍是不可逾越的一个名字，仍会后缀在无数广告、电视剧、游戏、电影的片尾……让所有热爱你的人，追寻你的声音。

那个一听命中，无法忘记的声音。

而真正的你，就在我的身边。

如此真实。

锖青磁。

番外一

Really Really Miss You

很想……很想你。

周末，声声到录音棚，去等莫青成收工。

她到前台时，小姑娘抬头一看是她，立刻眉开眼笑地说："小金主来啦？"

顾声窘。

这是斐少的地盘，自然都是他教出来的，她含糊地答应着，礼貌问："锖青磁好了吗？"小姑娘摇头，指着尽头那个门："还在里边，进去吧。"

"谢谢。"她说完，沿走廊而去。

推开门，沙发上坐着的几个人，都不认识她，也没太在意进来的是谁。

只有戴着耳机的斐少，偏过头，对声声挥挥手，小声说："都录完了，他自己在听。"

隔着录音玻璃。

他坐在麦克风后，在低头一页页翻着稿子。

那双漆黑透亮的眼睛，低垂着，看不到任何情绪。

从内间到外间，都放着他刚才录的一大段东西，声线低迷而又温柔："《上林赋》，我写完了，一字不落……时宜，叫我的名字……我想，我应该是用一身美人骨，换了你的倾国倾城，换了你能记得我，换了你能开口，叫我的名字……"

他突然比了个手势。

斐少暂停。

"美人骨，世间罕见。有骨者，而未有皮，有皮者，而未有骨——这句，我再给你三个选择。你们都听听感觉。"说这句话的瞬间，他抬头，看见了她。

忽而一笑。

"OK。"斐少感激笑笑，"敬业啊敬业。"

十分钟后，他摘下耳机，挂在话筒边的架子上。

走出录音室。

顾声从椅子上起身，看着他和那几个男人打过招呼后，对自己招招手。她走过去，他很自然地拉起她的手，带她离开。

……这还是他第一次主动在外边牵手？

顾声觉得今天的气场，有些奇怪。

走到电梯间，看四周无人，小声问了句："你是不是太投入，还没出戏？"

他笑了声："有吗？"

"有点怪怪的。"她嘟囔。

"想结婚了。"他的声音有些低。

顾声却听得有些不清晰，仿佛电光一闪而逝，不太确定，明明不太确定，心跳却还是偏离了轨迹。她轻轻呼吸着，想要问，却不敢。而他又似乎像没说过一样，安静地看着电梯门滑开，拉着她，走了进去……

周末的夜晚，人有些多，还下着雨。

幸好今天他开了车来，车经过公交车站前，她用手抹了抹车窗上的水雾。

他刚才说……

想结婚？

是真的吗？

可我还没毕业啊。

虽然，本科生也能结婚了，但要怎么和爸妈说呢？虽然爸妈很喜欢、很喜欢、很喜欢他，甚至对他人品信任到自己偶尔去他家过周末也允许的地步，但……结婚，好像太重要了。

结果就如此颠三倒四地想着，车突然拐入一个小马路，随便靠在路边一个车位。

"前面有交通事故，我下去看看。"他丢下这句话，解开安全带，冲下车。

等他浑身湿透，在受伤的几个人身边蹲下检查，她这才回过神，也拿伞冲了下去。不料，伞根本没派上用场，他报出自己医生身份后，做了一些基本的急救，前后忙了很久，等急救车赶来，又和跳下来的人交流着。

她就一直在他身后跟着，不敢跟太近，怕添乱。

等救护车走了，警车还在原地处理，他一身泥水，沾着血，回身看到她傻站在自己身后，拿着伞也没打，忍不住摇头，指着车："快回去。"

她惊醒，跑回车上。

莫青成脱下脏了的外衣，随手扔到车后，这才上车："干什么跟着我跑下去？感冒了怎么办？"她蒙蒙的，也不知道自己跟着跑下去干什么："我也不知道，看你那么着急跑下去，就觉得，也要跟下去。"

"夫唱妇随？"他声音有些揶揄。

"……"她一窒，再次想到……

可惜头牌大人，又像没事人一样，拿过后座的纸巾，擦着头发和脸。

她刚才都擦干了，现在看他一身是水，也扯了几张，想要去帮他擦。

纸刚抽出来。

身体就猛地被压在椅背上，他两只手因为沾着血没有去碰她，而是撑在她两侧，无声地压住了她的嘴唇。

辗转而激烈的一个吻。

他闭上眼。

今天好像碰到很多事，早上连着两个病人没抢救过来，接着是配音的那个剧太伤情，还有刚才，还有——

他们都两个星期没见了。

他太忙，又不能让她一直往自己家跑。

想她。

特别想。

他咬住她的嘴唇，用手肘夹住她的身体。

想她的声音，想她的人，想要娶她，放在家里，随时随地，回到"家"那个地方的时候就能看到她。哪怕就是看着她读书、写论文，看她在 YY 上唱歌，抑或是看着她对着电脑一遍遍录歌，都是他想要的。

就这么决定了。

他松开她。

顾声被吻得都有些喘不过气，眼里浮着水光，茫然看他。

眼里有笑？

嗯？

刚才还觉得……他不太高兴？

怎么忽然又……

顾声被他弄得有些迷糊。

他又从车里找出酒精棉，将手心、手背、手指都擦干净后，将所有垃圾都收好，打了方向盘，开出了停车位："晚上想吃什么？"

嗯？

完全跟不上节奏好吗，头牌大人，您能……

思维转得慢一点吗？汗。

"吃，咖喱，"她想起来就觉得馋，他做咖喱超好吃，"咖喱什么都可以，嗯。"

"咖喱什么都可以？"他忍不住笑，低声，慢悠悠地追问了句，"你确定？"

"……"她被噎住，没吭声。

他又笑了声，真是心情大好的样子？

她偷偷摸摸去瞄他。

后者完全恢复正常，继续开车了。

绝美这一晚都不在，莫青成就没睡沙发，直接睡了绝美的房间。

天还没大亮，顾声就感觉有脚步声。

她困得眼睛都没睁开，轻声嘟囔："不会又加班吧……"

好不容易周末。

不过也只是念叨一句，其实她下一秒就做好了准备，如果他和过去似的突然就去加班了，她就自己找点吃食，回家蹭顿饭，装点零食回学校——

想到这里时，已经有人影走到床边，俯身，用最动听最温柔的声音哄她："起床了。"

不加班吗？

"……再睡会儿。"好困啊。

她随手拍了拍身边："你也睡会儿，平时那么累……"

"起床了，乖，"他将声音压得更低，用她最爱的声线，轻声说，"我们去结婚。"

什么？她还以为自己在做梦。

直到睁开眼，看到他的脸，困得头疼，忍不住去摸了摸："我刚才做梦了，还是你在和我说话？"他微微笑着，凑近一些，用近乎耳语的声音再次重复："我们去结婚。"

是真的？！

她骤然睁大眼睛，彻底清醒了。

然后就被他托住后背，坐起来，继续被他递过来衣服："穿这个。"

家里的衣服？不是昨天穿的？

她蒙蒙地接过来："我昨天穿的不是这个啊？"

"从你家拿的，拍红色背景照片，穿这种白色比较好看。"

"……"

"你妈要我们领证后，回家吃饭。"

"……"

"是去你家，"他继续说着，又走回到衣柜前，端详那一排衣服，思考自己穿什么去结婚比较合适，"我爸妈都在外地开会，等他们回来，再带你去吃一顿饭。"

"……"

她傻坐着。

结婚？真的要去结婚？

现在？

才七点多……

莫青成吃着润喉糖，偶尔有糖轻碰牙齿的声音。

她继续呆坐着，他已经从床的另一侧坐过来。她肩膀一重，他的下巴就如此放在了她的肩上，低声说："少了个步骤。"

"……嗯？"她终于找到了一点意识。

呼吸的温热。

还有他的声音……

他声音含混不清，又十分温柔地告诉她："十方不再，四海无存，乃敢与尔绝。"

顾声脸一瞬就红透了。

就像当初他第一次说这句话，在录音棚当着众人说这句话时那么紧张。

那天是两人第一次见面，他自由发挥的这句话震撼了所有人。

而现在……

"声声，嫁给我。"

"……"她发不出声音。

比刚才听说要立刻出门去领证，还要不知所措。

"声声，嫁给我，"她最爱的这个声音，在她的耳边恳求，"好吗？"

"……嗯。"她轻声答应。

"好，换衣服，我们要立刻出发。"他马上起身，要赶在第一个到。

简直是比赶去医院加班还要快的速度，她跟着他，从到民政局，到照相，再到最后登记签名字时，她还是飘着的，笔尖悬在纸上，瞄了他一眼。

后者已经利索签好，坦然看她。

真的……就结婚了吗？

她仍旧飘啊飘的，直到手背被他的掌心握住，轻轻引导她签下"顾声"两个字，还有今天的日期。

交出表格。

机器慢慢打印出两个红本本。

递还给他们。

就好像是一帧一帧的慢镜头，无限拉长这每个步骤之间的时间，幸福的，无声的，还有心跳的，心动的……这一辈子最爱的那个人在自己身边，和自己看着结婚证被一步步做出来，这是她从未构想过的画面。

莫青成收好可以合法住在一起的证书，带她离开民政局，直奔最贵的那个商场，为她挑了早就看好的戒指，当场试戴后，也将一个素圈男戒戴在手上。

完全流水线作业。

顾声甚至在回家的路上，都想不通，到底他是什么时候做了这些准备……

为什么自己完全不知道？

就……结婚了？

就结婚……了？

心跳，随着这几个字，慢慢地复苏。

后知后觉，震得她手指都有些软，轻轻转着手上的戒指。

"声声？"他轻声叫她的名字，很轻。

"嗯？"

"开心吗？"

"嗯……"她连呼吸都不知是什么感觉了，"开心。"

"开心就好。"他低声说着，左手握住方向盘，右手伸来，攥住了她的手。

那大手包裹着的小手，是她的，还包括那枚戒指，也是属于她的。

领证后第二天，她和莫医生抵达了三亚。

这次是医学交流会议，所以完全不同于上次在东南亚，真的就是两个人的旅行了。哦，不对，是工作，工作。

两个人进了酒店房间，她发现，阳台正对着大海。

只是这并不是很好的旅行时间，十几摄氏度，还飘着海风，远远看上去并不美。

转过身，莫青成已经安然落座于躺椅上，对她招手。

她走过去："好冷啊，刚才我上来，还看到楼下酒吧的服务生穿皮草……"

他淡淡地应了声："的确不是个好季节，不如我们去楼下做 SPA，有夫妻套间。"

"明明是情侣套间……"她小声纠正他。

他"哦"了一声："不是夫妻吗？"

她蹲下，摸了摸他的下巴颏，揶揄他："大人，我呢，现在已经对你有免疫力了，就是情侣套间，我看得很清楚。"说完，还忍不住笑了声。

他换了个坐姿，单手撑着下巴："当真？"

完，又改成高冷帝王音了……顺便还捏住了她的手，滑下去，圈住她无名指上的戒指，微微转动着："真不是夫妻？"

她这才恍然，他说的是这个。

手指上的戒指，慢慢转着，她仍旧有些恍惚……

如果说领证是被他骗去的，会不会被他几十万的粉丝直接爆头？可真的是……

三下五除二，就这么把证领了。

还没等适应过来，两个人已经是合法夫妻，这就飞来三亚了？

海风，一阵阵吹进这个露台。

"在想什么？"他的手指绕着她的长发。

她不太好意思说自己还在回忆昨天领证的过程，尤其是两个人拍结婚照的时候，那个老爷爷笑眯眯指挥两人靠近的言语。

她看着他的手指，骨节分明的手指，属于医生的手。

还是很漂亮的医生的手。

头次，她主动地伸出两臂，环住了他的脖子，轻轻在他耳边说："在想……我们竟然结婚了。"

他笑了声："难道你还有别的选择？"

她一愣，很快脸就红起来。

好像……这是他第一次说这句话，不对，是很早前就说过，在两人刚刚认识不久后，他就说过，不过那时是玩笑。

"又走神？"他似乎有点不满了。

"我在想……你第一次调戏我。"顾声忙解释。

"调戏？"

呃，也不是。她发现自己真是说话越来越不过脑子了："就是那次，我们刚认识的时候，排练的事。"她不太好意思说那三个字，绕了一个大圈子才算是将话说明白。

四周一时安静。

有点冷。

她怕两个人穿着短袖短裤，坐在这里会感冒，想要从他身上爬起来，拉他进房间。没想到刚有站起来的动作，就被他又带了回去。

"声声慢……"他咬住她的小耳朵。

"嗯？"她有些手心发麻。

"我爱你，"他的声音，有些微微的共鸣，仿佛蛊惑的温柔，"你……爱不爱我？"

那一瞬，仿佛时间突然倒流。

回到最初……两个人隔着一个网络，在进行着这样的对话。

好像，此时并不是在三亚，而是在电脑前，他还没有露面，而她还不知道他从一开始就认识自己的名字，想要让自己一步步爱上他。

"我们去房间。"他低声说着。

心跳声，越来越大。

速度，却越来越慢……

她被他的话弄得有些身体软软的。

"不想进去？想在这里？"

"……不要。"她想要挣开他。

天啊，在露台……

虽然这是封闭式的，完全没人看到，也太……

可惜，头牌大人倒觉得这是个非常不错的地方，意义最重大的一晚，似乎就要有点不一样的情调。他没给她任何反抗的机会，直接用动作表达了自己的坚持。

不停地，她的耳边，有他在低声说着话。他叫她声声，叫她声声慢，叫她顾声，叫她宝宝，呢喃的、宠爱的、蛊惑的，还有一些根本不想掩饰的欲望……

自从两人在一起，他从来都止步在最后一刻。

不管多少次同床共枕，他都始终不肯越过雷池一步。

直到，今晚。

房间里的灯光透过玻璃门，照在她的身上，慢慢地，所有都静止了。

她有些茫然，在紧张中睁开双眼，就看见背着阳光的他的脸面对着自己："声声……"他已彻底情动，毫不掩饰地看着她，"乖一点，让我看。"她咬住嘴唇，闭了眼，听着自己的呼吸声和他的交杂在一起……慢慢地，她终于松开紧抓他衬衫那双手……

再没有任何阻挡。

整个下午，两个人都耗在这里。

到最后她被他抱进房间，整个身体仿佛散架了一样，真是连手指也不愿动一下了。就感觉他将自己搂在怀里，过了会儿，再次重来。她哭笑不得，眼皮都撑不开了，轻声求饶："我好困……"

他声音低沉喑哑着，去哄她。

她似乎听到自己在抗议，又觉得是真的睡着了。最后不知道是真的在做梦，还是他根本不知道疲倦，再醒来，天已经黑了。

晚饭去哪里吃是个问题。

她在酒店楼下翻看着服务生推荐的菜单，不得不感慨一句，太贵了。

身边的男人似乎不太在意价格，毕竟在他心里，这是真正的蜜月旅行。可惜还没毕业的声声，已经彻底有了身为他太太的自觉，很快放下菜单，拉着他的手闪了。

吃什么，真无所谓。

不过这么被她拉着手，走在根本没人认识的马路上才是惬意。

两人这么一路走到饭店林立的地方，挑了个吃海产的店坐下来，莫青成这个海鲜控，很快就叫了一大桌。她看了眼那些水箱上的价目，再次想要……

"下午好累，"他随便将自己身体的重量往她身上一压，"我需要补充能量。"

"……"她瞬间面红耳赤。

"在想什么呢？"他的声音低低的，尾音还有着打趣的味道。

"……"她立刻坐下，再不敢让他换一家了。

各种螺端上来……

她终于发现，莫青成是如何会吃了。

明明很紧，很难弄出来的螺肉，在他那里简直不费什么力气，两秒解决一个。她努力了半分钟，将螺肉都戳烂了，也没弄出来一个……

直到，身前有根牙签伸出来。

他亲自挑出来，送到她嘴边。

她垂眼，咬住，吃进嘴里。

"好吃吗？"他继续送过来下一个。

"嗯。真心好吃。"

她主动探头，吃进嘴里，还没等尝到味道就被他直接凑过来，舔了一口。然后，松开，他略微笑笑："确实好吃。"

怎么……有种……特别明目张胆晒恩爱的感觉。

还晒得这么……

她默默挪开一些，感觉手机微微一振。

屏幕跳出来特别提醒，他发了微博？

他那个万年不撒土的微博……该不会？天啊？

她飞快看他一眼，他做"无辜"状，继续低头，慢条斯理地继续挑他的螺蛳肉吃。她都不敢看了："你发什么了？"

他继续吃："几个字。"

她被噎住，还是决定自己跑去看一眼踏实。

结果，打开就是疯狂的漫天"@"。

而他所谓的那"几个字"，还真是……几个字……

锖青磁：已婚，笑。

底下铺天盖地的恭喜和心碎。

尤其是她关注的那几个，就像是说好的一样，全蹦出来了。

斐少：@声声慢 哎哟，这是真婚了？感觉如何？

豆豆豆饼：@声声慢……泪目了，大人你的微博就是用来秀恩爱的吗？您还记得我们这些昔日玩伴和社团吗？？

Wwwwk：@声声慢 Mark，他们在三亚。

风雅颂：@声声慢 我才去上了个厕所，你怎么就已婚了？大半夜的是先上车后补票，谎称结婚吗？？啊？啊？啊？啊？告诉我实话！

绝美杀意：@声声慢……啥时候的事？

庚小幸：@声声慢 弱弱地标记一下，啥时候的事啊……

她……

忽然又是一条微博，不对，是一条接着一条……一条接着一条……

他的微博总数才一百多条好吗，十天半个月没有一个消息，今天竟然在刷屏。而且还全都是回复！一个不落全都回了！

齐刷刷的一整个屏幕全是他的回复……

锖青磁：非常不错。// 斐少：@声声慢 哎哟，这是真婚了，感觉如何？

锖青磁：是的。// 豆豆豆饼：@声声慢……泪目了，大人你的微博就是用来秀恩爱的吗？您还记得我们这些昔日玩伴和社团吗？？

锖青磁：出差顺便小蜜月。// Wwwwk：@声声慢 Mark，他们在三亚。

锖青磁：不，是昨天领证。// 风雅颂：@声声慢 我才去上了个厕所，你怎么就已婚了？大半夜的是先上车后补票，谎称结婚吗？啊？啊？啊？啊？告诉我实话！

锖青磁：同上条微博。// 绝美杀意：@声声慢……啥时候的事？

锖青磁：同上条微博。// 庚小幸：@声声慢 弱弱地标记下……

深呼吸，深呼吸。

最重要的是，已经有人控诉为什么她不转这条微博。

可，她实在不习惯晒恩爱，每次看他发微博就已经很心虚了，感觉得了天大的便宜，就不要再晒了，再晒就真的人神共愤了。

她纠结着，转？还是不转。

身边，罪魁祸首的倾国倾城头牌大人，突然要了瓶啤酒，倒进杯子里，随口逗她："要喝交杯酒吗？"

她窘。

不要说得那么大声……

尤其还是用那么好听的声音说出来！

啤酒倒满两个杯子，他端起自己的，看着她的眼睛一字一句地说："新婚快乐，祝我们永远幸福。"

说完，就如此直直看着她，也不再出声。

这一刻，全世界都安静了，朋友们的震惊，粉丝们的祝福和心碎，还有邻桌刚才看到两个人吃螺肉瞬间的人都淡去了。

他，莫青成，如此认真看着她，祝福她，也在祝福着自己。

是的，是在祝福着他们两个人。

她握住冰凉的酒杯，举起，对着他的杯子轻轻撞了一下。

清透的声音。

干净，而又简单。

"新婚快乐，"她轻声说，"祝我们永远幸福。"

番外二

Really Really Miss You

很想……很想你。

1．蜜月旅行。头牌发现钱包里的当地货币用完了，声声看见"货币兑换"招牌，拿出四百元人民币走过去，店门口站了五六个女人，都没理她，甚至她问一句，人家躲一步。头牌一只手臂把她钩回来，声线低迷而又温柔地告诉她："在这个国家，排队站在这种招牌下的人，都只为男游客提供服务……"

2．蜜月旅行。声声不停流汗："为什么酒店都没冷气？"头牌右手撑着头，侧躺在她身边："这里和几天前去的地方不同，常年少有太阳，夏天短，所以当地人都不爱装冷气，他们喜欢享受夏天。"声声默默在地图上打了个"X"，一定要告诉庚小幸，如果绝美和头牌一样体力好的话……这里不适合度蜜月……

3．头牌搞定声声的那次旅行，某海岛。庚小幸去超市，结账人指指身后海报，她没懂，人家解释，她还是没懂，绝美："她让你买购物卡，全年来都能打折。"庚小幸抱怨："我只是来旅游……"她忽然惊叫，"我晒得和这里人一样黑了吗！"绝美清清喉咙："没事，万一有暴力事件，你比我们都安全。"

4．头牌搞定声声的那次旅行，某海岛。沐沐洗澡出来，就穿了一个"内内"，阳台门忽然就被豆豆豆饼拉开来："……啊！"沐沐蹙眉，没吭声。豆豆豆饼上下瞄了他好几眼："我觉得我要对你负责……"沐沐继续蹙眉，一把从浴室里拉出还在拿着浴巾擦干，没穿衣服的墨白："两个都看了，你就不用负责了。"豆豆豆饼尖叫泪奔了……

5．顾声有段时间胃口不好，销青磁大人做什么，她都会剩下，最后大人终于微微一叹，手撑桌子，俯身下来轻声告诉她："一般喜欢剩饭的人呢，死后都会下地狱，而且每天要把生前剩的饭再吃一遍。"顾声窘然："那我岂不是要吃剩了几十年的饭，"她把饭都喂到他嘴巴里，"我家头牌最疼老婆了……"

6. 顾声继续胃口不好。有天睡到半夜，她忽然恐慌，趁着头牌去洗手间的时候爬起来，把床头柜里一大盒儿百个小袋子都倒出来，一个个仔细摸着。头牌走到她身后，好笑着看她："想数数少没少？我有没有偷用？"她忐忑回头："不是……我只想摸摸……你有没有用针扎过它们……"

7. 关于那几百个小袋子。大家聚餐，沐沐晚到，从双肩包里拿出个大盒子："我朋友做质检的，这星期就是抽检这个。"他打开，众无言。沐沐："抽检完了，剩下的就没用了，"他随手把盒子推给锖青磁，"你比较需要。"……沐沐从来都不懂，他这一句话成就了一个大人，也否决了一桌大人……

8. 声声慢每次驻唱，YY人数都爆棚，都是想能听到锖青磁一句话也好的铁杆粉。声声心疼他粉丝，有天偷偷开麦，诱导身后的锖青磁说话让大家听："你昨天去录音，有什么经典台词吗？""记不清了，"他走到电脑旁，忽然就低了声引导她，"唱完了？想睡会儿吗？"于是，大家如愿以偿地全听到了……

9. 声声第一次见未来婆婆，是这样的：婆婆拉住她的手，惊喜地问她是不是全才？竟然作曲、唱歌都很有名？甚至还透露自己已经去她微博浏览了好久，一万多人，好多粉丝，好厉害！声声默默地、心头滴血地看着坐在客厅里翻看外文报纸的锖青磁……要不是被封了口她一定会哭着说，婆婆，你儿子才是真神，几十万真金白银粉，我只是泥捏的不值钱……

10. 锖青磁："声声？"她最近嗓子发炎，又懒得吃药，只是点头应了。他："想不想和我再合唱一曲？"她点头。"想不想，即使我晚上不在，也能躺在这张床上，和我讲电话？"她红着脸点头。"来，吃药。"他咬起药片，成功喂进她嘴里，"水还要我喂吗？"她秒速抱起水杯，咕咚咕咚猛灌。

11. 深夜从医院归家，声声揉着眼睛爬起来想给他煮宵夜，被他一把拉住，背猛地撞上墙壁，耳边滑入他的声音："微博上说，喜欢'壁咚'？"声声："……"头牌："腿要贴上吗？"声声："不用……"头牌："上半身呢？姿势正确。"声声："嗯……"头牌俯身："接下来，我就自由发挥了？"